著◎桜庭一樹

小説 火の鳥 大地編 下

手塚治虫◎原案

朝日新聞出版

小説 火の鳥 大地編 下

目次

登場人物紹介

著者が手塚治虫のキャラクターからイメージした人物像を手塚プロダクションが作画。登場人物名の後に手塚作品におけるキャラクター名を付した。

三田村要造

レッド公

上海の新興財閥である三田村財閥の総帥。麗奈の父で緑郎の舅にあたる。火の鳥調査隊の資金を出しているが、その目的とは……？

間久部緑郎

ロック

大日本帝国の關東軍少佐。三田村財閥の令嬢である麗奈と結婚し、火の鳥調査隊として砂漠に旅立つ。

間久部正人

山之辺マサト
『火の鳥 未来編』

緑郎の弟。中国共産党のスパイとして、ルイと共に行動する純粋な青年。

麗奈

小蓮
『ブラック・ジャック』

要造の娘で緑郎の妻。気が強く夜遊び好き。

川島芳子

和登千代子
『三つ目がとおる』

滅亡した清の皇女・愛新學羅顯玗。男装の麗人として、清王朝の復興を目的に、様々な変装をしながら敵陣に潜り込む。

ルイ

サファイア
『リボンの騎士』

美形の京劇役者。じつは上海マフィア青幇のスパイ。

マリア

タマミ
『火の鳥 未来編』

砂漠地方から上海にきたとされ、ウイグル語も話す謎の美女。火の鳥調査隊の通訳として緑郎らと共に行動する。

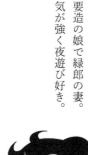

猿田博士

猿田博士『火の鳥』

満州国の研究機関である大陸科学院に籍を置き、火の鳥の研究をしている。

大滝雪之丞

丸首ブーン

元曲馬団の興行師であり、冒険家。秘境を旅する「大滝探検隊」を率いる。初代火の鳥調査隊隊長。

黄金栄

ハム・エッグ

上海マフィア青幇の恐るべきボス。芳子やルイを使って、火の鳥を奪おうと画策する。

犬山元帥

アセチレン・ランプ

日本軍の最高司令部である大本営に籍を置く。海軍出身で、以前は火の鳥調査隊長だった。

田辺保
『ブラック・ジャック』間黒男
要造の幼なじみ。天才工学博士で、火の鳥の力をエネルギーとする「鋼鉄鳥人形」を発明する。

高野五十六　海軍に所属。鳳凰機関を知り、要造に協力を要請する。〈第二次鳳凰機関〉の仲間。

石原莞爾　關東軍所属。あるきっかけで〈第二次鳳凰機関〉を知ることとなり、仲間となる。

東条英機　満州国に憲兵隊司令官として赴任し、〈第二次鳳凰機関〉の仲間となる。

道頓堀鬼瓦
ノールス・ヌケトール
売れない浪曲師から転身し、「鬼瓦煙草」の創業者となる。

洲桐太　商工省から満州国の産業部へ出向。東条の推薦で〈第二次鳳凰機関〉の仲間となる。

三田村夕顔　要造の妻。千里眼の姉・朝顔がいる。

汐風　要造の長女。

硝子　要造の長男。

雪崩　要造の継母。

上　目次

小説　火の鳥　大地編

下

四章　東京

一八九〇年四月（承前）

その五「敵艦見ゆ！」

頬《ほお》に冷たい風が強く当たっている。風を切る音も凄《すご》い。ぼくははっと我に返り、筒状の温かい何かに抱きついている自分の腕に、ぎゅっと力を込めた。

馬の背に跨《また》がり、魔都上海の夜を疾走しているところだ。筒状の温かいものは高野五十六《いそろく》くんの胴らしい。

「ウー！　ワー！　うわぁぁぁーっ！」

と、ぼくは感無量で叫んだ。

では、あの後の一時間弱、気絶したものの、死ななかったのだ。上海時間の正午、妻が鋼鉄鳥人形のレバーを引き、時は巻き戻った。ここは五回目の世界！　いまは四日前の二十四日の夜。バルチック艦隊は日本沿岸にきておらず、九州北部もロシア軍に攻撃されていない。

「わぁぁー！　わぁぁぁーーん！」

「うるさいぞ。貴様、そんなに馬がこわいか！」

虹口《ホンキユウ》の三田村《みたむら》家に着き、ぼくだけまた馬からどさっと落ちる。地下室に駆け込み、鋼鉄鳥人形に火の鳥の首を入れ、目盛を合わせる。妻たちが帰ってきた笑い声がするので、駆けあがり、妻を連れて地下室に戻る。「お夕ちゃん。よぅく聞いておくれ……この金のレバーを……」「うんわかった」と妻とまた約束を交わす。階段を駆けあがり、高野くんと馬に乗る。手を振ってくる上海芸者三人衆に、今度は手を振り返す余裕があった。

「ハイヨーッ！」と高野くんの掛け声が響く。馬が、二度目の二十四日の夜を疾走しだした。

「さぁ選べ！　出撃の時は迫った！」

「つ、津軽、津軽海峡です！　……じゃなかった、間違えた、対馬、対馬海峡です！　あ、赤の対馬海峡ルートから、ロシアのバルチック艦隊はやってきます！」

「なにぃ？　貴様、どっちだね」

「だからぁ、対馬って言ってるじゃないですかぁ！」

と叫ぶ声が、甲高く裏返った。東郷平八郎司令長官は「よし、対馬だな」とうなずき、ぼくをぎろりと見た。

高野くんとともに巡洋艦〝日進〟に戻った。てっきり四回目の世界と同じく佐世保港に向かうと思っていたが、今回はなんと、〝日進〟も第一艦隊として出撃することになった。蒸気をもくもくさせて進む艦の甲板で、ぼくは怯《おび》えきって、「高野くん、藤壺《ふじつぼ》は？　船底のをこそげ取らなくていいの？」と聞き、「藤壺だと？　貴様なぜそんなことにまで詳しい？」と不審がられた。

翌二十五、二十六日、全艦待機。そして二十七日明け方。旗艦〝三笠〟に、見張りの艦から

〝敵艦見ゆ〟と打電が入った。ぼくは水兵のみんなと雑魚寝《ざこね》していた砲室で、「こい！」と高野くんに叩き起こされ、ボートで〝三笠〟に移った。

主砲の後方に、夏祭の櫓《やぐら》のような艦橋が高く聳《そび》えている。東郷平八郎司令長官がいた。背筋を伸ばし、帯刀して立っていた。その姿にぼくはブルッと震えた。武者震いと怯えが入り混じる、未知の感情が湧きあがった。司令長官は、明けきらぬ暗い海を遠く見据え、

「天気晴朗なれども波高し……。第一艦隊、出撃。第二艦隊、出撃。第三艦隊、出撃……。全艦、出撃ィーッ！」

後ろ甲板に整列する楽隊が、勢いよく軍艦マーチを演奏しだす。後戻りできない何かが始まったのだ。連合艦隊は縦一列に並ぶ単縦陣で海を走りだす。

ぼくはがたがた震えながら、司令長官の立つ艦橋を見上げていた。

十時近く、第三艦隊がバルチック艦隊の姿を遠く確認した。正午には日本の巡洋艦十隻がバルチック艦隊の両側を並走しだした。高野くんが「か、海戦近し……」と低く呻《うめ》いた。

だが、午後一時……。後続艦からのバルチック艦隊の位置についての打電に誤報が交じった。

〝三笠〟は誤報を信じ、敵艦隊の攻撃位置に出てしまう。

遠くに見えていたはずの敵艦隊が、とつぜん近くに現れ、ぼくは腰を抜かしてへなへなと崩れ落ちた。

漆黒に濡《ぬ》れ、海底から現れた、古代の巨大生物のような姿だった。見上げて、湧きあがるのは、ただただ原始的な恐怖だった。ロシア帝国は約二百年も前から戦艦を造っていたと聞いた……。

これが無敵のバルチック艦隊か……。

敵艦隊の補助砲が火を噴いた。これには〝三笠〟はひとたまりもない。東郷平八郎も、腰の愛刀、一文字《いちもんじ》吉房《よしふさ》を抜いて抵抗したものの、あえなく敵艦隊の捕虜となり……。

そして……？


「って、うわぁぁぁぁぁっ？」

ぼくは足を滑らせ、空中で両足をばたつかせ、階段から派手に落っこちた。

――ろ、六回目の世界についたぞ。ここは……？　上海の三田村家の地下室に通じる階段だ。手を見ると、火の鳥の首をぎゅっと握っていた。どうやら、高野くんと馬で家に戻ってきたところらしい。

地下室に飛び込み、鋼鉄鳥人形に鳥の首を入れ、目盛を回した。四回目の世界と五回目の世界とはすこし違い、妻がなかなか帰ってこないので、高野くんと一緒にやきもきして待った。ようやく帰ってきた妻に「お夕ちゃん。よぅく聞いておくれ……。この金のレバーを……」「うんわかった」外に飛び出し、馬に飛び乗る。上海芸者三人衆に手を振る。と、高野くんに「おや？　貴様、とつぜん馬に乗り慣れたな」と不審がられ、「いろいろあってね……」と答える。二人でまた夜の上海を疾走しだす。

「さぁ選べ！　出撃の時は迫った！」

「赤です！　対馬海峡ルートです。絶対！」

「お、おぅ……。即答か。頼もしいぞ、鳳凰《ほうおう》機関。よぅしわかった！」

旗艦〝三笠〟にて、司令長官に赤の対馬海峡ルートだと答えた。それと、つぎに起こることも予言した。司令長官は半信半疑の顔つきで聞いていたが……。

……二十七日明け方に見張りの艦がバルチック艦隊を発見すること、午後一時に誤報が入ること
翌二十五日、二十六日。全艦待機……。二十七日明け方。予言通り〝敵艦見ゆ〟と打電が入った。ぼくは高野くんに叩き起こされる前から起きており、すみやかに〝三笠〟に移った。艦橋に司令長官が立ち、明けゆく海を遠く見ていた。

「天気晴朗なれども波高し……」

朝五時十分。

「――全艦、出撃ィーッ！」

楽隊による軍艦マーチが鳴り響き、連合艦隊は単縦陣で大海原を進みだした。

午後一時、後続艦から誤報が入ったが、〝三笠〟は誤報を回避し、一旦待機。

午後一時三十九分。〝三笠〟がバルチック艦隊を確認。

だが同四十分。敵艦隊が水雷を撒《ま》き、連合艦隊は進行を妨げられた。一万数千の兵を乗せたバルチック艦隊がウラジオストクに向かい、目前を悠々と通り過ぎていく……。

「お夕ちゃん……。よぅく聞いておくれ……」「うんわかった」ぼくは七回目の世界につき、またもや妻に約束させ、心身ともにへとへとで、もつれる足で外に飛びだし、高野くんと上海の夜を疾走した。

旗艦〝三笠〟に乗り込むと、司令長官に「さぁ選べ！　出撃の時はせま……」「赤の対馬ルートです！」と叫び、誤報と水雷のことも予言した。

だが、七回目の世界では、海戦開始を告げて艦橋を降りたところで、東郷司令長官を砲弾の破片が直撃し、即死。司令塔を失った連合艦隊は、敵艦隊と向かい合い横一列に並んだところを一斉砲撃された。こちらも砲撃開始したものの、敵艦隊の攻撃力が数段勝り、夕刻には早くも白旗を揚げ、降伏……。

「お夕ちゃん……。よぅく聞いておくれ……」「うんわかった」「さぁ選べ！　出撃の……」「赤の対馬ルートです！」と、疲労しきって辿《たど》りついた八回目の世界で、ぼくは東郷司令長官に、今度こそ勝つという強い決意を込め、誤報、水雷、艦橋を降りると死ぬことを予言した。長官は「何、わしは死なんぞ」と不審げに反論したが、ぼくは声を裏返し「いや、死ぬぅッ！」と叫んだ。

二十五日、二十六日、全艦待機。

二十七日早朝。

「天気晴朗なれども波高し……」

「――第一艦隊、出撃。第二艦隊、出撃。第三艦隊、出撃。全艦、出撃ィーッ！」

軍艦マーチが鳴り響く中、連合艦隊は大海原を進みだした。

午後一時、後続艦から誤報が入るが、旗艦〝三笠〟は誤報を回避。ついでルートを南西に変更し、敵艦隊の水雷攻撃をも逃れた。同四十五分、一万二千メートル先に敵艦隊の全貌を目視！

戦意を高揚する、赤、黄、黒、青のZ旗が〝三笠〟のマストに掲げられ、

「――皇国の興廃、この一戦にあり！　各員一層奮励努力せよォ！」

という東郷司令長官の声も全艦に告げられた。

艦内には、鉄、機械油、汗など様々な臭《にお》いが入り混じっていた。年若い水兵が「ここで負けたら、日本は負けるぜぇ……」と涙を拭《ふ》いた。ぼくは四回目の世界の佐世保で経験した恐怖を思いだし、たまらず、砲員が弾を運ぶのを手伝った。

運びながら艦橋を見上げると、司令長官は降りる気配を見せず、すっくと立っていた。やがて敵艦隊との距離が一万メートルに迫った。八千メートル、六千メートル……。甲板からも恐ろしい真っ黒な姿が目視できた。

「――撃ち方、始めぇーっ！」

と長官の声が響く。進軍ラッパが高らかに鳴った。

と、遠くで高野くんが何か怒鳴った。「まずい！　急に風が強まった！」と聞こえる。ぼくは振り返るが、つぎの瞬間には顔から甲板に叩《たた》きつけられた。

とつぜん凄《すさ》まじい強風が吹き始めていた。鼻血で息ができなくなり、顔を押さえながら見上げると、艦橋の東郷司令長官もなぎ倒されそうになっていた。高野くんが「てっ、天候の変化は予測不能！　風下は圧倒的不利だ……。あぁーっ！」と喚《わめ》く。

そのとき、ドンッ、ドンッと空気が揺れた。すぐそばの海面から水柱が幾つも上がる。敵艦隊が砲撃し始めたのだ！　艦体が激しく揺れ、ぼくは、今度は背中から甲板に叩きつけられた。

風上から敵の砲撃が続いた。〝三笠〟のマストはへし折れ……艦橋からも司令長官の勇姿が消え……。「負けるぞぉ！」「我が連合艦隊が……！」「大日本帝国の敗戦だぁ！」と艦内は阿鼻叫《あびきよう》喚《かん》となった。

夕刻にかけ、あくまで降伏しない〝三笠〟にロシア兵がつぎつぎ乗船した。重いサーベルが唸《うな》り、血《ち》しぶきが飛ぶ。高野くんが「此奴《きやつ》は民間人だ。守るぞ！」と叫んでぼくの上にかぶさった。ブサッと音がし、高野くんの体からぐにゃりと力が抜ける。そばで「高野ぉぉ！」「五十六！死ぬな！　わぁ……」「ぎゃぁぁーっ！」と水兵たちの悲鳴、銃声、ロシア語の怒声が聞こえ……。

遠くで西洋の音楽が聞こえる……。頭上でシャンデリアが光っている。こ、ここはあの世か？

ぼくは目眩《めまい》がしてふらっと倒れかけたところ、目の前にいたドレス姿の妻に「Ｏｈ！」と抱きとめられた。どうやら妻と踊っていたらしい。

共同租界のシャンハイ・クラブ。スーツやドレス姿の白人客が笑いさざめいている。ぼくは血の惨状だった連合艦隊旗艦〝三笠〟から、九回目の世界に逃れられたようだ。しかし、今は、いつだ……？　ぼ、ぼくは、前回、疲れ切ってよたつき、手も震えていた。もしや鋼鉄鳥人形の目盛を間違えたか……。

妻に聞くと「今？　明治三十七年（一九〇四年）十月でしょ。それより顔が真っ青よ」「えーっ……」とぼくは頭を抱えた。間違えて日本海海戦の七ヶ月も前に戻ってしまった……。

ぼくは人力車に揺られ、家に帰った。そのまま寝込み、サーベルを振りあげる屈強なロシア兵や……高野五十六くんの最期や……飛び散る鮮血や……〝三笠〟で経験したことを夢見て魘《うな》される日々を送った。日本人会の仲間が医者や煎《せん》じ薬を手配してくれたものの、一向によくならず、この年いっぱい寝たり起きたりで過ごした。

年が明け、すこし動けるようになり、日本人会に顔を出した。すると高野五十六くんが一人で焼酎《しょうちゅう》を飲んでいた。ぼくは「あぁ、生き返っている……！」と駆け寄り、がばっと抱きついた。高野くんは「む、何だ貴様？」といやがってから、

「じつはな、報告がある。昨年一月に出発した火の鳥調査隊だが……」

「あぁ、犬山狼太《いぬやまろうた》少尉が隊長だったね」

「そうだ。帰りに中国東北部の紛争地帯を通過中、軍閥に捕らえられたらしい。現在、所在不明

だ」

ぼくは「ええーっ」と叫び、目を回した。

前の世界とは異なり、九回目の世界の犬山少尉は失敗してしまったのだ。ということは、火の鳥の首はいまどこに……？　ぼくは焦りだした。この九回目の世界で失敗しても、時を巻き戻せないかもしれないのだ。寝込んでいる場合ではない。し、しっ、しっかりしよう。そっ、祖国、祖国のために。

時は巡り、九回目の世界の五月二十四日。ぼくは自ら軍のビルに出向き、高野くんを通じて「未来視させてくれ」と東郷平八郎司令長官に交渉した。巡洋艦〝日進〟に乗せられ、旗艦〝三笠〟へ。司令長官室で「バルチック艦隊は赤の対馬ルートからきます！」と、それから誤報、水雷、艦橋を降りないこと、強風についても予言した。長官は半信半疑の顔で聞いていたが……。

二十五日、二十六日、連合艦隊は待機。二十七日早朝、〝敵艦見ゆ〟との打電。軍艦マーチが響く中、全艦出撃！　昼にかけ、誤報と水雷攻撃を回避。ほっ、どうやら予言を信じてもらえたらしい……。

同午後一時四十分、〝日進〟に打電が入り、ぼくだけボートで〝三笠〟に移動した。艦橋へと命じられ、高さに慄《おのの》きながら急な階段を上る。

東郷平八郎司令長官は、帯刀し、胸を張って立っていた。「ここまで、貴様の予言はすべて当たったな。だが……」と低く呻き、ギロリとぼくを見る。

「本当に、強風も吹くのかね？　この予言に己の命をかけられるか、鳳凰機関よ」

　ぼくは「はいっ」とうなずいた。「君、我が艦隊はこの地点から砲撃を始める予定である。しかし強風が本当なら作戦変更せねばならん。以前わしは千里眼など信じんと言った！　今もその気持ちに変わりはない。だが……」と長官の横顔に迷いがよぎる。ぼくは「信じてください。本当です。長官……」と答えた。

　つぎの瞬間、ぼくの中で、何か大きなものがカチリと音を立てて変わった。長官より低い声で、「我が名は、鳳凰機関。この海戦を連合艦隊の勝利に導く、魔導師にて、千里眼。強風は吹くっ！　進路を変えねば、連合艦隊は、必ず、負ける。必ずだ！」

　長官はしばらくぼくの目をじーっと見た。それから小さくうなずく。

　前方の大海原を睨《にら》みすえ、右手を上げた。その手を左に大きくぐるりと回して、「──取舵《とりかじ》いっぱーいぃ！」

　午後一時五十五分。東郷平八郎司令長官のこの声で、旗艦〝三笠〟を先頭とする連合艦隊は、大海原で一斉に左にターンし始めた。ドンッ、ドンッ！　敵艦隊が先に砲撃を始めた。連合艦隊はこれによく耐え、縦一列に並んで進むバルチック艦隊の前に、横一列に並んだ。

　同午後二時五分。ターン完了！　敵艦隊との距離、このとき、約六千メートル！

「──撃ち方、始めぇーっ！」

　進軍ラッパが高らかに鳴った。ドンッ！　ドンッ！　ドンッ！　連合艦隊が一斉に砲撃を始める。

　ぼくは艦橋に立ち、両手で耳を庇《かば》いつつ、大海原を見渡した。縦一列に並ぶ無敵のバルチック艦隊を前に、連合艦隊は横一列。喩《たと》えるなら〝T〟の字の〝I〟部分に敵艦隊が、〝一〟部分に連合艦隊がいるという形だ。なるほど！　先頭の一艘に対し、こちらは全艦で攻撃できるわけだ。戦闘力で劣っている場合、有効な作戦だ。

連合艦隊は一艘《いっそう》、また一艘と、縦貫射撃で順に倒していく。敵艦から次々火の手が上がり、マストがへし折れ……。逃げんと舵を切るバルチック艦隊を、連合艦隊が追撃。敵艦が艦尾を高く上げ、グモォォォッと嘶《いなな》き、沈没する。

ぼくは艦橋に上り、凄まじい海戦を、圧倒されて見ていた。敵艦の砲撃もあり危険ではあったが、連合艦隊は勝ったも同然。もし自分に何かあっても祖国はもう大丈夫だと、ようやく肩の荷を下ろした気になった。やがて夜になり、霧がかかった。バルチック艦隊の生き残りがウラジオストクに舵を切り、連合艦隊も追った。

翌二十八日午後三時、連合艦隊はすべての敵艦を制圧。こうして日本海海戦は、大日本帝国の歴史に残る圧倒的勝利となったのだった。

日露戦争は日本の勝利に終わった。我が国は、アジアの大国、清《しん》に続き、北のロシア帝国までも下したこととなった。ロシア帝国との講和条約（ポーツマス条約）によって、遼東半島の南端の租借権（土地を借りる権利）を手に入れ、また南樺太《カラフト》などの重要拠点も手中に収めた。これはじつに大きな成果と言えた。遼東半島の南端は〝關東州〟といい、ここから満州に向かう大陸鉄道の権利もまた我が日本のものとなった。これが後の〝南満州鉄道〟で、關東州と南満州鉄道を警護する日本陸軍が〝關東軍〟の前身なのだ。

国防の面では、このように十分な成果をあげたのだが、賠償金が入らなかったため、国民からは抗議の声が上がった。東京では暴動まで起きて人が死んだと聞いた。父からも、「儲《もう》からねぇし、近所の若ぇのが何人も満州で戦死したぞな。お袋さんたちが嘆いてよう。まったくよう」と手紙が届いた。なぜか歌集『みだれ髪』と文芸雑誌「明星」が同封されていた。妻がぱらぱらめくって「あんた、これ泣けるわ」と洟《はな》をすすり、「〝あゝをとうとよ、戦ひに　君死にたまふことなかれ〟……」と読みあげてくれた。

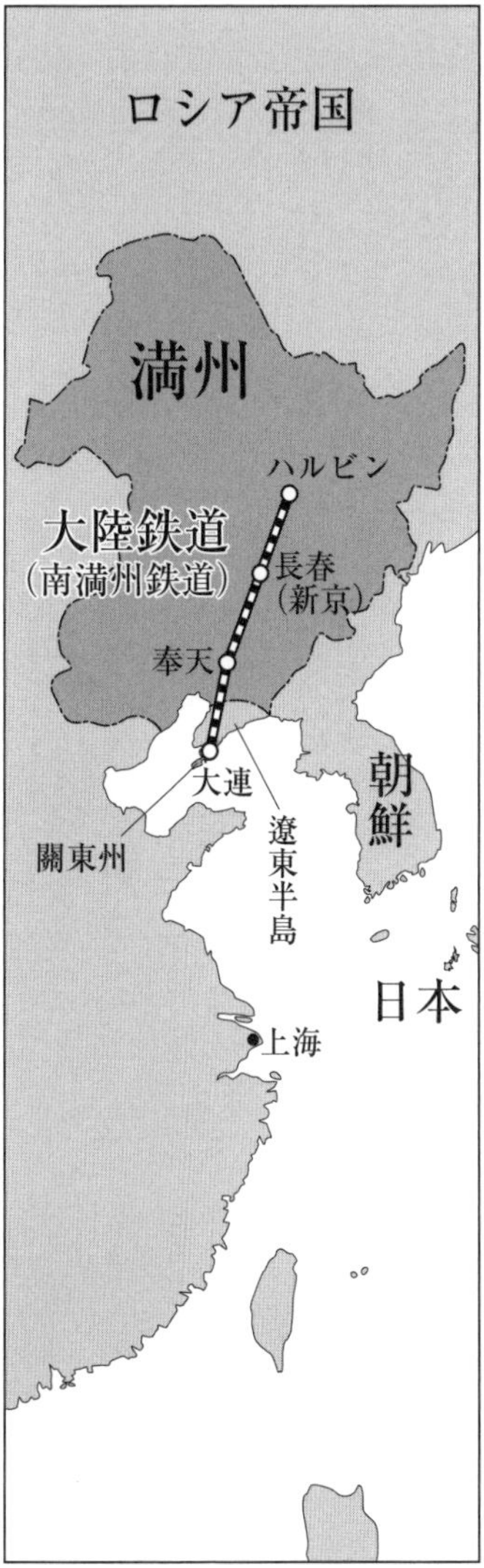

ぼくは妻の声に耳を傾け、そっと目を閉じた。自宅の居間で、ソファに座って。頭上には金の鳥カゴがあり、黄緑の小鳥がカサカサと羽をうごめかせていた……。

千里眼という、一種異常なる手法で祖国を勝利に導いた割には、ぼくの周囲は静かだった。ある夜、海軍の高野五十六くんと、虹口《ホンキュウ》の日本料亭で再会した。彼が訥々《とつとつ》と話すところによると、東郷平八郎長官の記憶から、ぼくのことが日に日に消えているとのことだった。艦橋から降りなかったこと、唐突に艦隊をターンさせたことなども、もともと決まっていた作戦だった、と。まぁ、無理もないことだ、とぼくはうなずいた。ぼく自身も、あれは夢だったような気が、しているのだから。

高野くんは、巡洋艦〝日進〟の甲板で被弾し、「指を二本もっていかれたよ」と左手を開いてみせた。ぼくはしみじみ、「指で済んでよかった。艦隊がターンしなかったら、君は死んでいたのだよ……」「はは、まさか!」「ほんとさ。民間人を乗せた責任を感じて、ぼくを助け、お陀仏《だぶつ》になった」「へぇ、それも千里眼かい?」と高野くんは目を剝《む》いてみせた。それから「そうか。鳳凰機関。わかったよ」と悪戯《いたずら》っぽく笑った。

ぼくもつられて微笑《ほほえ》みながら、心の中だけで(この男には大きな借りがある。いつか返す)と考えた。

こうして、戦勝後の日本は……。

——遥《はる》かな地平線からの日の出を仰ぐ、タクラマカン砂漠。焚《た》き火が消えかけ、墨色に黒く沈んでいる。一同は驚きや嫌悪やさまざまな表情を浮かべ、三田村要造《ようぞう》をみつめていた。

「……戦勝後の日本は……アジア一の帝国への道を歩み始めたのだよ」

間久部緑郎《まくべろくろう》と弟の正人《まさと》は、いつのまにか隣りあい、互いの肩にもたれていた。緑郎が顔をしかめ、「ふむ、つまり、一回目の世界で田辺保《たなべたもつ》工学博士が発明したマシンにより、日清戦争にも日露戦争にも勝利したってことか」とうなずいた。正人はぶるぶる震え、「恐ろしい話だ。ぼっ、ぼくは、聞きたくない……」と首を振る。

川島芳子《かわしまよしこ》がしみじみと「マシンを作った本人は忘れちまい、なんにも知らないんだね」とつぶやく。隣に腰掛けるマリアが「あっ、待ってください。三田村は、今は十五回目の世界、と初めに言いましたよね。一方、わたしは、時が繰り返されるのを七回しか経験していないのです。ということは……？」と猿田《さるた》博士の顔を見た。

博士が、うむとうなずき、

「つまり、マリアさんの記憶に残る最初の時間軸が、三田村さんの話す九回目の世界なんじゃな……。三田村さんの話がマリアさんにとうとう追いついたんじゃ。ここからはあんたも知る世界の話ということ……」

「是了《ズーラ》……。わたしが楼蘭《ろうらん》を失い、成都に逃れ、食堂で働きだしたとき、外は一九〇四年でした。この男の話と合致します」

一人離れた場所に立っていたルイが、「続きを聞こうよ。我が母なる大地に、此奴《こいつ》が何をしたか。ボクは、じっくり、聞きたいもの」と低い声で言った。背中の飾り刀が、冷たい風を受け、シャランッ……と鳴った。

東郷長官だけでなく、ぼくも、戦時下で起こったあれらの出来事が幻だったように感じ、やがて思いだすことも減っていった。働き盛りのぼくは、ともかく忙しかったのだ。上海と、三田村興産の本社がある東京と、鉄鋼業に進出した佐世保とを、ひたすら行き来する日々。ぼくは佐世保に行くたび、坂の上の〝薄雲亭《うすぐもてい》〟に寄っては、藤壺料理を注文した。四回目の世界で一緒にロシア兵から逃げた若おかみは、元気いっぱいだった。赤子も日に日に大きくなった。ぼくは、砲弾が落ちる佐世保の町を、この子を背負って走ったときのことをひっそりと思い返した。あの時間は、時を巻き戻したために消え、母子にとってのぼくはいまや常連客の一人に過ぎなかった。顔なじみになると〝上海からくる藤壺のオジチャン〟と呼んでくれた。

それにしても、幾度も幾度も巻き戻したあの時間の中で、ぼくが再認識したのは、妻の夕顔《ゆうがお》との強い絆であった。事情を説明せず、妙なことを頼むのに、毎回「うんわかった」とうなずいてくれた妻。ぼくはある夜、そのことを思いだして、改めて感極まり、「お夕ちゃん！　君は太陽で、月で、この世のすべての光と陰だよう！」と妻に抱きつき、「ぎゃっ、なに急に？　やめてぇ！」と悲鳴を上げられた。

気づけば、三十代も半ばを過ぎていた。いろいろ心境の変化もあり、その後しばらくして、ぼくら夫婦は子供を持つことに決めた。一九一一年に長女の汐風《しおかぜ》、一九一三年に長男の硝子《がらす》、一九一五年に次女の麗奈《れいな》が誕生した。麗奈は逆子で、難産だった。

道頓堀《どうとんぼり》鬼瓦《おにがわら》のところも、芸者三人衆が相次いで二人ずつ出産し、大所帯となった。子供たちは日本人会の子供会で、一緒にワイワイと育ったのだった。

さて。その少し前に遡《さかのぼ》るが、一九〇七年、東京では田辺保がついに結婚を決めた。保の妻は名門女子大学を出たての気鋭の詩人で、名を賛美歌《さんびか》といった。披露宴会場には新郎の友人たる学者や役人、新婦の友人たる文士が入り交じり、不思議な熱気がこもっていた。父は『みだれ髪』の作者をみつけて「アッコちゃーん、アッコちゃーん」と追い回し、「妻宛に頼むよ。三田村雪崩《なだれ》さまへ、与謝野晶子《よさのあきこ》より、って」と歌集に署名を頼んでいた。

確かこの日ぼくは、新婦の友人たちの若さと聡明そうな様子に気後れし、そっと廊下に出たのだが、そこで新婦のご学友の平塚《ひらつか》さんという女性と、彼女の男友達の大杉《おおすぎ》くんと行き会え、親しく話した。平塚さんの文学談義も、大杉くんの労働運動の話も、刺激的で楽しく、ぼくは若い人と話すっていいもんだなぁと思った。

田辺夫婦も二人の子宝に恵まれた。日々は平和に過ぎゆくのみであった。

ぼくと妻は、子供の成長が何よりの楽しみだった。ぼくはもう時を巻き戻すなんて二度といやだぞと考えた。だって、掛け替えのない存在たる我が子も、過去と一緒に消えてしまうじゃないか！　まぁ、心配しなくとも、時を巻き戻すこと自体もう不可能だったが。海軍の高野五十六くんによると、火の鳥調査隊の犬山狼太隊長は、帰り道で軍閥に攫《さら》われたまま行方不明で、火の鳥の首が今どこにあるかわからなかったからだ。

このころ大日本帝国は、世界での存在感を増し、まさに順風満帆であった。妖しげな鳳凰機関の力を借りる必要ももうなさそうだった。一九一〇年、朝鮮半島を植民地とし（韓国併合）、翌年にはアメリカとの間で長年の不平等条約を改正。他国も後に続いた。日本は欧米の列強と肩を並べるアジア一の帝国に躍り出た。

日本とは逆に、かつてのアジア一の国、中国は、辛苦の時代を迎えていた。一九一一年、孫文の教えを受けた人々が辛亥革命を起こし、二七〇年もの歴史を誇る清王朝を倒した。南京に共和制国家〝中華民国〟が造られたが、これは内も外もまだ不安定な国だった。そもそも中国の南には漢族が大勢住んでいる一方、北には満州族もいて、孫文たちは漢族、清の愛新覺羅《あいしんかくら》家は満州族だ。南では漢族による中華民国が選挙、暗殺、孫文亡命と揺れ動き、北では、満州族と蒙古族が日本の軍部と繫《つな》がり独立運動の狼煙《のろし》を上げて……。このころ、初代火の鳥調査隊長だった大滝雪之丞《おおたきゆきのじょう》が、蒙古族の騎馬隊長として、屈強な娘を連れて日本に帰国。独立運動の資金集めに駆け回った。

こうして日本が帝国化し、中国が不穏に揺れる中、一九一四年、欧州で世界大戦《グレートウオー》が勃発した。アジアにはあまり関わりのない戦争だったが、日本はこの隙にと中国に出兵。戦争のどさくさに紛れ、中国に様々な不利な条件を呑ませた（対華二十一カ条の要求）。

中国でも、韓国でも、反日運動の火が強くなっていった……。

一方国内では、明治時代が終わり、一九一二年に大正時代が始まるとともに、軍部や一部の官僚による強引な政治を批判する声が強まっていった。民主主義《デモクラシー》、社会主義、フェミニズム……。このころ、田辺保の妻の賛美歌さんが、仲間の平塚さんと婦人雑誌「青鞜《せいとう》」を創刊。平塚らいてう「元始、女性は太陽であった」、与謝野晶子「山の動く日来《きた》る」、田辺賛美歌「往来に出でよ、歌え」は大流行のフレーズとなった。上海でも鬼瓦商会に「青鞜」が入荷され、飛ぶように売れた。

こうした世の中の動きに危機を覚え、政府は締め付けを強くした。平塚さんと賛美歌さんの「青鞜」も、男友達の大杉栄《さかえ》くんが関わる社会主義の「平民新聞」も、発禁処分を受けたりした。社会主義者が検挙され、獄中死することもあった。そんなある日、共に帝大に通った森漣太郎《もりれんたろう》くんが岐阜から上京し、たまたま東京にいたぼくを探して「要造くん、頼む！」と男泣きした。大学生の長男が憲兵に連れ去られ、下宿から消えたというのだ。どうやら東京で社会主義運動をしていたらしい……。ぼくは大慌てで海軍に電話し、高野くんに繋いでもらおうとした。すると、いつぞやの身の上話通り、彼は郷里のご家老家の養子となり、山本姓に変わっていた。

ようやく電話が繋がり、「なに、三田村だと？　なんと、ちょうど俺も電話をしようとしていたところだ。凄いな、そっちからかかってくるとは。さすがは千里眼……。おや、どうした？」と聞かれた。ぼくは、高野改め山本五十六くんに頼みこみ、陸軍を通じ、森くんの息子と仲間をなんとか釈放してもらうことができた……。だが、若いころの父親そっくりの紅顔の美青年である長男は、友人を庇って憲兵に右足首を粉砕骨折させられており、治療の遅れもあって右足を少し引きずるようになった。「そうか、心も似ているんだねぇ。森くん、君も昔から友人思いで、助け舟を出してくれたね……」と、ぼくは走馬灯のようにあの若い日を思いだし、万感の思いでうつむいた。

しかし、もしぼくが時を巻き戻さなければ、この息子はそもそも生まれていなかったのだ。我が子たちも同様だ。今ぼくの目の前にこの青年がいて、生き生きした新しい人生が存在することを、どう思うか……。ぼくは動揺する心を隠し、重い足を引きずり、軍のビルに向かった。山本五十六くんに改めて礼を言うためだったのだが、彼はぼくを見るなり、手を引っ張って部屋に入れ、辺りをはばかる小声で、

「犬山狼太少尉が亡くなったのだ、君！」

ぼくはぎょっとし、山高帽も鞄《かばん》も蝙蝠傘《こうもりがさ》もぜんぶ取り落とした。山本くんはそれらを拾ってくれながら、「軍閥に囚《とら》われたまま非業の死を遂げられ、遺品が戻ってきた。辛《つら》いよ……。ぼくはじつは少尉の弟と海軍兵学校で親しくてね」と首を振った。なんと、犬山少尉が……。彼もまた、ぼくが時を巻き戻さなければ別の運命を生きたはずなのだ。ぼくはショックでへたりこんでしまい、山本くんに抱き起こされてなんとか椅子に腰掛けた。

「それで、遺品に、君が探していた鳥の干し首らしきものがあったのだよ。少々、いや、かなり気味が悪いとご遺族が……」

山本くんが引き出しを開け、ボロ布に包まれた丸いものを差しだした。震える手で受け取り、

開けると、中からゴロッと、干し首が出てきた。頭の左側が欠け、古びて、カビ臭い。じっと見ているうち、透明になり消えた……と思ったら、また輪郭がはっきりした。嘴《くちばし》が震えたり、羽がないのに羽音を立てたりもした。この時間軸に留まるのが苦しそうな、おかしな様子に見えた。

こんなこの世のものとも思えぬ、得体の知れないモノを手に入れ、力を利用したのかと、自分でもゾーッとした。上海に持ち帰り、地下室の簞笥《たんす》にしまいこんで忘れようとしたが、このころからぼくは夜中に魘されるようになった。妻が「急に起きあがって、突撃せよーって叫ぶのよ」と、召使も「低い声でマドウシとかセンリガンとかおっしゃいます」と心配そうに教えてくれた。そのたびぼくは「なんでもないよ、忙しくてね」と言い訳するのだった……。

一九一四年に始まった世界大戦は、戦闘機、戦車、潜水艦、毒ガスなど文明の利器が使用される総力戦となり、一向に終わらなかった。ヨーロッパは疲弊したが、日本やアメリカなど戦場ではない国では経済が潤った。大戦中の一九一七年、北の帝国でロシア革命が勃発。このことはロシア帝国と同盟を結んでいた日本にとって危機となった。ロシアに新しい社会主義政権が誕生すれば、日本との同盟も白紙撤回されてしまうからだ。

十一月、革命家レーニンがロシアの首都で何者かに殺された。日本軍による暗殺と噂《うわさ》され、革命政府と日本との関係は急激に悪化した。

この月、上海の三田村家では、長女の汐風が数え年七歳、長男の硝子が五歳、次女の麗奈が三歳になり、三人分の七五三の準備で大わらわだった。道頓堀鬼瓦の家の子たちと合流し、日本人居留地の神社に向かう。末っ子の麗奈が全員分の千歳飴《ちとせあめ》を口に入れて「わたちの！　ぜんぶ！」と駄々をこね、妻があわてて叱りつけた。

そのとき、神社の人いきれの中に、海軍の軍服姿の山本五十六くんの姿が見えた。「君、どうしたんだい」と近づくと、思い詰めた顔で「鳳凰機関。大日本帝国は今一度、貴様の不思議な力を借りたい」と囁《ささや》く。ぼくは、千歳飴を握って泣き叫ぶ麗奈に手こずりながらも、山本くんの話を聞いた。

どうやら、数日前に起こったレーニン暗殺事件が日本政府に大打撃を与えたらしい。陸軍の一部が暴走し、暗殺を実行し、外交問題になった、と。ぼくは苦悩する山本くんの横顔を見ながら、遠いあの日、八回目の世界で「此奴は民間人だ。守るぞ！」と叫んでぼくを庇い、死んだ姿を思い返した。もう時を巻き戻したくないが、この男には、いつか返さねばならぬ恩がある。ぼくは「じつは〝鳳凰機関〟が使う千里眼とは、このような力で……」と、長年の重大なる秘密を山本くんに聞かせ始めた。

長い話を聞いた山本くんは、「そんなおかしな話があるか！　いやしかし、日本海海戦の折、貴様は確かに未来を知っていたな……」と悩んだ。ぼくは、鋼鉄の箱にレバーと目盛がついただけの簡易的な〝エレキテル太郎六号〟を急いで作り、火の鳥の首を入れた。首はだいぶ古び、カビの臭いもし、消えたり現れたりと不安定な状態だった。「山本くん、一年だけ時を巻き戻そう。すると君は、一年後の未来を知る千里眼となり、過去の世界に降臨する。陸軍の暴走を阻止するのだ」「う、うむ。鳳凰機関……」ぼくはレバーを握った。そのとき、心の中で（我は魔導師にて千里眼……我が名は鳳凰機関……）とまるで自分ではないような低くて怖い声が響いた……。

　ぼくはレバーをぐっと引き……。

「――フェニックス、フライ」

その六　大震災の日

「ギャーッ！」という女の凄まじい声が辺りに響き渡っていた。こっ、ここは？　虹口《ホンキュウ》の三田村家の居間か。ぶじ十回目の世界にやってきたようだ……。声は二階の寝室から聞こえてくる。階段を上がり、寝室の扉に耳をつけた。それから「ま、まさか！」と気づき、廊下を駆けて便所に飛びこんだ。日めくりカレンダーで確認すると、なぜか約二年前……一九一五年の夏に戻っていた。そ、そして、この日付は……次女の麗奈の生まれた日じゃないか！　ぼくは今まさに三人目のお産という日に戻ってしまったのだ。

ぼくは寝室の扉越しに「逆子だ！　お夕ちゃん、逆子だよう！」と叫んだ。産婆の「あらホントだ！」という返事が戻ってきた。しばらくして、家中に赤子の泣き声が響き始めた。よかった。母子ともに健康。今回もぶじ生まれてくれた……。

夜になり、家族が寝静まってから、ぼくはこっそり地下室に降りてみた。二年前の世界に戻ったのなら、火の鳥の首は地下室の簞笥の奥に保管されているはずなのだが、なぜか引き出しは空だった。一年のはずが、二年も戻り、そのうえ首はどこかに消えてしまった……？　不思議な鳥の首は、傷み、力をだいぶ無くしていたのだろうか。ぼくは、時に消え、カタカタ蠢いていた姿を思いだし、鳥は何らかの理由でタクラマカン砂漠に戻ったのかもしれぬと考えた。

夜半、電話が鳴った。山本五十六くんからだった。『ふっ、信じられないが、はっ、本当に、うっ、時が戻っている。ううっ』と聞こえてくる。やけに洟を啜ると思ったら『きっ、気にするな。実は、去年老衰で死んだ猫が、生きて……』と言ったきり、山本くんは絶句した。

『鳳凰機関、あぁ、命というのは何だろうか？』

ぼくは、答えられなかった。うちでは次女が生まれたところで、と言うと、山本くんはまた絶句した。

鳥の首が消えた話をすると、数日後また電話がかかってきて、『タクラマカン砂漠に戻った可能性を考え、新たな調査隊を出した。犬山狼太少尉の弟の犬山虎治《とらじ》少佐が隊長を引き受けた』と言った。この三代目の調査隊は順調に旅をし、十ヶ月後、火の鳥の首とともに帰ってきた。やはり首は楼蘭王国に戻っていたのだ……。山本くんが大事に箱に入れて持参し、三田村家の地下室で、そっと開けた。鳥の首はさらに傷み、うっかり触るとボロッと崩れる。瞼《まぶた》がないのに、夢見るように瞬きし、今にも飛びそうに震える。ぼくは気味が悪いと思ったが、山本くんは優しい声色で「まるで羽衣を盗まれた天女のようだねぇ」と囁いた。「えっ、君はこれが怖くないのかい」「いいや。だって、綺麗な顔をした女の鳥じゃないか」「雌……？　そんな、考えたこともなかったよ」とぼくは首をかしげた。

山本くんは、レーニン暗殺事件阻止のため日本国内で暗躍し、ロシアに向かった。「万一失敗したときはもう一回時を戻せ」とぼくに言い置いて。

一九一七年十一月、レーニン暗殺事件、起こらず。ぼくはほっとしたものの、数日後、家族で七五三に出かけた帰り、別のニュースが飛びこんできた。モスクワでレーニンとスターリンのいる建物に謎の戦車が突っこんだというのだ。二人の命に別条はなかったが、逃走中の犯人は日本陸軍の若手らしく、今回もやはり外交問題に発展してしまった。

ぼくは帰宅し、家族団欒の後、夜半に一人地下室に降りた。簡易型の〝エレキテル太郎七号〟に火の鳥の首を入れ、ため息交じりにレバーを引く。これを言うのももう何回目だろう。「フェニックス、フライ」と……。

……顔中に、生温かく甘い匂いのする液体が、ぶわーっとかかった。ぼくは虹口の公園のベンチに座り、腕に麗奈を抱いていた。ちょうど乳を吐いた瞬間だ。ぶじ十一回目の世界に着いたか……。ゴホゴホ咳《せき》こんでいると、通りがかりの老婦人がハンケチで拭いてくれた。

乳を吐き戻したということは、まだ生まれて間もないのだろうか。しかし体重は三貫（約十一キロ）はありそうだ。ということは一歳か。約一年時が巻き戻ったのだろうと思い、老婦人に聞いてみると、予想通り一九一六年の秋だった。ぼくは礼を言い、急いで家に帰った。

地下室に降り、鳥の首がないか確認する。やはり今回も、前回のこの時間にあったはずの引き出しの中から消えていた。またタクラマカン砂漠に戻ったのか……？　相談しようと山本くんに電話をかけるが、夜までつかまらず。ようやく繋がると、『君、犬山虎治少佐が砂漠に旅立った歴史が消えたようだ。彼はいま東京にいる。火の鳥に関わる出来事ごと、なかったことになっているぞ……』と説明された。上海でも鳥の首が消えていると話すと、山本くんは『うぅむ。もう一度、犬山くんに調査隊を出してもらわねばならんな』と唸った。

火の鳥調査隊が再びタクラマカン砂漠に出発し、山本くんはロシアに向かった。翌一九一七年十一月。陸軍の一部による暗殺計画は阻止され、新聞には何事も載らなかった。ロシア革命は起こり、レーニンがその中心となった。ぼくはほっとし、家族と三回目の七五三に出かけた。ぼくも、麗奈が「わたちの！　ぜんぶ！」と全員の千歳飴を口に入れる事件を未然に防いだ。

翌月、山本くんがロシアからの帰国途中に上海に寄り、「今回は世話になったな、鳳凰機関」と笑った。「山本くん、ぼくは八回目の世界で君に命を助けられたから、恩返ししたくて……」と話すと、山本くんは「何？　天皇陛下の赤子たる民草（人民）を守るのは帝国軍人の務めだ。礼なぞいらん」とキョトンとして答えた。

犬山兄弟の弟による調査隊がなかなか帰ってこないのを心配しつつ、山本くんと別れた。「また貴様の力を借りる日がくるかもしれんな、鳳凰機関。しかし、本当に時が戻ったのだろうか……？　すべて夢だったような気がするのだ」「うん。ぼくも毎回そう思うんだ」と小声で答えた。

二年後、世界大戦はようやく終結した。その間に日本は、欧米各国とともにシベリア出兵し、ロシア革命に干渉。この件が国庫を圧迫し、国内には不景気の波が押し寄せた。そして……。

――朝がきて、じりじりと日が差し始めたタクラマカン砂漠。猿田博士が腕を組み、険しい顔で、

「レーニンが、革命の途中で日本人に殺されたり、スターリンと共に戦車に襲われたなんて歴史は、ない！　彼らは革命を成し遂げたはずじゃ！」

隣で川島芳子が、首を振り、

「つまり日本は、失敗しちゃやり直してたんだな。……ん、マリア？　どうしたのさ？」

マリアが「いえ……」と蒼白な顔をしかめ、

「レーニンが暗殺された九回目の世界が、わたしにとっての一回目です。あのとき楼蘭王国にきた犬山は、じつは兄弟の兄であり、次の十回目の世界で会ったほうは弟だったのですね。二人はよく似ていましたよ。そして十回目ではスターリンも日本陸軍の戦車に襲われ……」

ルイも「うん。で、その次の十一回目の世界で、ボクらの知る歴史と同じく、ロシア革命はようやく成功したんだ」とうなずいた。

それから、隣りあって座る間久部緑郎と正人のほうをちらっと見て、不審そうに、

「どうしたんだよ？　二人とも妙に静かになっちゃって……。何か、気になることでもあるの」

間久部緑郎は、ルイの声に「いや、何も！」とそっぽを向いた。正人は黙ってうつむいている……。

猿田博士たちが「む？」と顔を見合わせる。

三田村要造が「うぅ。そして……」とまた話し始めた。一同は再び三田村要造の声に耳を傾け始めた……。

国内は不景気だったが、上海に居を構える三田村興産の経営は、引き続き順調だった。中国人マフィアに、日本の軍人に、欧米の商人に、各国のスパイ……魑魅魍魎《ちみもうりょう》と渡り合う大陸商売は、危険と隣り合わせだ。何かあるたび上海の日本人会で団結し、解決した。

こうしてぼくの四十代は、仕事と子育てで眠る間もなく終わった。努力の甲斐《かい》あり、上海支店は父率いる東京本社を呑みこむ勢いで巨大化した。

東京に戻ると、下町の本所深川にある田辺家で、保の家族と牛鍋の食卓を囲んだりした。奥さんの文壇仲間の岡本かの子ちゃん、高村光太郎くん、室生犀星《むろうさいせい》くんたちがいて、彼らはだいたい何を言ってるのかわからないのだが、言葉が空からキラキラ降るようで、聞けども聞けども飽きなかった。無政府主義者《アナーキスト》の大杉栄くんと、その恋人で、平塚さんや賛美歌さんから「青鞜」を継いだ詩人の伊藤野枝《のえ》ちゃんとも、よく会った。ぼくは大杉くんとことに気が合った。大《おお》の字、三《さん》の字と呼び合うほど仲良くなり、一度大の字の仲間が「こいつはブルヂョアジー、敵だ！」とぼくを糾弾したときには、大の字は「いやいや、世界を股《また》にかける企業っちゅうのは、日本という国家の中にある独立した共同体みたいなもんだ。たとえ国家が滅びても、別の土地に根を下ろし生き残るはず。そう思うと、ある意味アナーキーで自由な存在じゃないか？　俺は、三の字の優しい笑顔の陰に、ニヒリスティックな精神の爆発を感じ、痺《しび》れてるんだぜ」と謎めいたことをまくしたてて庇い、その隣で野枝ちゃんも「そう、そうさねぇ！」と持参の三味線をかき鳴らしてくれた。

田辺家の上の子は人懐っこく、よく堀口大學《だいがく》くんの膝《ひざ》で甘えていた。下の子は恥ずかしがり屋であまり出てこなかった。そういえばうちの子も、長女は秀才、長男はぼくに似ておとなしいがちょっと変人風、次女は父に似たのか気が強くてがらっぱちと、三人とも個性がちがう。賛美歌さんにそう話すと、「わたしも要造ちゃんちの子に会ってみたいなぁ」とにこにこしてくれた。

田辺家の牛鍋はぼくの大好物だった。保から隠し味はバターだと教えてもらい、どうしても妻と子供たちに食べさせたくて、上海の自宅で再現してみた。でも、どうもうまくいかない。妻は「あらおいしいわよ」と喜んでくれたが……。

遅く生まれた子供たちも、ぼくたちが五十歳になるころには、上の子が母親の背丈を越すほど成長した。ぼくはとみに体力の低下を感じたが、休む間がないのは相変わらずだった。一九二三年夏。商用でまた東京に出向いた。このころ父は痛風で臥《ふ》せっており、ぼくは父の代わりに様々な仕事をこなした。八月最後の日、日本列島を台風が襲った。翌日はその余波で強風が吹き、銀座を歩いているとき山高帽が飛ばされて、あわてて追いかけたりした。お昼十二時少し前、浅草界隈。ぼくは後頭部に何かが当たった衝撃で前方に倒れた。そしてそのまま記憶を失った……。

「……造さん、要造さん、死んだらダメだよう。あちきを庇って死なれたら、お父ちゃんに申し訳が立たないよう！」

という女の声がして、ぼくは「う、うぅ」と目を開けた。雪うさぎみたいに色白で、まんまるに肥えた、四十がらみの女が涙を流して叫んでいた。

その声もかき消されるぐらい、周りは物凄い喧騒《けんそう》だった。道に瓦が落ち、電柱が倒れ、路面電車がひっくり返って燃えていた。悲鳴と怒号、人々の足音が響く。

関東大震災であった――。

ぼくはどうやら連れの女性を庇い、看板で頭を打ったらしい。だがショックで記憶が飛び、自分がどこの誰かも何もわからなかった。女に抱き起こされ、「上野だよ！　上野のお山に逃げるよ、要造さん！」と瓦礫《がれき》の山を抜け、多くの避難民とともに上野公園にたどり着いた。東西南北見回すと、東京のあちこちから火の手が上がり始めていた。昼時の竈《かまど》から火が出て、強風に乗って町を舐《な》めているのだ。

着の身着のままの避難民で混みあう中、「要造さん！　要造さーん！」とわぁわぁ叫ばれ、たまらず「奥さんは一体誰です？　思いだせない」と聞くと、女は仰天して、

「あんたのお母ちゃんだよ。しっかりしとくれ！」

すると、隣に座る避難民がぼくらの顔を見比べて「そいつは嘘だ。歳が逆だ」と言った。女は首を振り、「この人はお父ちゃんの連れ子だよ。あちきは十六で水揚げされ嫁いだのさ。要造さん、よぅく見とくれ。あちきだよ、雪崩だよう」とぼくをぶんぶん揺さぶった。

継母の雪崩は、猛勉強して字を覚え、商才も発揮。東京本社副社長を務めるまでになっていた。この日もぼくを連れて取引先を回っていたらしい。だがぼくは何しろ自分の名前さえわからない有様で、「日本橋の家に戻らなきゃ。寝たっきりのお父ちゃんを置いてきちゃったよ。要造さん！」と泣かれても、父とは誰かさえ把握できなかった。周りの女たちに「へたに動かんほうがいい」「明日にしんさいよ」と説得されるうち、雪崩は「お父ちゃ……」とへたりこみ、寝てしまった。

夜になっても炎は収まらなかった。南の日本橋、神田、東の浅草……。波打つように火が動いている。

どうやら、上野のお山は燃えずにすみそうだとわかると、気が遠くなり、ぼくもガクリと眠った。目を覚ますと明け方で、煙の向こうからうすぼんやりとした朝がきた。まさに人、人、人で足の踏み場もない上野公園を、不吉にくすんだ朝日に照らされ、十四、五歳と見えるほっそりした少年が近づいてくる。弟なのか、七歳ぐらいの男の子の手を引いていた。一人一人の顔を覗《のぞ》きこんでは、首を振り、とぼとぼ歩く。家族を探しているのかと同情し、ぼんやり見ていると、少年がぼくの顔を見るなり甲高い声を上げた。横になっている人たちに躓《つまず》いて転びながら近づいてくる。ぼくにすがりついて「おじさーん！　三田村のおじさーん！」と叫ぶ。戸惑っていると、雪崩が目を覚まし、「坊ちゃん、この人は頭を打っちゃったんだよ。何もわからないんだ」と教えてやった。少年は「そんな、そんなぁ」と涙を拭き、まるで猫のような大きな目を涙でいっぱいにして、

「ぼく、緑郎です！　おじさん。田辺緑郎です！　こっちは弟の正人ですよ！」

——朝日に照らされるタクラマカン砂漠。

三田村要造の声に、一同は息を呑んで間久部兄弟の顔を凝視した。二人は背中を合わせて腰掛け、それぞれ別の方角を眺めている。間久部緑郎は整った顔に不思議な薄笑いを浮かべており、正人のほうはじっとうつむいていた。

「緑郎って、おいら、聞こえたけど……？」

「うむ！　緑郎は珍しい名前じゃ。この田辺少年が、一九二三年、つまり十五年前の間久部緑郎なのか？　緑郎と正人の旧姓は田辺か？　ということは……？」

と、猿田博士と川島芳子が顔を見合わせる。「間久部兄弟の父親が田辺保工学博士じゃろうか？　母親は詩人の田辺賛美歌……。つまり……」「田辺博士ってのは、火の鳥の首を使って時を巻き戻す装置を開発した張本人じゃないか！」と、芳子が腕を組む。その横でマリアが立ちあがり、両手で顔を覆って「あぁ、これはどういうことなんです！」と叫ぶ。

ルイが黙って背中の飾り刀をシャッと抜いた。「話の続きを聞こう……」と囁きながら、地面に乱暴に突き立てる。一同はうなずき、三田村のほうに向き直った。

間久部兄弟は沈黙し続けている。三田村は「少年の声に、雪崩が答え……」と、再び話しだした。

緑郎少年は、まるで小さな女の子みたいにぼくに追いすがり、わぁわぁ泣きだした。雪崩が
「要造さん、田辺って、幼なじみの保さんのことじゃないかい？　確か息子が二人いたはずだよ」

と助け舟を出す。少年が「そうです、そうです！」としゃくりあげ、

「は、母が家にいて。本所深川の……。逃げてって、言われて、ぼくら、母を置いてきちゃったんです……。父は、父は、本郷の職場にいるはずです。おじさん、三田村のおじさん……！」

ぼくと雪崩ははっと顔を見合わせた。ついで、上野公園の高台から目を凝らした。西の方角にある本郷はよく見えなかったが、南東の下町、本所深川のほうは、黒煙でいぶされ、朝日の色まで、この世の終わりのようだった。

ぼくたちの表情を見て、緑郎少年が、すっと顔色を変えた。

家に帰ると言い張り、止めても聞かず、小さな弟の手を引いてどんどん歩きだしてしまった。雪崩が「あ、ちょっと！　あんな子供だけで行かせられるかい。要造さん！」と、ぼくの手を引いてついていく。恐ろしい姿を見せる、燃え残りの町を四人で歩きながら、ぼくらは緑郎少年の話を聞いた。

「あのとき、ぼく、家に帰ってきたところで。正人は外の道で遊んでて。ドンッと揺れて、正人と電柱に摑《つか》まってなんとか耐えたんです……。その後、周りの家の人が、みんな逃げだして。あわてて家を見たら、台所の小窓が開き、母が笑顔を見せて……」

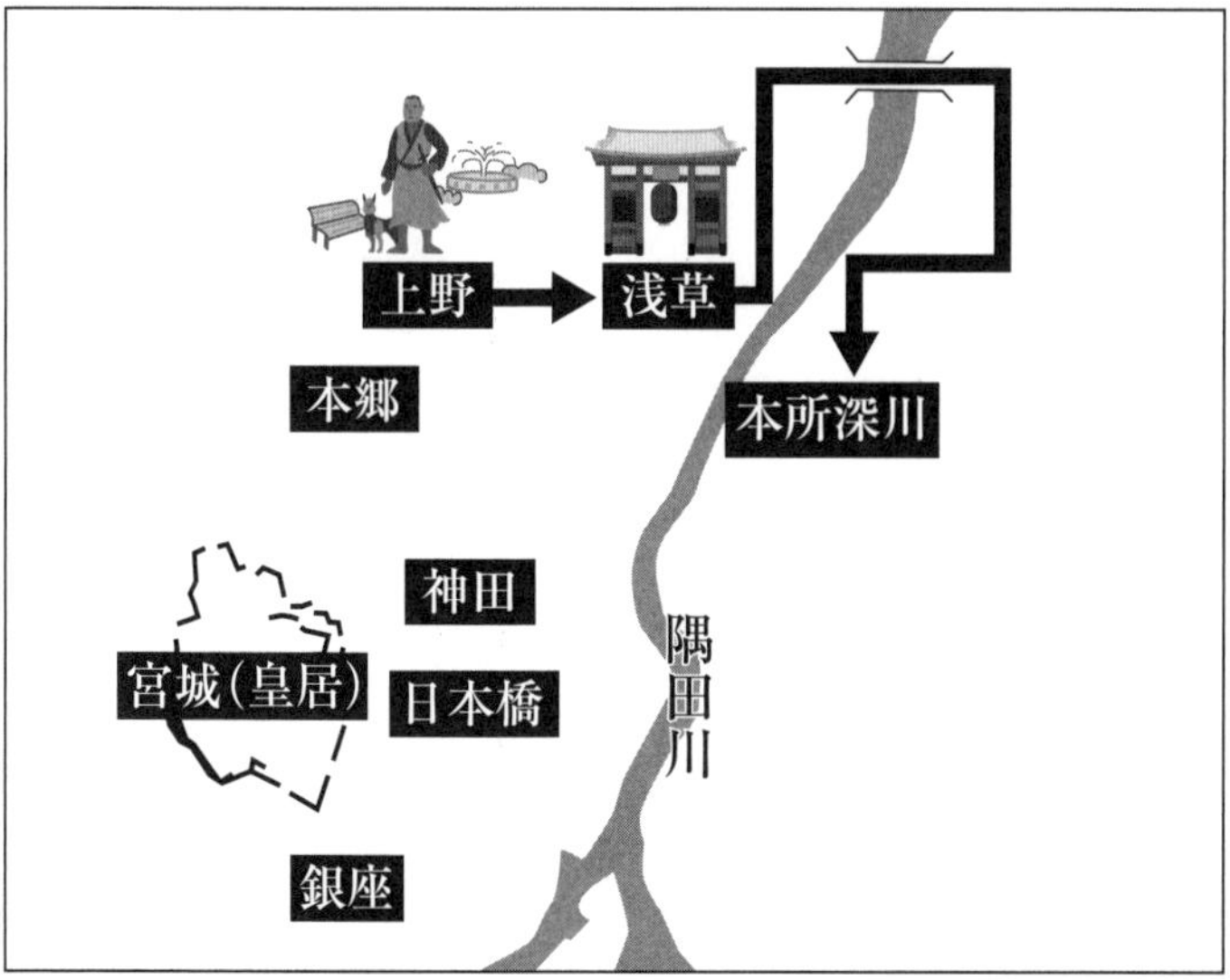

「おや？　そんなときに笑ってたのかぇ……？」

「はい！　で、正人を連れて先に逃げてって。書きかけの詩の原稿があるから、荷物をまとめたい。上野の西郷さんの銅像の下で待ち合わせしよう、って」

「あぁ、それで、君……。今朝、上野公園でみんなの顔を確認してたんだね」

緑郎少年はうんとうなずき、耐えきれずまたしゃくりあげて、「でも、探せども、探せども、母はいない。大人はみな殺気立ってて、母を知りませんかって聞いて回っても、相手にしてもらえなくて……」とうつむく。雪崩が「可哀想にねぇ」と吐息をついた。

上野から東に歩き浅草へ……。でも、北から南に横切る隅田川は、橋が燃えおち、川の中も恐ろしいことになっており、到底渡れず。一度北に向かい、燃え残る橋を探し。ようやく橋を渡り、川の向こう岸に着いてから、改めて南に向かった。ぼくが弟の正人を背負い、雪崩が緑郎少年をなだめ、休み休み歩き、夕方までかかった。

本所深川は、家も何もかも焼け落ち、ところどころ小さな炎も残っていた。緑郎少年はうつむき、話さなくなった。やがて家が近づくと、たまらず走りだした。

田辺家も燃え落ちていた。柱らしきものが数本、鈍色《にびいろ》の夕日に照らされている。台所のあった場所に、年齢も性別もわからない黒焦げのご遺体があった。ぼくはとっさに弟の正人少年の目を手で覆って隠した。緑郎少年が膝をつき、まだ熱を放つ真っ黒な頭部を持ちあげて、頬ずりし、「お母さん！」と呼んだ。

「お母さーん！　お母さーん！　お母さーん！」

ぼくは、正人少年をぎゅっと抱いて耐えた。雪崩が近づき、あっとつぶやいた。柱が一本倒れていて、ご遺体は腰から下が潰されていた。「この柱のせいで動けなかったんだねぇ。この人、子供らを助けたい一心で嘘をついたんだ。ナムアミダブツ、ナムアミダブツ……」と雪崩が手を合わせる。

道行く人々が「宮城（皇居）は燃えてない」「陛下もご無事らしいぞ……」と話す声が遠く聞こえてきた。

夕日が落ち、辺りがいっそう暗くなる。

緑郎少年が顔を上げた。炭で真っ黒に染まり、涙の痕が幾筋も伸び、まるで異世界の戦化粧のようだった。全身をぶるぶる震わせ、「誰も、助けてくれなかった。名もない子供が、泣いてたって、あぁ、誰も見向きもするもんか……」とつぶやく。ついで、黒焦げの母の頭部を抱きしめ、黒目がちの瞳をギラギラ光らせて、

「ぼくは、百万回、地面が揺れたって、百万回、お母さんを助けられるような、えらい人間になってやるぞ。権力っ！　そう、権力だっ。悪魔に魂をくれたっていいぜ。寿命を半分やったっていいぜ。ぼくはっ、ぼくはーっ。王国の、王にっ、皇国の、皇帝にっ、軍事国家の、最高司令官にーっ。ぼっ、ぼっ、ぼくはっ、なってやる。必ず、なってやるぞぉぉぉーっ！」

少年のつぶらな目に、辺りに燃え残る火が映ってちらちら揺れていた。

東京中に燃え広がった炎は、二日後、鎮火した。死者行方不明者十万人以上、焼失家屋二十九万棟以上。ぼくの生家がある日本橋も町ごと燃え、家も、父も、みつからなかった。雪崩は行方不明者の名を書いた大きな幟《のぼり》を持ち、「お父ちゃーん、お父ちゃーん」と東京中を歩き回った。みつからないまま半月経ち、雪崩はついにあきらめた。それからは、涙を拭き、三田村興産の立て直しに奔走しだした。

古き良き江戸情緒と舶来物のハイブリッドだったハイカラな街は、燃え落ちてしまい、東京は徐々に新しい建物に覆われていった。

ぼくは、記憶をなくしたまま上海に戻った。東京本社の雪崩や上海支店の部下に支えられ、なんとか商売に復帰することができた。だが、妻子のことも忘れてしまったため、家庭生活は空虚

なものとなった。

　妻は親切な女性のようだった。わからないことがあるたび、根気よく教えてくれる。いつも笑顔なので、明るい人なのだなと思っていた。でもある日……。ぼくが応接間で新聞を読んでいるところに通りかかり、あっと足を止めた。

　関東大震災時、デマを信じた人々が朝鮮人虐殺事件を起こした。また、政府にとって邪魔だった無政府主義者を憲兵がどさくさ紛れに連れ去り、憲兵隊司令部内で惨殺した。読んでいたのは、そうした犯罪に関する記事だった。妻は、無政府主義者の男女の写真を指差し、震え声で「この方々、あなたと親しかったのよ。あなたも、東京から帰ってきちゃ、大の字が、野枝ちゃんがって」「えっ……？」「おっ、大杉栄さんと伊藤野枝さんじゃない！　殺されちゃったのよ。なに冷静に記事読んでるのよ……。あなた、もうなんにも思いだせないっていうのっ」と叫ぶと、妻は床に座りこみ、堰《せき》を切ったように泣きだした。

　その背中を見下ろしていても、かわいそうとも、申しわけないとも、なんとも思えなかった。記憶とともに人間らしい感情も消えてしまったようで……。


　幼なじみの田辺保はというと、あの日は本郷の東京帝国大学におり、危うく助かった。だが、妻の賛美歌を亡くし、日本橋の実家も焼失して兄夫婦の行方もわからずじまいで、すっかり人が変わってしまったらしい。

そこで親戚の協議の上、息子たちは、大阪にある妻の実家、間久部家に養子に出された。独り身に戻った保は、日夜研究に明け暮れたが、半年後、とつぜん辞職し、銀座の外れに牛鍋屋〈間久部〉を開店した。ぼくは商用で東京に行くたび、店を訪れた。保はいつも「ヨーちゃん、君は全部忘れてしまったから、だから気軽に話せるのさ」と、小さな声で歓迎してくれた。

関東大震災の約三年半後、大正天皇が崩御。摂政を務めていた裕仁《ひろひと》皇太子の即位が決まった。ぼくは雪舞う年末の銀座に出向き、牛鍋屋〈間久部〉に顔を出した。保と一緒に「新しい年号は〝昭和〟で、君民一致の世界平和を意味する……」というラジオの発表を聴きながら、「明治、大正、そして昭和か。ぼくら年号を三つも跨いだね」と労《ねぎら》いあう。保は「お互い年を取るはずだぜぇ」とつぶやき、五十をとうに過ぎたぼくの顔を、不思議な優しさと悲しみを浮かべた目で、ちらっと盗み見た。

その前年の冬のことだが、商用で大阪に出向いたおり、ぼくはふと思い立ち、緑郎と正人の兄弟が引き取られた間久部家を探してみたことがあった。賛美歌の弟夫婦が家業の飲食店を継ぎ、息子が一人いるとのことだった。間久部家は天満の下町にある古い平屋だった。子供の泣き声がするので、竹塀越しに覗くと、あの日ぼくがおぶって東京の瓦礫の道を歩いた正人少年が、年上の少年にぶたれ、泣いていた。「親のない子！　ムダ飯食らい。野良猫め！」と声が響く。これが弟夫婦の息子だろうか……？

そこに、キーッと自転車が停まった。

学帽姿のすらっとした青年が降りてきた。自転車のカゴに野球のグローブが入っている。息が白く染まっている。おや、背が伸びてすっかり大人らしくなったが、緑郎くんのようだ。

緑郎くんが大きな目でギロリと睨みつけると、少年は「チッ」とあわてて逃げていった。

「まったく！　正人、またアイツにやられてたのか。おまえは昔っから弱虫だなぁ」

「兄さん……」

「もっと強くならなきゃだめだ！　強く、強く！」

と、兄の緑郎くんからハッパをかけられた正人少年は、小声で、

「でも、強い者だけが正しい世の中なら、兄さん。兄さんが弱くなったときは、どうするの」

「ナニィ？　ぼくは弱くなんかならん！　絶対だ！　弱い者には価値がない。負けて、踏まれて泣くだけさ。……お母さーん、お母さーん、ってな！」

緑郎くんが唇を歪《ゆが》ませる。「おまえみたいな甘ったれは、永遠に何の役にも立たんだろうよ」

と弟から顔を背け、大股で家に入っていく。

一人になった正人少年は、凍える空を見上げて黙っていた。それから優しく微笑み、

「でも、兄さんには、ぼくがいるから大丈夫だ……」

とつぶやいた。

いや、君のほうが、兄の緑郎くんに守られているように見えるけど……？　正人少年の謎の言葉は、この日ぼくになんとも不思議な印象を残した。

　さて、このころ。大日本帝国の景気は、まずシベリア出兵による出費で傾き、つぎに、関東大震災によって更なる大打撃を被っていた。

　こうなると、大陸の豊饒《ほうじょう》な資源がますます重要となった。ぼくも、大陸を南北に走る南満州鉄道に揺られ、満州へ向かう機会が増えた。麗しの長春、さらに先の凍える地へ……。広大な大地を火薬でドカーンと吹き飛ばし、ボーリングマシンで穴を開ける。石油はなかなか掘り当てられなかったが、石炭は豊富で儲かった。ぼくはまたぞろ多忙となった。

　大陸の雄大な景色は、ロマンそのものだった。どこまでも続く地平線に、真っ赤な巨大な夕日が傾いて落ちていく。ぼくはがっちりした満州馬に跨《また》がり、大地を駆け回った。もう戻ってこられなくてもいいような気持ちとなり、風を感じ、どこまでも進む。若い社員に「年寄りの冷や水！」と叱られたが、でも、この満州の大地にいると、ぼくは自分がもう六十近い初老の身だとは到底信じられないのだった。それに、大震災以来記憶をなくし、感情もあまりない自分でも、この大自然の中にならいてもいいと思えて……。

　一方、上海の自宅では、妻の体調が悪くなり臥せりがちだった。三人の我が子とも心通わずで、ぼくは帰宅を避けるようになっていった。

　満州は危険な土地でもあった。満州族と蒙古族は独立運動を続け、南から移民した漢族の馬賊も勢力を増していた。そのうえ、北からはソビエト連邦、東からは我が大日本帝国、南からは中華民国が目を光らせていて……。ぼくら日本人は、南満州鉄道の警備を請け負う日本陸軍の部隊、關東軍に守られて行動するのが常だった。

一九二七年、満州族が建国したものの十五年前に滅びた清王朝の皇女、愛新覺羅顯玗《けんし》と、蒙古族の英雄的将軍の息子が、關東軍の軍人の仲立ちで婚姻関係を結ぶことになった。これは政略結婚であり、満州族と蒙古族は關東軍の勢力下で独立運動を続けることになるのだろうとぼくは考えた。豪華なホテルで行われた披露宴に、ぼくも末席ながら出席した。皇女は日本人の養女として東京で育ったため、川島芳子という通称も持っていた。サテンのドレスに霞のようなベールを被《かぶ》った花嫁は、はっと息を呑むほど美しかった。冬のハルビンで見た凍える河のような冷たい目。ぬめぬめと赤く光る唇。そして、御国を失った皇族に相応《ふさわ》しい憂いを全身に湛《たた》えていた。

この披露宴で、ぼくは変わった経歴の男と話す機会を持った。蒙古族に囚われたものの、巡り巡って騎馬隊長に出世した、大滝雪之丞という老人だ。大陸焼けした顔に深いシワを刻んだ大滝は、「三田村さん、じつは、あんたの親父さんに昔世話になったことがあってな。探検の費用を出してもらい……」と懐かしそうに話しかけてきた。父が関東大震災で行方知れずになったと知ると、驚き、オイオイ泣いてくれ、「親父さんに！　献杯！」とぼくと紹興酒のグラスを合わせた。

日本では不況が終わらず、巷《ちまた》では「せまい日本にゃ住み飽いた！」とちょっとした大陸ブームが巻き起こっていた。海を渡る日本人が増え、關東軍の兵士の頭数も増加した。商売の行き帰り、そんな兵士たちと話すと、「不況にはドンパチが効くぜ」「日本は島国、どうったって大陸の大地が必要じゃ」と口々に言うのだった。大陸商売は儲かったが、ぼくは、上空に不穏な空気が溜まって空が濁っていくのも感じていた。翌一九二八年、満州馬賊の首領、張作霖《ちょうさくりん》が鉄道列車ごと爆弾で吹き飛ばされて殺される事件が起こる。これは、満州のさまざまな権利を巡って張作霖と対立した關東軍が、日本政府や陸軍に無断で暴走した暗殺事件だと噂された。關東軍にはどうやら、目的のためなら手段を選ばない危険な面があると思われた。

翌年、アメリカで株価が大暴落し世界大恐慌が巻き起こると、日本はさらなる不景気に苦しむこととなる。国内ではさまざまな議論があったが、ここ満州では、荒くれ兵士どもが「ドンパチせんとな！」「内閣はなにをしとるんじゃ！」とますます殺気立つのだった。

ある日。蒸気を上げて大地を走り抜ける南満州鉄道の座席で、うとうと居眠りしているとき、ぼくの耳に「〝鳳凰機関〟……？」という兵士の小声が聞こえてきた。

「俺も聞いた！　百発百中の千里眼だと！」

「そう。正体不明の男なんじゃ！」

「なんでも上海にいるらしいぜ……」

ぼくは、むむ、と耳をすませた。〝鳳凰機関〟？　どこかで聞いたことがあるぞ？　兵士が「海軍の山本五十六少将が知ってるが、誰にも教えんそうだ」「先の日露戦争の日本海海戦も、〝鳳凰機関〟の未来視で勝利したらしい」と噂話を続ける。

ぼくは首をひねり、考えこんだ。〝山本五十六〟にも聞き覚えがある……。どうも記憶喪失になる前の知人らしく、何年か前、上海の自宅を訪ねてきたのだ。「犬山虎治少佐が楼蘭からようやく戻ったぞ。〝火の鳥〟の首を持ち帰った。……いや、おまえはすべて忘れたのだったな、〝鳳凰機関〟」と無念そうに言い、不気味な鳥の首のミイラ入りの箱を置いて帰ったのだ。犬山少佐、が。

楼蘭、火の鳥、鳳凰機関……？　何のことかわからず、箱ごと地下室にしまいこんで忘れていた。

山本五十六とかいう男は、なぜあの日、ぼくを〝鳳凰機関〟と呼んだのか？　思い悩んでいると、隣の席の男がぐっと身を乗りだし、かすかな東北訛《なま》りの日本語で、

「オイ、その話もっと聞かせろ」

兵士達が「い、石原中佐？　一体いつからそこにおられたのですか」「別に大した話じゃ……」と怯える。横目で見ると、黒マントに身を包んだ、軍人らしからぬ四十がらみの男だった。右手に食べかけの大福を持ち、左手でドイツ語の詩集を開いている。ぼくは「お話しなさるなら席を代わりましょうか」と、黒マントの石原中佐と座席を交代した。そして、おかしな噂話を続ける荒くれ兵士どもの声を子守唄に、またうとうとし始めた。

上海では、妻の容体がますます悪くなった。ぼくは正直、よく知らない年配女性の病人を抱えているのが重荷だった。代わりに、東京から父の後妻の雪崩がやってきて、甲斐甲斐しく看病してくれた。長女の汐風によると、夕顔も雪崩も最初の数日は一言も話さなかったが、あるとき夕顔が「ねぇ、なだ公。あんとき悪かったわね。ケチケチせずに一緒に食べりゃよかったわ。銅鑼《どら》焼《やき》……」と口火を切った途端、雪崩が布団につっぷしてワッと泣きだした。

「あちきが、あちきが悪いんですよ！　姐《ねえ》さん……ごめんなさい。犬コロみてぇに盗み食いし

て！　そのうえ、あちきがお父ちゃんに言ったんです、追いだしてって。お父ちゃんは、要造さんとも姐さんともずーっと一緒にいたかったんですよ！　わーっ！」

「もういいの、もういいのよ！　あたしあれから何度も考えたの。なだ公、あんたともっと仲良くやれたはずって。でも、あんときゃあんときで二人とも精一杯だったのかなぁ？　人生ってそうよねぇ。どうして、後悔ばかりなのに、生きることってけっしてやり直せないのかしら」

この日、夕顔の声は健康だったころのようにまたしっかりしていて、雪崩のほうは「ウウー。姐さん、姐さん……」と十六歳の少女に戻ったように涙を流すばかりだったという。

そして……。

一九三一年の夏、記憶のないぼくにとっては見知らぬ女性であるところの、三田村夕顔が、死んだ。ぼくは長春で仕事中、容体悪化の報を聞き、上海に帰ろうと南満州鉄道に飛び乗ったものの、いざ三田村家の前に着くと臆して入れず、玄関先の庭石に腰掛けて、妻が息を引き取るのをただじーっと待った。夏の日差しが真っ黒に濃い影を作り、蟬《せみ》がミンミン鳴いていた。夕刻、扉が開き、長男の硝子が顔を出し、ぼくをみつけて仰天した。ついで言葉にならぬ叫び声を上げて殴りかかってきた。どうやら、最期まで夫のぼくに会いたがっていたのに、と言ってるらしい。

家に入ると、広間の天井から吊り下がる金色の鳥カゴが、風もないのに揺れていた。小鳥が入っているかと覗いたが、空だった。ぼくは正直少しぞっとした。死者に呼ばれたようで、嫌だった。

この年の九月のある夜、南満州鉄道の線路が何者かの手で爆破された。關東軍はこれを馬賊の仕業だと主張。軍事行動を起こした。満州事変――。どうやらこの件も、日本が満州を占領すべしと思いつめた關東軍による自作自演で、日本政府も、大元帥たる陛下も、陸軍も寝耳に水の極秘行動だったらしい。やはり關東軍には目的のために手段を選ばないところがあるぞとぼくは考えた。

しかし、この作戦は中華民国の国民革命軍に知られており、すぐさま鎮圧された。石原莞爾中佐を始めとする首謀者は即刻左遷。石原莞爾とは、南満州鉄道で同席した黒マントの中佐だろうか、とぼくは首をひねった。

このとき、川島芳子こと愛新覺羅顯玗がスパイとして国民革命軍に囚われ獄中死した。若き皇女は「失われた清王朝の復興」を掲げ、蒙古族の婚家を飛びだし、關東軍に軍事協力した。そして「中国を愛し清王朝に忠誠を誓っている」と言い残し、儚き命を散らしたのだった。

その後、日本の東北地方で大飢饉があり、国内の景気はさらに悪化した。世界情勢を振り返れば、かの世界大戦以来、西欧の帝国より、新大陸アメリカの国力がだんぜん増していた。国防の観点からも脅威であり、また経済的不安も強く、国内の反米機運が高まった。東京で会う人が口々に「敵はアメリカだ！」と言うのだった。

一九三四年。長女の汐風が銀行頭取の長男と見合い結婚した。長男の硝子は三田村興産で修業中。次女の麗奈はすっかり不良娘となり、女学校を放校寸前で卒業した。幼なじみの田辺保の息子たちは、ともに成績優秀で、長男の緑郎は陸軍士官学校を優等で卒業し、軍務に就いたと聞いた。

さてある冬の夜。ぼくは客間に火鉢を置き、一人で餅を焼いていた。と、「頼もーう！」と男の甲高い声がし、玄関から誰かがズカズカ入ってきた。汚れた黒マントを羽織り、顔も首も垢《あか》で赤黒く汚れ、目は血走って見開かれている。おや、どことなく見覚えが……。あぁ、いつぞや南満州鉄道で同席した石原中佐か！　もう一人の男の腕を摑《つか》み、荷物のように乱暴に引きずってくる。仁王立ちすると、東北訛りの残る大声で、満州事変のことを話しだした。うむ、やはり彼があの件で左遷された石原莞爾だったか……？

「あんたが、あんたが〝鳳凰機関〟だったとはな！　ぼくはもう三年も、上海中の地べたを這《は》いずり、千里眼の日本人を、さっ、探したんだ。阿片窟《アヘンくつ》に、娼館《しょうかん》に、密造酒屋に……。まさか三田村財閥にいたとはな！　考えてみりゃ納得だ。未来がわかるなら、大金持ちにもなれるってわけだな」

ぼくは、この男まで自分を〝鳳凰機関〟と呼ぶことに戸惑った。と、石原に引きずられてきたほうの男が苦しそうに呻き、「すまん、〝鳳凰機関〟……。怪しげな酒をむりやり飲まされ、朦朧《もうろう》とし、つい貴様のことを話してしまった……」と顔を上げた。よく見ると山本五十六中将であった。「何、大げさな。アブサンに七味を一瓶混ぜただけだ」「貴様、俺を殺す気か……」と憤る山本五十六に、ぼくは「いったい何の話です」と聞いた。そして、記憶をなくす前の自分が、最大七年の時を巻き戻す不思議な力を持ち、戦争協力していたこと、〝火の鳥〟の首に力の秘密があることを教えられた。酩酊《めいてい》する山本を二人で支え、地下室に降り、鳥の首のミイラを箱から出した。でも、何一つ思いだせない……。石原莞爾は「うーむ、鳥か……」とミイラを観察し、頭に乗せ、「うーむ、うーむ」とうろうろ歩きだした。ぼくが思わず笑うと、「真剣に考えろ、ジジイ！」と目を剝いて怒り、それから肩を落としてしょんぼりした。

石原莞爾が訥々と話すには、あとたった三日早く実行すれば、満州事変は成功していたらしい。

「大日本帝国の最大の敵はどこだ？　アメリカだ！　アメリカはでっかい国だ！　こちらは小さな島国、到底勝てん……。だが今の支那（中国）も、弱い。朝鮮も、蒙古も。アジアの国はどこも、弱くて弱くてお話にならんよ！　遠からずアメリカの植民地にされちまうだろう」「そうかい」

「あっ、どうせ自分が死んだあとの話だと思ってんだろう。ジジイも未来に責任を持て」「はぁ」

「あのなぁ！　あのでっかい国に勝つには、アジア各国がバラバラに戦ってちゃだめだ。今こそ手を取りあってアジアが一つにならねばならん。我ら關東軍には極秘の計画があった……」と、石原莞爾は顔を上げ、ジッと虚空を見た。

「――〝大アジア合衆国〟のな！」

ぼくは「なんだね、それは」と聞いた。すると石原莞爾は夢を見るような声色で、

「我らの手で、満州を軍事占領し、アジアの各民族を集め、統治するのだ。日本民族が政府を作り、軍備も請け負い、大企業を運営する。漢民族には商業などを、朝鮮族には稲作を、蒙古族には牧畜をさせる。資源豊富な満州の大地を、いわば大アジア合衆国のように日本が統治し、強大なるアメリカ合衆国との来たるべき最終戦争に備えるのだ。そんな、すべてのアジア人を救うた

めの武装決起、それが満州事変だった……」

石原は、満州の資源をもって大日本帝国が発展し、アメリカを倒し、世界の覇者となる物語を、熱に浮かされたような早口で話し続けた。その姿は、まるで地面から二センチほど浮いてるように見え、ぼくには、ある種の天才とも、常軌を逸してしまった人物とも思えた。石原は黒マントの内ポケットから、日本陸軍の軍服を着た川島芳子の写真を取りだし、大切そうに見せた。「本人から、任務、任務と渇望されたが、命令なんか下すんじゃなかった。時が戻るなら、一九三一年の夏に舞い戻り、あの類い稀な美姫を生き返らせたい……。そして満州事変も見事成功させ……大アジア合衆国を……」とつぶやく。

石原莞爾は「ふぅ。じゃ、邪魔したな……」と肩を落とし、上海の宵闇の何処《いずこ》かへとよろよろ消えていった。


時はさらに巡り、一九三八年の夏。ぼくは銀座の外れの牛鍋屋〈間久部〉でバター入り牛鍋を食べていた。店主の田辺保と世間話をしたいのだが、この日はテーブル席の若者の声が大きく、保の声がよく聞こえなかった。どうやら天下国家についての議論をしているらしい。

学帽に羽織袴《はおりはかま》の若者二人が、「アジアはその昔、眠れる獅子《しし》たる清が治め、平和だった。小国は貢物《みつぎもの》をし、そのお返しに清は小国を守った。いわば清を中心とする大アジア連邦だ」「うむ。だが清はもう存在しない。今こそ日本は、清に代わってアジアを再統一し、欧米の魔手から守らねばならん」と主張していた。おや、いつだったか關東軍の石原莞爾から聞いた話と似ているなぁ……。

一方、背広に山高帽の若者三人は、「いや、清なんか知らん！　これからはドイツを模倣すべきだ」「あの国は世界大戦で敗戦し、借金まみれになったはずが……」「そう！　ナチ党の台頭で、軍事国家としてめきめき頭角を現している。軍民一体となり同じ目標を目指す、全体主義による軍国化！　これぞ……」と反論する。

ぼくは白熱の議論に耳を傾けながら、大昔、自分も、若い保や森くんと意見をぶつけあう日があったなぁと思いだした。懐かしき檸檬茶館《れもんさかん》でのことだ。あのころぼくは〝大英帝国など西欧の帝国主義から学ぶべし〟と考えたなぁ。時代はずいぶん変わったのだ。しかしである。大英帝国の模倣、清の模倣、ナチスの模倣と、日本はいつもどこかの何かの模倣をしてるのだろうか。それなら、日本とは、ぼくら日本人とは、いったい何者なのか。ちょっと待って。保と森くんって何？　えっ、森くん？　檸檬茶館？　議論って……？　そうだ、遥か昔、十九歳の春、タモっちゃんの誘いで出かけ……。

ぼくの記憶が、とつぜん、戻った。

目の前のカウンターには、すっかりお爺ちゃんになったタモっちゃんがいて、口の中には、バター入り牛鍋の味が広がっている。この味をお夕ちゃんに食べさせたくて、上海の自宅で再現してみたこと、うまく作れなかったのに、妻は「あらおいしいわよ」と喜んで食べてくれたことを、ぼくは思いだした。そんな妻の死に目に立ち会おうとせず、自分が玄関先の庭石にぼんやり座っていた日のことも。ミンミンミンミンミン……あのときの、蟬の声も……。

もう七年も前に、お夕ちゃんは……。

ぼくは保にモゴモゴと何か言い、牛鍋屋〈間久部〉からよろけ出た。夏の夜の銀座を歩きだす。昔この辺りに檸檬茶館が、という角に着いた。でもそこには見知らぬ映画館がぽつんと建っている。疲れて座りこむと、思い出がつぎつぎ蘇《よみがえ》ってくる。ここで夕顔と出会った。彼女は一度は森漣太郎の妻となり、岐阜に旅立ったが、不思議な巡り合わせにより時が七年巻き戻ると、二回目の世界以降では、ぼくの妻となった。それから幾度時を巻き戻し、歴史を変えたか。そうだ、ぼくは三田村要造で、〝鳳凰機関〟で、夕顔泥棒だった！　ま、待って、七年前……？　え、えっ……？

考えろ、考えるんだ、要造！　確か、〝火の鳥〟の不思議な力は、最大七年、時を巻き戻せるのではなかったか。ということは、も、も、もし、今すぐ、時を戻せたら……？

妻の死に目に、会えるのではないか？

ぼくはよろけながら立ちあがった。上海支店に連絡し、しどろもどろで〝エレキテル太郎八号〟の制作を指示する。翌朝、上海行きの船に乗った。船窓から海を眺めると、妻と上海に渡った日のことが昨日のことのように思いだされた。「人生流転ねぇ……。ねぇ、あんた？」と悲しそうな声。苦労ばかりかけた。自分はいつも良い夫だったか？　いやちがう。

〝鳳凰機関〟として、日清、日露戦争を日本の勝利に導いた記憶なども戻ってきたが、そんなことは遠い夢の世界の出来事のようだった。夜の上海港に着き、車で虹口《ホンキユウ》の三田村家に戻る。社員に指示した通り、〝エレキテル太郎八号〟が応接間に用意されていた。長男の硝子が風呂上がりの格好でのっそり出てきて、「何ですこれ、お父さん」と文句を言う。ぼくは地下室に駆け下り、「ない、ない……」と火の鳥の首が入った箱を探し回り、泣きそうになり、硝子と次女の麗奈にも手伝わせて、「この箱かしら」「そ、それだぁぁぁ！　麗奈、でかしたぁ」と応接間に戻り、鳥の首を入れ、目盛を動かした。硝子と麗奈と召使たちがぽかんと見上げる中、はぁはぁ、ぜぇぜぇと息をしながら、鋼鉄鳥人形によじ登る。また、また、時を巻き戻すことに、な、なるとはなぁ……はぁ、はぁ……「フェ、フェニックス……」と久々にあの言葉を口にしたとき、ふいにぼくの心の中で、別人のような低い声が響いた。

（我が名は、鳳凰機関……魔導師にて……千里眼！　日本を勝利に導く者……。風は吹く！　我の予言を……信じよっ！）

この声は、なんだ……？　いや、今はそれどころじゃない。ぼくは、妻に、お夕ちゃんに、一目会いに……。

「フ、フライーっ！」

その七　赤い夕日の満州国

——ガタゴトガタゴトッ！　座席が揺れる。窓の外に広がる黄土色の大地に、真っ赤な夕日が呪いのように垂れこめている。南満州鉄道の車内だ！　ぼくは十二回目の世界にきたらしい。待てよ、右の車窓から夕日が見えるということは、南に向かって帰る途中なのか……。

ぼくは、自分の鞄に新聞が入っているのに気づき、急ぎ日付を確認した。一九三一年の夏……。あぁ、今日は、お夕ちゃん危篤の報を聞き、満州から上海に戻ろうとした日だ。せっかく帰ったのに、玄関から入らず、会わずじまいに……。

途中で中国の国鉄に乗り換える。上海駅から車を飛ばし、ようやく家に着く。前の世界で長い間座りこんだあの庭石をまたぎ、玄関を開ける。

寝室に上がると、汐風、硝子、麗奈の三人、父の後妻の雪崩、医師と看護婦がいた。夕顔は痩《や》せ細ってやつれていたが、やはり絶世の美女と思えてならなかった。ぼくの表情を見上げ、「よかった……。きっと……もとのあんたに戻ってくれると思ってた……」と微笑む。ぼくは「お夕ちゃん、ただいま。ずいぶん待たせたね……。悪かったねぇ。何もかも」と妻の手をそっと握った。背後で子供たちがつぎつぎ泣きだした。天井でランプがジジッと音を立てた。妻が安堵《あんど》したた

ように目を閉じ、眠りだした。ぼくは妻の手をゆっくりさすって、

「お夕ちゃん、長い間、ほんとうにありがとう。ぼくは君が好きで、好きで……。銀座の檸檬茶館で会ったあの日から。ずっと、君が好きでね。だから、悪かったねぇ……。ごめんよ、ごめんお夕ちゃん……」


妻が息を引き取ると、ぼくは広間に降り、金色の鳥カゴを見上げた。鳥カゴは微動だにしなかった。それを見て、ぼくはなぜか、あぁ、夕顔はほんとうに死んでしまい、この世のどこにももういないのだと思った。


――黄色い日射しに照らされるタクラマカン砂漠。一同は廃墟の陰で思い思いに座りこみ、それぞれの表情を浮かべて三田村要造の顔をみつめていた。

マリアが「是了《ズーラ》、是了……」と震え声で繰り返した。

「じゅ、十一回目の世界で、一九三八年、二十二年ぶりに時が巻き戻った理由が、わ、わかりました。わたしは満州の長春で暮らし、夫との間に子供を七人作った。ウルス、アナーヒタ、ザムヤード、ワナント、ミスラ、アタル、ヴァーユ……。でも子供たちはとつぜん時の彼方に消えてしまった！　あなたが、時を巻き戻したから……」

わななくマリアに、川島芳子が手を差しのべる。ルイは三田村要造を睨みつける。と、要造が感慨深げに「そうか、十一回目の世界では長春にいたのか。それなら、わしとすれ違ったこともあったろうな。あの土地にはよく通ったぞ」と言い、ニヤリとした。

猿田博士が「間久部兄弟は大阪にいたのじゃな。苦労したようじゃ……」とつぶやく。緑郎が「フン！」とそっぽを向く。正人も黙って横を向いている。

三田村要造が「そして、十二回目の世界で、一九三一年の夏が、また回りだした……悪夢のようにな……」と呻いた。

一同ははっとし、また要造の声に耳を傾けだした。


妻をなくした私は、地下室に籠《こも》り、誰とも会わなくなった。あれほど心を躍らせた、赤い夕日の満州の大地にも、もう行きたいなんて思わない。ただ、ただ、帰りたかった。どこに？　妻の待つ我が家に……。でもそれはこの世のどこにももうないのだった。

私にとって、妻こそが人間そのものであった。その妻がいなくなるのは、この世からすべての人間がいなくなってしまうのと同じだった。でも、こんな気持ちを誰がわかってくれる？　誰が！　誰が！　誰がっ！

再び火の鳥の首を探し、時を巻き戻せば、お夕ちゃんにまた会えるかもしれない。でも、病を得て苦しむ期間を繰り返させるのも、耐え難い……。子供らは、優等生の長女の汐風は何かと世話をしてくれ、長男の硝子も上海支店の業務を肩代わりして奔走してくれた。だが次女の麗奈は、「お父さまが怖い！　あの目、悪魔みたい。記憶喪失のときのほうがマシよ！」と私を避けた。

海軍の山本五十六少将から毎日電話がかかってきたが、一度も出なかった。大方、時が七年も巻き戻って仰天したのだろう。九月後半、家族や召使の会話に〝事変〟やら〝關東軍〟という言葉が飛び交ったが、私は何にも興味を持たなかった。

季節は巡り、翌春の終わり。髭ぼうぼうの垢だらけで地下室に籠りっきりの私の耳に、ある夜半、甲高い男の声が届いた……。

「頼もーう！〝鳳凰機関〟よう！　頼もーう！」

ついで、ドタドタと階段を下りる足音がし、扉が開いた。關東軍の石原莞爾が、頬を上気させて転がりこんできた。

私の両肩をつかんでぶんぶん揺さぶり、

「――満州事変に、成功したぞ！　アーハハハ！」

と怒鳴り、遠くを見るような潤んだ目をし、忙しなく歩き回りながら、

「おい！　とつぜん時が巻き戻り、ぼくは驚いたぞ。何があったんだ、〝鳳凰機関〟？　阿片窟《アヘン》で微睡《まどろ》んでいたはずが、気づけば七年前の夏に戻っていた！　關東軍は満州事変の決行を三日早め、見事、満州全土を軍事占領！　豊かなる大地に、日本人、満州族、蒙古族、朝鮮族、漢族の五族による理想郷《ユートピア》を建国した。それが――満州国だ！」

と、熱に浮かされるような石原莞爾の声に、私は「へぇ、そうか……」と返事をした。

十二回目の世界では、どうやら、關東軍の極秘計画が成功。石原たちも失脚せず、べつの歴史が始まっていたようだった。政府や陸軍などは、關東軍による無許可の軍事行動におどろいたものの、重要拠点たる満州を我が国の領土とした成果は認めた。大日本帝国皇軍大元帥たる陛下は、「皇軍ノ威武ヲ中外ニ宣揚セリ　朕《ちん》深ク其《その》忠烈ヲ嘉《よみ》ス」と勅語（御言葉）を賜った。長らくの不景気がもたらした重苦しい空気は消えさり、国内は「満州こそ日本の生命線じゃ！」と盛りあがった。飢饉《ききん》に苦しむ東北地方や長野県から、農家の次男三男を含む開拓団が海を渡り、続々やってきた。石原は大きな目に涙を滲《にじ》ませ、私の肩を摑んだ。「東北の同胞を二度と飢え死にさせん！満州国はアメリカを超える一大農業国になる。この豊かな大地！　豊かな大地を見ろ……」と。

農業だけでなく、重工業の更なる発展も期待されるとのことだった。石原莞爾に数日遅れてやってきた海軍の山本五十六も、石原と「我が大日本帝国のため、火の鳥の力をまた使うかもしれん」「そのときのため準備せねばな」と言いあい、地下室の入り口に『鳳凰機関』と墨で黒々書かれた板を飾ったり、「今日から我々も鳳凰機関だ。いわば第二次鳳凰機関だな。そう、鳳凰機関は三人組になったのだ。三田村よ、貴様が総裁だな」と腕を組んでつぶやいたりし、ついで、重工業の未来について熱く語りだした。

「これからは航空機の時代だ、三田村さん！　確かに日露戦争の折は、陛下の肝煎《きもい》りで、大英帝国から最新の軍艦を買い込み、日本海海戦を勝利に導いた。だが時代は変わった。海軍はな、空母（航空母艦）から飛び立つ一人乗り小型戦闘機の開発を推し進めるつもりだよ」

満州は、新兵器たる小型戦闘機の生産に必要な鉱物資源が豊富だったため、開発と製造の拠点になると予想された。さらに、いまは輸入頼みの石油も、満州で油田を掘り当てれば、潤沢になるはずだ。

こういった農業や重工業を中心にしつつ、各種研究機関も本国から呼ぶ予定らしかった。軍による、生物兵器や新エネルギー兵器の研究機関を……。

二人の話を聴きながら、私は（新しい国造りというのは人間の究極の夢かもしれんなぁ）と考えた。関東大震災で行方知れずとなった我が父なら、あるいは、石原莞爾の夢をすぐさま理解したかもしれぬ。父はロマンを愛する漢《おとこ》で、夢を語る若者がやってくると、豪快に金を出してやった。そもそも、〝火の鳥〟を探す冒険家の大滝雪之丞に資金援助したことが、すべての発端なのだ。

一方で、私の心には死んだ妻も内面化していた。お夕ちゃんならこう言うだろうな。（満州の人たちは住むとこなくなっちゃって大変ね）と。満州国は建前上は五族の国だから、満州族も住み続けられるのだが、それでも（軍事的に制圧し、ここがユートピアだぞと言うのか？）という疑念が胸をよぎる。これはきっと私の中のお夕ちゃんが投げかける人道的なる問いなのだろう。

実際、国際社会も、軍事行動による日本の満州占有を強く非難し始めていた。しかし我が国は、満州国を支配し続ける方向に、すでに舵《かじ》を切っていたのだ……。

父は私に言ったものだ。（俺ぁおまえが心配だ……気は優しいが……冴えたところがない……）と。あぁ、確かにそうだ！　私はただ妻という夢を見て長く生きてきただけの平凡な人間だ。石原の語る壮大な夢も、右の耳から左の耳に抜けるばかり。最愛の妻をなくし、若いころあれほど熱心に語った理想も夢も、遠く失われ。私の中に残るものは何か？　それは、もっと大きく、巨大にならねばならぬという、生物としての財閥、帝国としての三田村興産の、総帥という絶対的立場のみであった。

私は、魔都上海に君臨する三田村興産を強大な財閥にしたくなった。籠っていた地下室を出て、石原に「臭うぞ！　風呂に入れ」と叱られて体を綺麗《きれい》に洗い、最高の仕立てのスーツに身を包み、ステッキを持つと、次女の麗奈を着飾らせて同伴させ、上海租界の夜に突如復活した。石原のコネクションから關東軍と懇意にし、鉱物資源採掘の権利も手に入れた。ついで、山本五十六の願いを聞き入れ、小型戦闘機開発に多額の資金援助をした。上海マフィアとも陰で繋がりを持ち、青幇《チンパン》のボス黄金栄《ワンジンヨン》と組んで阿片の闇流通に手を染めた。目こぼしをもらう見返りに、収益を關東軍の闇資金に回した。黄金栄との連絡は、まだ十歳かそこらの少年間諜《スパイ》が請け負っていた。ぎょっとするほどの美貌を持つ満州族の子供で、名は、富察《フーツァ》なんとかといったが……？

やがて共同租界のイギリス人やアメリカ人、日本人会のメンバーなど、誰もが私を畏れるようになった。妻はこの世におらず、人間としての善悪の是非で私の行動を止めることなど、もう誰にもできやしない。次女の麗奈は母親に似てダンスが好きで、夜会で派手に遊んだが、父親を怖がりいつもビクビクしていた。

その昔、私を慕ってくれた大の字——稀代の無政府主義者たる大杉栄の声が思いだされた。

(世界を股にかける企業っちゅうのは……国家の中にある……独立した共同体……ある意味アナーキーで自由な存在じゃないか……)（俺は……ニヒリスティックな精神の爆発を感じ、痺れてるんだぜぇ……）と。そう、その通りだ、大の字！　君は私をよく知ってくれていたのだなぁ！　妻はもういない。国家もない。もはや自分自身だけが国家だ。三田村総帥だ。帝国は進撃するのみの存在だ。中は空でも外殻は強固だ。もっと大きく。もっと巨大に！　そして空虚に！　そう、もっと、もっとだぁぁぁ！

こうして、第二次鳳凰機関の活動が始まった。秘密の力について大勢が知ると混乱を招くと判断し、当面は私と石原莞爾と山本五十六の三名のみの機関となった。山本はさっそく〝エレキテル太郎九号〟の制作に取りかかった。小型戦闘機を模したアルミニウム製の翼を黒く塗り、日の丸の赤を丸く飾りながら、「開発しているのはこのような機でな……」と、また小型戦闘機と空母の話をした。一方石原莞爾は、大滝雪之丞、犬山狼太、犬山虎治に次ぐ四代目火の鳥調査隊の隊長探しに取りかかった。このころ、猿田という生物学博士が、兵器の研究機関を作るため、海を渡り満州国にやってきた。博士は蒙古の英雄となった大滝雪之丞と知り合い、その昔西太后が探した〝火の鳥〟の伝説について聞かされ、未知の生物エネルギーの研究をしたいと關東軍に持ちかけた。石原はこれを利用し、「皇軍の士気高揚に使う」という名目で火の鳥調査隊を計画したのだ。

隊長候補として推薦された若者たちの書類を、石原がウンウン唸りながら見比べる。私も手に取ってみたが、陸軍、海軍の精鋭揃いでまさに圧巻であった。その中に、おやっ、見覚えのある名が……？

「――ま、間久部？　間久部緑郎少尉だって！」

石原は、上ずった私の声に不思議そうに顔を上げ、

「そいつはやめておけよ。陸軍の学校で猿田博士が教えたらしく、ぜひにと推薦されたがな。確かに成績優秀、關東軍でも申し分ない働きだが、母親がアカ（共産主義者）の仲間だ。知ってるか？　田辺ナントカという女流詩人で、危険思想の持ち主だった。おかしな雑誌を出しちゃ発禁処分だ。まぁ、間久部本人は気づいてないようだが、軍じゃ出世できん。冷飯食らいの一生だよ」

その声を聞く私の舌に、その昔、田辺家で振る舞われたバター入り牛鍋のこってりした味が蘇った。幸せそうな保の笑顔も。それから、瓦礫の真ん中で、母の黒焦げの頭部を抱く緑郎の姿も……。（ぼくはっ……お母さんを助けられる人間に……。権力、権力だっ……悪魔に魂をくれっていいぜ……）あぁ、あの日の少年も、領土なき無力な帝国、ひとりぼっちの総裁、進撃を開始する空っぽにて強固な外殻ではなかったか？

冷え固まった自分の心が、久々に、人間らしくキシリと軋んだ。震える指で書類を指し、大声で、

「私は、この少尉を火の鳥調査隊の隊長としたい！」

ところで、このころ。三田村家ではとある事件が持ちあがってもいた。長女の汐風は、妹の麗奈とちがって学業優秀で、問題一つ起こしたことがなかったが、突如として不良の男とはるばる北のハルビンに駆け落ちしてしまったのだ。一つ前の十一回目の世界では、銀行頭取の息子と見合い結婚させたはずが、十二回目ではなぜこうなったのか？　私は混乱し、激怒した。相手の男は虹口《ホンキュウ》で鬼瓦商会を営む昔なじみ、道頓堀鬼瓦の次男、凍《コオリ》。つまり幼なじみだ。鬼瓦は「父の恩を息子が仇で返すとは……」と泣いて土下座し、「息子の首を刎《は》ねて持ち帰る！」と急ぎハルビンに旅立ったが、案の定、若い二人にほだされ、小遣いもやり、手紙を預かってしおしおと戻ってきた。汐風の手紙には「お父さまへ。お母さまを葬った日の貴方の涙を見て、わたしも愛に生きたくなりました。子供の頃から、好きで、好きで、大好きだったんです。さようなら」と書かれていた。私は「愛かぁぁぁ！」と伏して泣く鬼瓦と相談し、男には満鉄の経理職を、娘には新京の女学校の教師職を世話してやった。

この騒ぎと同時期に、石原莞爾の話に出てきた猿田博士が、私に面談を求めて訪ねてきた。中二階の応接間で鬼瓦がわぁわぁ泣く声が響く中、一階の広間で猿田博士を出迎える。博士は天井から吊り下がる金色の鳥カゴを不思議そうに見上げながら待っていた。「空ですな？」「ええ」「容《い》れ物には中身が必要ですぞ。よかったら珍しい小鳥を差しあげましょう」脳裏に、黄緑の小鳥を楽しげにみつめる在りし日の妻の姿が、生き生きと蘇った。私は「それなら黄緑の小鳥がよい」とつぶやいた……。

さて、猿田博士の面談とは、新兵器開発の資金援助の要請であった。「三田村さん、つい最近、

大英帝国の物理学者が世紀の発見をしたのです。〝中性子〟という物質でしてな……」と小声になり、

「なんでも、凄まじく膨大なエネルギーを発生させる可能性があると、欧米各国の学者が注目しております」

　中二階から鬼瓦の泣き声が響き、博士の声が聞き取り辛い。「三田村さん、貴殿と關東軍は満州で石油を探しておられるそうですな。軍備には不可欠だからと。しかしまだみつからない……。さて、〝中性子〟を発展させた最終兵器の開発にはいずれ各国が乗りだすはず。わしが考えるに、今は石油採掘よりむしろ……」「うわぁぁぁぁ、愛、愛かぁぁぁぁ！」「なるほど。その話も検討してもよい。しかし今は……」と、私はこの件への判断を先送りとした。すでに關東軍による細菌兵器の研究機関に資金援助を行っていたためだ。猿田博士は中性子による最終兵器の可能性についてさらに語り、「わしは諦めんぞ！　またきます」と帰っていった。

　その翌週、四代目火の鳥調査隊の隊長として、關東軍の間久部緑郎少尉が三田村家に現れた。次女の麗奈がたまたま玄関におり、迎え入れ、若い女の召使に「還《エ》是《ズーガ》个美男子麼《メイヌーツーマー》（美男子ね）！」と上海語でこっそり囁くのが聞こえた。中二階の応接間で、私と石原莞爾と山本五十六の三人で彼を迎え入れる。大人になった緑郎は、じつに立派な男ぶりで、黒目がちの目を野心でギラギラさせていた。財閥総帥、關東軍中佐、海軍少将という顔ぶれに、一瞬ぎょっと目を剝いたものの、表情をすぐ隠し、「ハッ」と帝国軍人らしく敬礼した。

「……件《くだん》の鳥は、十六世紀の初め……ロプノール湖周辺で……博士は〝未知のホルモン〟の研究

を……この力を皇軍の士気高揚に有効利用する……。これが、關東軍ファイアー・バード計画である！」

「ハッ」

思えば、三代目隊長の犬山虎治は、砂漠の冒険から帰還した後、一足飛びに出世した。緑郎にとっても一世一代のチャンスであろう。肩をいからせ、整った顔を紅潮させ、張り切る若者の姿を眺めながら、私には、彼の心の内が自分にだけはわかるという気がした。（すべてを手に入れてやる！　進撃するのみだっ）（でもそうして手に入れた何にも価値がないことも、知っているが）（なぜって？　ぼくが愛する者はもう死んだからさ）と。

陸軍士官学校出の青年少尉の内部で燃えさかる、アナーキーでニヒリスティックな、まるで氷のような炎を私は幻視し、ブルブルッと体が自然に震えた。実の娘の汐風が出奔したときでさえ、心は鉛のように重かったのに。あの遠い若い日、夕顔と出会った瞬間のように胸が高鳴った。ふと、大の字こと稀代《きたい》の無政府主義者の大杉栄が、驚くほどの熱量で私を好いてくれていたことをまた思いだす。そうか、なるほど！　虚無は同じ虚無を愛するのだな！　それならこれは自己愛か？　あぁ、それも愉快じゃないか。アーハハハ！

間久部緑郎少尉率いる四代目火の鳥調査隊は、この翌週、タクラマカン砂漠に向けて出発した。第二次鳳凰機関の三名は、三田村家の地下室に集合し、改めて今後の相談をした。山本五十六がうっとりと見上げる小型戦闘機型〝エレキテル太郎九号〟に、石原莞爾が「はぁー」と無造作によりかかる。「おい、気をつけろ！」とおどろく山本に、私はふと、「なぁ、負けるとわかる戦いに、行けと命じられたら、君はどうする？」と聞いた。「貴様、藪《やぶ》から棒になんだ」「いや、君ら軍人は、『ハッ』と敬礼し、命令通り働くなと思ってね」という些《いささ》かぶしつけな問いに、山本は存外柔和な顔つきでうなずいてみせ、

「言える立場におれば、もちろん意見するさ。そのうえで大本営の決定、すなわち大元帥たる天皇陛下の御命令に従うまでだ。帝国軍人だから、当然だ」

その昔、八回目の世界で、民間人の私を庇い、ロシア兵のサーベルに刺し貫かれた山本の姿を思いだし、あぁ、この男ならそうだろうと私はうなずいた。

と、石原莞爾が大福を頬張りながら「どうかなぁ。ちがうと思えばぼくは行かんな」とまぜっ返した。山本が顔をしかめ、「貴様はそういう奴だな。結局、骨の髄まで關東軍、〝泣く子も黙る關東軍〟だ！　結果が良けりゃ許されると、陛下にも無断で、満州やらで勝手な軍事行動を起こし……」と言いかけ、「いや、この第二次鳳凰機関も同じことだな。ぼくも關東軍のやり口にすでに巻きこまれてるってわけか」と首を振った。

「それにしても、山本。飛行機はいいなぁ！」

「エッ？　貴様、人の話を聞いてるか？」

「ぼくはなぁ。この満州国を中心に、大アジア合衆国を造りあげ、来たるべきアメリカとの最終戦争に備えたいのだ。ぼくの考えでは、未来においては、世界を一周できるほど技術発展した飛

行機が現れ、最強の兵器になるだろう。貴様の小型飛行機開発にも期待してるんだ」

「う、うむ。飛行機はいい、そこだけは同感だ。ぼくはこれで空を飛び回り、生き、死にたいものだぞ……」

と山本は熱くうなずき、鋼鉄鳥人形を見上げた。

ふと思いだし、先日猿田博士から聞いた、中性子なる新物質の話もしてみた。「うむ。あの発見も兵器開発に繫がるかもしれんな」「新エネルギーによる爆弾、か」と二人とも腕を組み、考えこむ。

「小型飛行機に、新エネルギー爆弾……。技術開発と研究の日々。ともかく空の時代、科学の時代の到来だな！　キィィーン！　キィィーン！」

と石原莞爾が叫び、両腕を広げ、ふざけて走り回り始めた。


さて、こうして満州に大アジア合衆国こと満州国ができつつあった一九三二年。日本国内はというと、軍部や民間の右翼団体によるクーデターやテロが続き、帝都東京に不穏な空気が満ちていた。

まず一月の終わりの寒い朝。日本橋に構える三田村興産東京本社前に、真っ黒な着物に山高帽、手には小型拳銃という異様な風体の青年が現れ、ちょうど自動車から降りてきた現社長の雪崩に「貴様が三田村雪崩か？」と声をかけた。隣にいた長年の女秘書が、とっさに「いいや。あちきが雪崩だよ」と進みでると、青年は「財閥の女郎蜘蛛《じょろうぐも》め！　天誅だ！」と叫び、その体にパンパンパンパンパンッと五発もの弾を撃ちこんだ。女秘書は即死し、雪崩は「お父ちゃんも、この子も……あちきの大事な人はみんないなくなっちまうのかい」と慟哭《どうこく》した。犯人は都会の雑踏に紛れ消え、ついにみつからなかった。

　昨今、政治家や官僚が無能で、財閥と癒着もしていると、「政治の腐敗だ！」と責める若者が増えていた。軍縮時代になって苦労する若い軍人、低賃金にあえぐ都市労働者、飢饉で飢えた東北の農民たち……。やがて、血盟団という政治団体の若者と、海軍の若き将校などが結託し、二月、「一人一殺！」と東京でテロを起こした。予算を削るなど軍部に非協力的だった前大蔵大臣が、血盟団の青年により無残に撃ち殺された。三月、三井財閥総帥が三井本館の前で、やはり撃たれ、命を落とした。ついで五月、海軍将校などが首相官邸を襲い、軍縮を進めた犬養毅総理を「問答無用！　撃て撃て撃てぇーっ」と惨殺！　ついで日本銀行、変電所などに手榴弾《しゅりゅうだん》を投げこみ、紙幣流通や電気供給を止め、帝都に戒厳令を敷かせようとした。

　このクーデターは空振りに終わったが、若い世代の不満は、社会の隅々に灰色の澱《おり》のように残った。政治家は自己の利益のために動き、財閥は民衆のわずかな蓄えの血の一滴までも搾り取る。しかも官僚が彼らを擁護している。つまり今の日本には、一部の特権階級、いわゆる〝上流の国民〟なるものが存在してるのだ！　これらは古くて腐敗したものだ。国家の敵！　打倒すべし！解放されるべし！　今にして起《た》たずんば日本は亡滅せんのみ！　では、では、来たるべき新しい世界とは何か？　何処《いずこ》に皇国日本の真の姿ありや？　それは、かつての輝かしき明治維新で、新政府が成し遂げたような、天皇陛下を奉じた維新（革命）によってのみ達成されるべき偉業だ！天皇の御意向を承けた軍部が政治を主導し、民族の誇りを胸に、国内を平等な社会にする。国外に向けては、一丸となって大陸進攻する。その時こそ、皇国日本は本来の輝かしい姿を取り戻せるだろう……。と、上海にいる私には国内のことはよくわからないが、海軍や血盟団員の青年たちの思想や市井の人々の不満を、こう推測した。市民の多くはテロを起こした若い軍人たちに同情的で、刑を軽くせよという嘆願書には百万人を超える署名が集まった。

三田村財閥では、長男の硝子が急ぎ東京に飛び、この非常事態を収めた。一月に雪崩を襲った青年も血盟団員だったのかは、はっきりしないままだが、念のため警備を厳重にして祖母を守った。ついで、東京駅近くに日丸《にちまる》劇場、日丸ホテルを建設。週末の無料コンサートなどを開き、東京市民に還元した。また上野公園の一角で低所得者向けの炊き出し〝三田村鍋〟を提供。日によって具を肉か魚か豆腐に、味付けも味噌か醤油か塩にと変化もつけて工夫。企業のイメージ挽回《ばんかい》に努めた。硝子は危機管理能力が高く、雪崩も「要造さん、あの子は頼りになるよう」と喜んだ。

クーデターそのものは失敗したが、政府における軍の力は結果的に強まった。再び騒乱になることを恐れ、陸軍大臣や海軍大臣に逆らい辛くなったためだ。

翌一九三三年。スイスのジュネーブで行われた国際連盟の臨時総会において「満州国建国は日本の軍事行動によるものであり、認められず。中国に返還すべし」と決議された。反対は日本の一票のみ、賛成四二票。日本は強く反発し、翌月、国際連盟を脱退した。

国内はこれにワッと沸き、新聞紙面には〈さらば国際連盟！〉〈我が代表、堂々退場す！〉と大きな文字が躍った。満州国の肥沃《ひよく》な大地や埋蔵資源が日本の利益として守られたことに安堵し、同時に「皇国日本」と民族意識も高まっていった。街では、数年前までの軍縮時代が嘘のように、軍人人気がうなぎ登り！　子女の見合い相手にも引っ張りだこであった。

ちょうどこのころ、岐阜で暮らす森漣太郎くんから「孫娘をどうぞ頼むよ」と手紙がきた。森家では、長男が社会主義運動で憲兵に右足をやられた後、大学を中退し、故郷に帰還。地主一家の入婿となり、森家の家督は次男が継いだ。そしてその次男の娘が、陸軍大尉と見合い結婚し、このたび上京するという。私は東京本社の雪崩に連絡し、彼女を後見してくれるようよくよく頼んだ。

軍部の力が強まるにつれ、陸軍内部での派閥争いの噂が聞こえてきた。一九三五年の夏、上海の三田村家の広間で、長男の硝子と晩酌しながら、「そりゃあ、人が三人集まりゃ派閥ができますよ、お父さん。ぼくらきょうだいと一緒だな。わはは」と息子の話を聞いた。

「どういうことだね」

「つまり、ぼくと麗奈は、お父さんと共存しながら自己の利益を追求する派閥。汐風姉さんは、理想を追い求める派閥。麗奈は姉さんといまや犬猿の仲ですよ。子供のころはあんなになついてたのになぁ」

二階の部屋から、蓄音機で音楽をかけて踊る麗奈のけたたましい笑い声が聞こえてきた。私は顔をしかめ、「そんなことはいまはいい……。それより陸軍はどうなっとるんだ？　一触即発の空気らしいが」と聞いた。

「はい。〝統制派〟と〝皇道派〟の争いがあるんですよ。前者は、今あるシステムを利用しつつ、自己の利益となるよう、その解釈を強引に捻じ曲げる。そして時に国家を私物化することもある。あぁ、〝満州国を作った關東軍の者たち〟とも精神性が近いかもしれませんねぇ。彼らも、様々な解釈を勝手に変えた上で、戦争を起こし、後から軍部や政府に認めさせたわけですから」

「なるほど。それはおまえもときどきやる方法じゃないか。私に無断で業務を行い、後から報告し、結果的に認めさせる」

「おっと……。そう、まさにぼくが三田村家の統制派ですよ。ははははは！　そして、対する皇道派は〝先だってのクーデターを起こした者たち〟でしょうかねぇ。政財界の腐敗を正し、天皇の下にある軍国社会、平等な世の中を実現すべし。その理想実現のためにまっすぐな行動に走る。ま、駆け落ちを敢行した汐風姉さんは、こっちに近いのかも。ははは！」

「なるほどなぁ……」

と、息子とそんな話をしているうち、満州国に新しい憲兵隊司令官が赴任してきたと聞いた。この男がどうも噂の統制派らしい……。翌週、新京のヤマトホテルで硝子と食事していると、たまたま、その司令官が部下を連れてどやどやと入ってきた。

私は愛想よく同席を勧め、

「さて、大陸の印象はどうですかな。——東條《とうじよう》さん？」

真ん丸のロイド眼鏡に口髭を生やし、生真面目《きまじめ》そのものの風貌をした新司令官、東條英機《ひでき》少将は、広い額に汗を浮かべ、背筋をピンと伸ばし、

「立派なビルが建ち並び、通りには馬車がひっきりなし。様々な民族が歩道をそぞろ歩く。郊外には大農園や工場群……。まさに圧巻ですな！　しかし、私が最も胸打たれたのは、到着した朝に見た、大陸の地平線から昇る灼熱《しゃくねつ》の太陽です。まるで日章旗！　皇の道、陛下の軍隊を率いる者として、大陸での職務に努めんと、私は決意を新たにいたしました」

「ほぅ、なるほど……」

東條英機は、大陸の南西地方で好まれる唐辛子入りの豆腐料理を注文した。硝子が気を使い、「辛すぎて食べられませんよ。店員を呼び戻し、別のものに変えさせましょう」と忠告すると、東條は「私は一度決めたことは変更いたしません」とにべもなく断った。やがて真っ赤な一皿が運ばれてくると、一口食べ、「なるほど。とんでもなく辛いですな、三田村さん」とおどろいたが、「心頭滅却すれば火もまた涼し！」と食べきってしまった。翌週の夜、硝子が上海のレストランで同じ料理を注文し、口にして、「いや、やっぱり辛い。内地（日本）の人には食べられないはずだがなぁ」と首をかしげた。

さて東條司令官は、赴任早々、憲兵の意識改革に取りかかった。ロイド眼鏡と口髭が特徴的な自身の大きな写真をたくさん刷り、満州中の憲兵分駐所の壁に貼りつけて「共産主義者、社会主義者の摘発」を厳命した。すでに国内では、一九二八年の治安維持法（国家のあり方に反対する社会運動を取り締まる法律）改定以来、共産主義者は弾圧され、姿を消していた。共産主義は「すべての人間は平等」と考えるため、結果的に天皇制を否定していたためだ。満州国も、東條英機によって、国内のこの流れに続いたのだった。

翌一九三六年の一月のある早朝。

私が目を覚まし、肌寒さに震えながら階下に降りると、夜遊び帰りのチャイナドレス姿の麗奈が待っていた。欠伸《あくび》交じりに「明け方、石原のおじちゃまからお電話があったわよ。お父さま」と言う。

「ずいぶん興奮していらっしゃったわ。間久部くんは無事だとか、怪我してるとか、なんとか。あと、お父さまにこう伝えろって、繰り返しおっしゃってた。――〝鳳凰が砂漠より降り立つ〟って！」


――太陽に照らされるタクラマカン砂漠。

楼蘭遺跡の陰で涼みつつ、一同は三田村要造の声に耳を傾けている。

マリアが唇を噛み、「十二回目の世界ですね……。わたしは楼蘭に負傷してたどり着いた間久部緑郎を介抱し、騙《だま》された！　そしてこの男に火の鳥の首をまんまと奪われたのです」と言った。

緑郎が「いやぁ、覚えていない……」ときょとんとして答える。

三田村要造が再び話しだした。一同は口を閉じ、また聴き始める……。


石原莞爾から電話があった日から約一ヶ月後の二月二十五日。石原莞爾、山本五十六の二人が多忙な予定をやりくりし、上海にやってきた。この夜、三田村家ではパーティーが開かれる予定だった。そこで私は自宅を避け、虹口《ホンキユウ》の日本料亭を予約し、石原莞爾と山本五十六と三人で会合を開いた。

四代目火の鳥調査隊の間久部緑郎少尉が持ち帰った鳥の干し首は……さらに傷み、頭部のあちこちが欠け、すり減ってしまっていた。石原は箱を開け、鳥の首を一目見るなり、「これは、強そうな鳥だ。こんな鳥が存在するなら神に近い」と言い、合掌し、「南無妙法蓮華経……南無妙法蓮華経……」と一心に唱えた。山本は「そうかね。嫋《たお》やかで美しい雌の鳥で、ぼくはうっとりするがなぁ」とみとれた。私は、相変わらず、不気味なミイラとしか思えなくて当惑した。

さて、これで、我ら〝第二次鳳凰機関〟は最大七年、時を巻き戻す力を得た。祖国繁栄のため、如何《いか》なるときにこの力を使うべきか……？　声が漏れぬようにと、広い和室の隅で額を突きあわせて相談していると、とつぜんガラッと大きな音がし、障子が開いた。

「貴様らぁ、何してる！」

ぎょっとして振り向くと、東條英機少将が銃剣を手に仁王立ちしていた。「陸軍一の変人と、海軍の真面目男と、財閥総帥が、そんな隅っこで一体何だ？　さては貴様ら皇道派の味方か？　クーデターの密談か？　そうはいかんぞ！」まずい……。小柄な石原が進みでて止めようとしたものの、銃剣で脛《すね》を叩かれ「ウッ」と悶絶《もんぜつ》する。とっさに山本が「いやいや。余興で相撲を取ろうと額を合わせていたのだよ」と言うなり、東條にがぶり寄り、目の前で両手をパチンと合わせておどろかせ、「我、奇襲に成功せり！」と叫んでエイッと廊下まで投げ飛ばした。

「猫だましとは！　卑怯だぞ。山本め！」

「なんの。奇襲戦法こそが日本の兵法の伝統だ。義経公が崖を馬で駆け下りた鵯越《ひよどりごえ》、信長公が豪雨に乗じて攻めた桶狭間《おけはざま》の戦いを思いだせ。小よく大を制す、だぞ！」

「……なるほど。前例がある。よし、認めよう」

と、東條は眼鏡の位置を直し、体の埃《ほこり》を払うと、鋭い眼光でこちらを一瞬見た。「いい大人が余興も大概にしろよ」と言い捨てて、あっさり出て行った。

料亭にも人目があるようだと、私たちは夜半、三田村家に戻って会合の続きをすることにした。パーティーはお開きになっており、硝子とその妻が客を送りだしているところだった。応接間の長ソファに、酔っ払った麗奈と、川島芳子がいて、何か囁きあってはくすくす笑っていた。

愛新覺羅家の皇女たる川島芳子は、一つ前の十一回目の世界で、女スパイとして中華民国に囚われ、獄中死した。この十二回目の世界では生き返ったものの、清王朝復興の夢破れ、自暴自棄となり、酒と阿片《アヘン》の世界に沈んでいた。相変わらず有能ではあり、金次第で雇える女スパイとして關東軍に重宝されていたが。

石原と山本とともに地下室に降り、会合を続ける。途中、石原がそっと立ちあがり、足音を忍ばせて歩き、ガラッと扉を開けた。と、なぜか川島芳子がきりりとした真顔で立っていた。「な、南無三！」とおおげさに飛びあがってみせ、「おいら、ご不浄を探してたんだよ。ここじゃないみたいだね。あははは」と道化めいた作り声で笑った。麗奈も駆け下りてきて「お姉ちゃまは酔っ払っていらっしゃるのよ！」とわぁわぁ庇う。高笑いし続ける川島芳子をつまみだし、会合もお開きとし、石原と山本もひとまず辞した。

明け方。私はふと胸騒ぎがし、目を覚ました。寝室を出て、しんしんと冷える階段を下り、地下室に向かう。すると、誰もいないはずの地下室に灯りがついていた。扉を開ける。軍服の上に毛皮の上着を羽織った東條英機がヌボッと立っていた。

無表情で、こちらを見る。

それから、山本五十六が丹精込めて作った小型戦闘機型〝エレキテル太郎九号〟を睨《ね》めつけ、

「日露戦争を我が国の勝利に導いた、上海租界の不思議な千里眼〝鳳凰機関〟の噂なら、知っていた……。だがまさか実在したとはな！　さらに、まさか……三田村財閥が絡んでいたとはなぁ！」

「東條さん、いや、これは……」

「手遅れだ！　もうすべて知っている！　今夜の川島芳子は私の雇ったスパイだったのだ。あの娘、かなり使えるな……。關東軍による〝火の鳥調査隊〟の本当の目的は、未知のエネルギーを使って時を巻き戻し、歴史をやり直すことらしいな？　しかしそんな荒唐無稽な話があるか？　到底信じられん！　くだらん妄想に経費を使うのは陛下への裏切りである！　軍法会議に……」

「いや君。その……」

と私と東條英機が押し問答していると、一階でおおきな足音が響いた。「三田村！　起きろ！　おや、地下にいるのかね」と山本五十六が階段を転がり降りてきた。東條英機の姿を見て「うわぁ？」と仰天したものの、「い、今はそれどころではない。大変だ。東條くんも聞け。国家の一

大事だぞ」と書類を振り回し、

「二月二十六日、つまり本日、日本時間午前五時。皇道派の陸軍将校たちが大規模なクーデターを起こした。えらいことになった。——帝都東京に戒厳令の発動だ！」

その声に、東條英機も仰天し、書類を奪い取って目を通し始めた。


この時点では、どのようなクーデターなのか判明していなかったが、昼、午後と時間が過ぎるうち、東京から最新情報が伝わってきた。

雪舞う夜明け。皇道派の若き陸軍将校二十名が中心となり、約千四百名の兵を挙げ、武装蜂起！　大日本帝国を「天皇を奉じた平等な軍事国家」とせんと、総理大臣官邸、陸軍省、警視庁などを占拠し、岡田啓介首相を始めとする五名の政府要人を惨殺した。高橋是清《これきよ》大蔵大臣、斎藤実《まこと》内大臣、渡辺錠太郎《じょうたろう》陸軍教育総監、鈴木貫太郎侍従長……。

このうち岡田首相、斎藤内大臣、鈴木侍従長の三名は海軍出身者だった。海軍は軍の統制が崩壊することを恐れ、連合艦隊の第一艦隊を急ぎ呼び寄せた。海軍の誇る濃灰色の軍艦が、雪降る東京湾にずらりと整列し、反乱軍の拠点たる帝国議会議事堂に、主砲の照準を合わせた。

しかし、この威嚇《いかく》に反乱軍は動じず。

同日午後、旗艦〝長門〟が、約五千メートル先の議事堂に向け、ドンッと主砲を撃った。市民の上空を砲弾がびゅんっと飛んでいった。この攻撃で議事堂は吹っ飛び、反乱軍将校七名が死亡。

反乱軍と政府の仲立ちに努めていた陸軍の山下奉文少将も、不運にも犠牲となった。反乱軍もすかさず報復。こうして帝都東京は、サイレンが鳴り響く戒厳令下、皇軍相討つ不毛なる内戦状態に陥ったのだった。

夕刻、三田村家の地下室に、東條英機と山本五十六が戻ってきた。石原莞爾は「内戦を止めるぞ！」と軍用機で東京に向かったと聞いた。東條は私たちをせせら嗤《わら》い、「皇《すめらぎ》の軍隊が武器を合わせ戦うとは由々しき事態だ。こんなときこそ、この機械で時間を巻き戻し、やり直したらどうだね？」と山本が作った鋼鉄鳥人形をガタガタ揺らしてみせた。「ふむ。四つの目盛が、年、月、日、時を決めるのか。例えば二日前なら二月……二十四日……午後一時……」と目盛も動かしだす。「これはなんだ？」とレバーにまで手をかけるのを、山本が「おい、よせ！」と間に入って強く止めた。東條はうむとうなずき、三歩下がった。だがつぎの瞬間……山本の目の前にがぶり寄ると、両手をパチンッと合わせ、猫だましを食らわせた。「我、奇襲に成功せり、だ！　これぞ日本の兵法だったな、山本」「あっ、しまった！」東條がにやにや笑い、レバーを引く。「フェニックスが、フライだったかね？　まーったく！　貴様らの妄想ときたら、国賊もの、だ、ぞ……？」

その八　二・二六事件

チュン、チュン……黄緑の小鳥が翼を広げ、鳴いている。天井から下がる金色の鳥カゴの前に私は一人立っていた。十三回目の世界にきたようだ。それにしても東條英機司令官め。本当に時が巻き戻り、いまごろさぞ仰天していることだろう。

薄く笑っていると、広間に硝子が入ってきて、「またそこですか。お父さんはよくその鳥カゴを見上げてますねぇ」と肩をすくめた。「今日は何月何日だね？」「は？　二月二十四日ですが」「時間は？」「夕方五時過ぎですよ」なるほど。火の鳥の首が傷んできたせいか、設定時間から四時間のずれが生じたようだ。

夜七時、山本五十六から着電した。石原莞爾とともに帝都内戦を防ぐため軍用機で東京に向かうという。石原は一つ前の十二回目の世界で、東京に着いたところで時が巻き戻ったらしく、「ぼくに無断であの機械を使うな！」とひどく立腹しているとのことだ。東條英機は、満州国の日本人の混乱を予想し、急ぎ新京に向かった。「こんなの、前例が、前例がない……」と顔面蒼《そう》白《はく》だったという。

私は、株価やさまざまな商品の値が変動することを予測し、財閥総帥として必要な手を幾つか打った。

運命の二月二十六日明け方。冷たい雪のしんしんと降る帝都で、やはり、皇道派の陸軍将校のクーデターが起こった。石原と山本には止められなかったらしい……。反乱軍は総理大臣官邸などを占拠。高橋是清大蔵大臣、斎藤実内大臣、渡辺錠太郎陸軍教育総監を惨殺。しかし、石原たちの尽力によってか、前回死んだ岡田啓介首相は無事。鈴木貫太郎侍従長も、致命傷を負ったと思われたが、回復。海軍出身者の犠牲が三名から一名に減ったためか、反乱軍と海軍連合艦隊の内戦は起こらなかった。前回の内戦で命を落とした陸軍の山下奉文《ともゆき》少将も無事であった。

反乱軍は天皇陛下のもとで新しい内閣を作るつもりだったが、陛下は「朕が最も信頼する老臣を悉《ことごと》く倒すとは、真綿にて朕が首を絞めるにひとしき行為なり」と悲しまれ、激怒された。やがて奉勅命令（天皇陛下の意志による命令）が出され、飛行機から反乱軍宛のビラがまかれた。千四百名の反乱軍に対し二万四千名の鎮圧部隊が出動。陸軍将校たちは投降した。

三年前、森漣太郎くんの孫娘と祝言を挙げた陸軍将校も、この中の一人であった。森くんは私に激烈なる手紙をよこした。曰《いわ》く「皇道派上層部の狸どもが若者をけしかけたのだ。大元帥陛下もクーデターを望んでおられるように見せかけて。統制派のごとく、事を起こし、後から認めてもらうつもりが、陛下も今度ばかりは首を縦にお振りにならなかった。そこで蜥蜴《とかげ》の尻尾を切り、義軍を反乱軍とし、未来ある青年たちを見捨てたのだ！」。この説の通りなのかはわからないが、私は、青年時代から変わることのない森くんの正義感、優しさに、ギョッとした。比べて己はなんと別人のように変わったのかと。

森くんの孫娘の婿は「我々は義戦を戦い、よかれと思って精一杯やりました。祖国のため、全身全霊を尽くして、やっとあれだけできたのです」と獄中から書いてよこしたという。森くんは「純情な！」とまた涙した。だが裁判が進むうち、青年は混乱を極めた。最後は「死ぬものですか、成仏するものですか、ぼくは悪鬼となりて帝都に舞い戻りまする」と書き殴ってきた。

反乱を主導した陸軍将校たちは全員、銃殺刑となった。つぎつぎ「天皇陛下万歳！」と叫び銃弾に倒れたという。

孫娘は〝二夫にまみえず（仕えず）〟を意味する白装束に身を包んで自決しようとしたが、ギリギリのところで雪崩が駆けつけ、止めた。「迷って、訪ねるのが遅れたんだよ。あちきはテロで秘書を殺されただろ。それで……」と雪崩が電話で、私に話した。「助けが間に合ってよかったよ。あの娘は悪くないもの。でも旦那たちのことはけして許せないよ！　お国のために身を粉にしてこられた先生方を三人も殺しちゃって」と。

この二・二六事件の後、皇道派は一掃され、陸軍は統制派で埋め尽くされた。統制派の東條英機もごぼう抜きで出世していった。政府はテロを恐れ、軍部の傀儡《かいらい》（操り人形）と化した。結果的に、天皇を奉じる軍事国家となったわけだが、さてこの皮肉な未来を、悪鬼となりし青年将校は、帝都の夜空からどう見下ろしているのだろうか？

これについてある朝、三田村家の食卓で、硝子が粥《かゆ》を啜りながら「世の中ってそういうものじゃないでしょうか。お父さんだって、汐風姉さんの駆け落ち事件以来、我が家の統制派たるぼくの意見をよく聞いてくれるようになりましたしね」と分析してみせた。次女の麗奈が「あーら、あたしにはますます厳しくなられたわ。まったく不公平だわよ……」と欠伸交じりにふくれてみせた。

その後、我ら第二次鳳凰機関は、なし崩し的に東條英機が仲間入りし、四名となった。ある夜、三田村家の地下室に集まると、山本五十六がいちばんにきており、小型戦闘機型〝エレキテル太郎九号〟を熱心に磨いていた。こっちを振りむき、「こいつも凄いが、最近、長距離を飛べる攻撃機も続々開発されていてなぁ。日本からだとタイ辺りまで約四千キロも飛べるのだ。技術が日々革新されている」と言う。石原莞爾が「凄いじゃないか！　世界一周できる飛行機ができるのも時間の問題だな。そのときこそアメリカとの最終戦争が始まるぞ」とうなずいた。

つぎにいつ時を巻き戻すかは、四名全員の承認を必要とすべきだと決まり、鋼鉄鳥人形のレバーに頑丈な錠を取りつけた。四本の鍵が揃わないと開かない仕組みとし、一本ずつ保管するわけだ。山本は「こうしよう」と鍵を銀の鎖に通し、首から下げた。

火の鳥の首を手に入れるため、間久部緑郎少尉による四代目火の鳥調査隊が再び砂漠に派遣された。二回目の今回は、「極めて有能だぞ」との東條の推薦で、川島芳子も同行した。しかし出発後、川島の日記がたまたまみつかり、一つ前の十二回目の世界での、東條英機に雇われてのスパイ行為で、火の鳥の力について知ったことや、半信半疑だったのに本当に時が二日も巻き戻って仰天したこと、斯《か》くなる上は火の鳥調査隊に同行し、「隙を見て間久部隊長を始末して力を盗み、清王朝を復興させてやる。なに、あの隊長は実戦経験がさほどない。私の勝ちだ」など、とんでもないことが書いてあった。ろ、緑郎くんが、危ない……！　鳳凰機関は急ぎ川島討伐の追加隊を送った。私は心配で眠れぬ夜を送ったが、これは杞憂《きゆう》に終わった。翌一九三七年夏、調査隊は見事に鳥の首を持ち帰還！　川島芳子は、間久部少尉によると「不幸にも途中で死にました」とのことであった。私は安堵したが、石原莞爾は「川島め。また死んだのか……」と意気消沈した。

さて、このころから、第二次鳳凰機関は次第に……。

——黄色く照らされるタクラマカン砂漠。

一同は三田村要造の話を聞き続けていた。

と、間久部緑郎がすっくと立ちあがり、「おい、ヘボ射撃姫！」と川島芳子に詰め寄った。

「よくもこのぼくを！　途中で始末するだと？　狙う敵に一発も当たらんくせに、生意気なお姫さまだな！」

「じゅ、十三回目の世界のことなんて知らないよう。それに大将、そっちこそ、何が『途中で死にました』だよ！　おいらが足手まといになり、撃ち殺したくせに」

「フン、そうさ。マリアの話じゃ、一発で額を撃ち抜いたらしい。お前とちがって射撃の腕がいいのだ」

わぁわぁ揉《も》め続ける二人の傍らで、間久部正人が「富察《フーツア》……？」と首をかしげた。

「ねぇ、ルイ。君の名字も富察だよね。三田村財閥と青幇《チンパン》の黄金栄《ワンジンヨン》を繋ぐ阿片《アヘン》の闇流通の話に、富察という少年間諜《スパイ》が出てきたけど……」

ルイはびくっとし、「東北部じゃよくある名前だよ！　いやだな、正人。ぼくが青幇の回し者のはずないじゃないか！」と大声を出す。

三田村要造が目を開け、ルイの顔をじっと見て「む、あのときの美しい少年とよく似ておるな。しかし何年も前の話だからな……」と首を振る。マリアが「ルイの身のこなしは只者《ただもの》ではありません。青幇の回し者か？　これは疑わしい……」と猿田博士にささやく。

一同は互いの顔を不安げに見渡した。そして、再び三田村要造の声に耳を傾けだした……。


さて、我ら第二次鳳凰機関は次第に、足並み揃えて未来に向かうとは言い難い状態になってきた。一九三七年に關東軍参謀長となった東條英機は、〝日本の兵站《へいたん》（後方基地）〟としての満州国を推し進めた。陸軍参謀本部の石原莞爾は、東條を痛烈に批判した。石原にとっての満州国はあくまでも〝多民族の新国家《ユートピア》〟だったからだ。

その石原は、来たるべき日米開戦の日に備えんと、大アジア合衆国の夢を見ているわけだが、一方で山本五十六は「アメリカの経済規模は日本のゆうに十倍以上！　比べものにならぬ強国だ。それに日本は石油の八割をアメリカからの輸入に頼っている。断じて戦ってはならんぞ」と主張し、石原の不興を買い始めた。

そんな三名の軍人を尻目に、私は時流を観察し、財閥商売を発展させ続けた。東條とは利益が重なりうまくいったが、石原からは〝金の亡者〟〝死の商人〟と悪し様に言われ始めた。そんなわけで、鳳凰機関内部では時に罵詈雑言《ばりぞうごん》も行き交うのだった……。


ある夜。我々鳳凰機関の四名は、新京の雀荘《ジャンそう》で卓を囲んでいた。この日は東條の負けが込み、夜半を過ぎても「私は勝つまで絶対帰らんぞ」「恐れず突撃！　戦いとは気迫で制するものだ」と再戦を挑み、賭け金も吊りあげていた。石原は調子が良く、勝ってはニヤニヤし、山本は途中で疲れて半ば船を漕《こ》いでいた。

そこに「おや？　陸軍、海軍、お揃いで！」と長身でにこにこと感じの良い男が近づいてきた。一目で内地の人間だとわかった。東條が「商工省から出向してきた洲桐太《しまきりた》サンだ。満州国の産業をテコ入れしていただくよ。我々軍人は、商売は素人だからねぇ」と紹介する。私は居住まいを正し、洲桐太を歓迎した。

洲は東條の後ろで腕を組み、しばし勝負を観察していたが、やがて笑顔で「東條サン、今夜は引いたほうがよいでしょう」と助言した。「何っ」「些か敵を過小評価しすぎていらっしゃる。同時に自身の手には希望的観測を抱き続けている。どちらにも根拠がない。撤退せねば大敗なさいますぞ」「む、むむ……」と東條が天を仰いで絶句し、石原が「いいぞ！　もっと言ってやれ、洲サン！」と大喜びした。

　ようやく勝負が終わり、東條の負けた金で高級酒を開け、五人で乾杯した。洲は、今や近代化し強国となった日本の未来について、「産業立国を目指さねばなりませんな」と実務家らしく熱弁を振るった。

「ドイツとアメリカを視察しましたが、ドイツ型の産業立国がだんぜんよいですよ。アメリカの自由な資本主義は、所詮《しょせん》、国土の大きな国向けのやり方です。比べてドイツは、国土は小さいが、官民一体となって一つの目標に向かう生産体制でどんどん国力を増しています」

　これには我々も大いにうなずいた。続けて「アメリカと戦争をしても、我が国は到底勝てますまい。なにせ相手は七百倍以上もの石油を持つ大国ですからねぇ」と言うので、居眠りしかけていた石原が「何だと」とカッと目を開けた。山本は「その通り」とうなずいている。

　私はふと興味を持ち、「君、日本のような資源に乏しい島国が、アメリカと戦う場合、勝つ方法は万に一つもないのかね」と聞いた。洲は笑って、

「ありますよ！　〝植民地から資源を得る〟のです。満州国は鉄鉱石が豊富です。だが肝心の石油採掘がうまくいかない……。三田村さん、貴殿もこの地で油田を探しておられるが、さっぱりみつからない。でしょう？」

「その通りだ……。だから日本はアメリカからの石油輸入に頼っておる」

「しかし、アメリカと戦うならもう頼れませんしなぁ。となると……南方（東南アジアなど）に進攻し、油田のある土地を我が国の植民地にするしかありますまい。フランス領のインドシナ（ベ

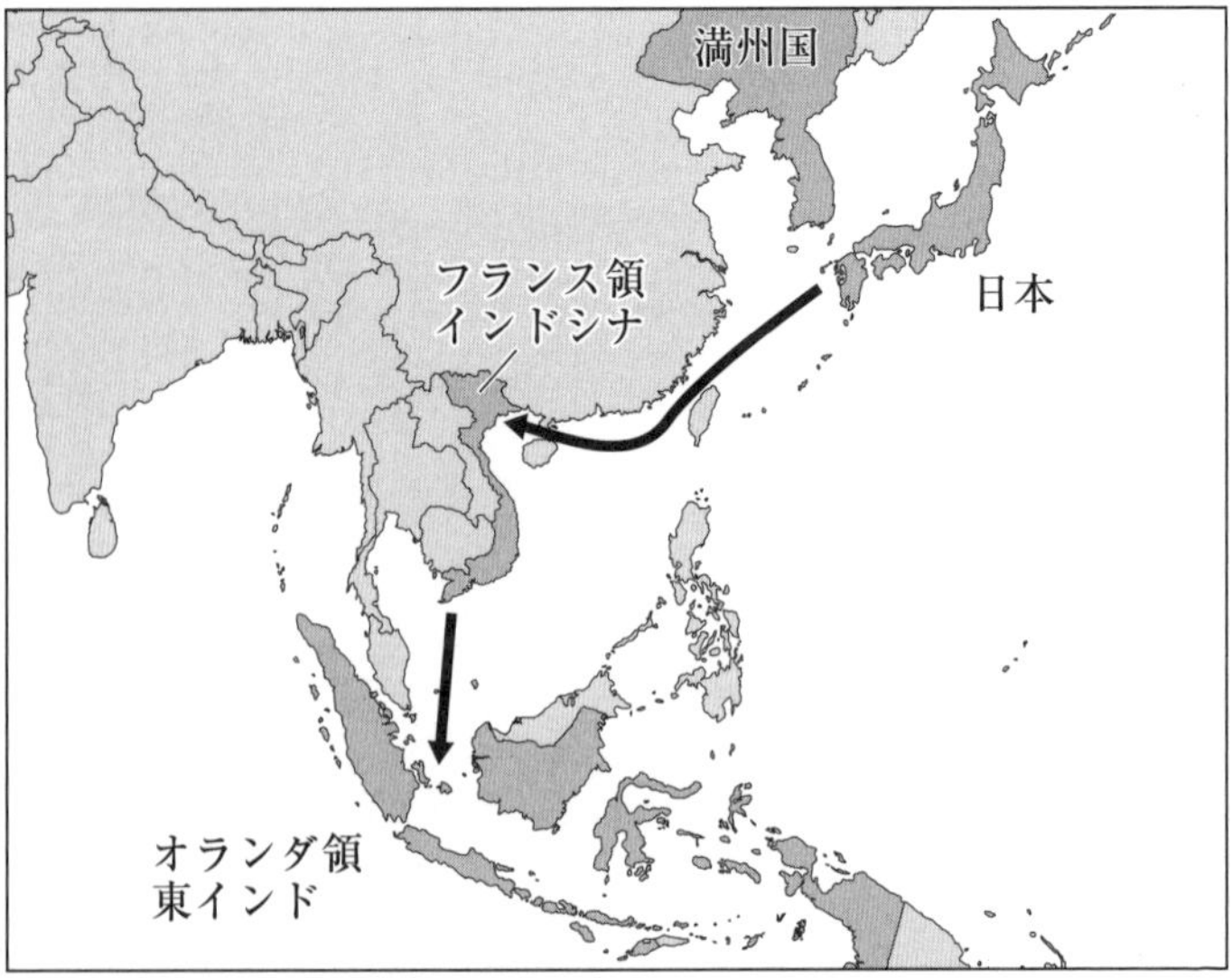

トナム）を通過し、オランダ領の東インド（インドネシア）を占領する。こうして油田を確保し、アメリカと戦うのです。……とはいえ、中国本土も、国民党と共産党が争い、抗日運動も盛んで、些かキナ臭く、わが国としても油断できない。そんな中、日本が遠い南方まで進攻するのは今は現実的ではないでしょうな」

　山本が「うむ、ぼくも洲サンに概《おおむ》ね同感だな」とうなずいた。

「付け加えるなら、だ。日本は資源に乏しいため、どこと戦争するにも〝短期決戦〟で片付ける必要がある。長引けば、国力に勝る大国には絶対に勝てん。日清、日露戦争は引き際がうまかったため、有利な講和条約を結べたのだ。そして短期決戦のために必要なのは〝戦略〟で……」

　東條英機が「これかね？」と山本五十六の

顔の前でパチンと両手を合わせ、猫だましをしてみせた。「源義経の〝鵯越〟や織田信長の〝桶狭間の戦い〟、東郷平八郎長官の〝T字戦法〟など……。斬新な奇襲作戦により、小よく大を制すと言いたいのだな」「そうだ。それができればあるいは……いや、しかし、現実的ではない。やはり小はなるべく大と戦わぬほうがよいと考える」そんな三人の議論に、石原莞爾は「フン、こちゃこちゃしたつまらん話だなぁ！」と欠伸してみせた。

さて後日。私は満州国の産業部の舵を取るこの洲桐太を、ぜひにと三田村家の夕食会に招待した。穏やかな笑顔で冗談を飛ばすので、麗奈は喜び、「素敵なおじさまねぇ」となついた。だが長男の硝子は、羊が狼《おおかみ》を恐れるように、なぜか縮みあがり、洲とあまり話もできなかった。私は大いにがっかりした。一つ前の世界で、間久部緑郎が私と山本五十六と石原莞爾を前にしながら堂々たるポーカーフェイスを保った姿を思いだし、父親の田辺保がうらやましいと思った。

第二次鳳凰機関では、メンバーを増員すべきとの意見が出て、東條が産業部の洲桐太を、石原が警務司長（警察長官）の甘粕正彦《あまかすまさひこ》を、それぞれ推薦した。だが私は、甘粕正彦と深く関わることに難色を示した。彼は関東大震災の折、大杉栄殺害事件に関わったとされる人物だったからだ。では、洲はどうする？　この件で我々が議論を詰めていた一九三七年七月のこと。北京郊外の盧溝橋《ろこうきょう》という橋の近くで、日本軍と中国軍の間で一発の銃弾が放たれ、撃ち合いが始まった。そもそも大日本帝国と中華民国はもう何年も一触即発の空気に包まれており、これを機に全面戦争となる可能性がぐんと強まった。石原は「今はアジアの同胞と戦い、消耗しあってはならん。敵はアメリカだ！」と反対したが、東條を始めとする「これを機に中国大陸の植民地を増やそう」

という賛成派が軍には多く、政府を動かした。これは戦争になるぞ……！　私は武器などの製造ラインを大幅に増やし、特需に備えた。私は三田村財閥という帝国の王だからだ。まぁ、心は相変わらず空虚だが。あぁそれがなんだというのだ。アーハハハ！　帝国は存在する限り膨張し続ける生き物だ。私を〝死の商人〟と呼びたくば呼べ！

私は、東條たち軍人が持つ進撃への欲望もまた、帝国の使徒ゆえのことと理解を示した。だが石原は「軍にはもはや馬面と鹿面のやつしかおらん！　理想はどこへ行ったのだ」と憤り、「あぁ、あぁ！」と机を幾度も叩いた。

こうして支那事変（日中戦争）が始まった。日本軍は七月末、北京を占領。だが続く天津で大敗。一度は占領した北京も再び危うくなり……。

「時を巻き戻し、やり直そう！　私は帝国軍人だ、勝つまで絶対やめん。恐れず突撃！　気迫で制するぞ」

「東條、おまえはまた……。だが、時を巻き戻す案には賛成だ。そして今度こそ日中開戦を止めてみせる」

と、三田村家の地下室で、東條英機と石原莞爾が大声で話している。山本五十六は「うむ」と深く考えこんでいたが、意見を表明する前に、石原が「やるぞ！」と叫んで山本の首から下げた鍵をブチッと引きちぎった。「あっ、こら、話し合いで決めるんじゃなかったか……」「後で聞く。

今は好きにやる」「石原、おまえはまた……」「フェニックス！」「くそ、それが關東軍のやり方かっ！」「そうだぁ！　フライ！」ガチャッ！　石原が錠を開け、東條がレバーを引く。小型戦闘機型〝エレキテル太郎九号〟のプロペラがぐるぐる回りだす。石原は呆けたように笑いだし、山本は怒りで顔を真っ赤にしている。光がパッと辺りを包み……。

……キーッ、と車のブレーキ音が響いた。私は舗装された道路を走る車の後部座席に腰掛けていた。十四回目の世界にきたか！　ずいぶん遠くまできたものだな。窓から景色を見ると、新京の大通りらしい。運転手に「今日は何年何月何日かね」と聞く。すると、なんと一九三七年の七月後半であった。支那事変（日中戦争）がもう始まってるじゃないか！　私は關東軍のビル前であわてて車を降り、「東條さん！」と探し回った。と、「貴様ぁ！」という石原莞爾の怒声が聞こえてきた。ここかと部屋に入ると、東條と石原が互いの襟《えり》を摑んで揉み合い、武藤章《むとうあきら》という作戦課長が「落ち着いてください」と割って入ったところだった。

「東條！　貴様だましたな！〝エレキテル太郎九号〟の目盛をこっそり開戦後の日付にしておき、レバーを引いただろう。ぼくは戦争自体を阻止したかったのだ！」

「落ち着いて、くだ……。なに、エレキテル太郎とは……？」

と武藤が困惑する。東條は胸を張り、「我が国はこれを機に中国大陸を領土とする！　貴様に戦争阻止はさせん！」と大声を出した。「なっ！　なっ！」と激昂《げっこう》する石原に、武藤がふと冷め

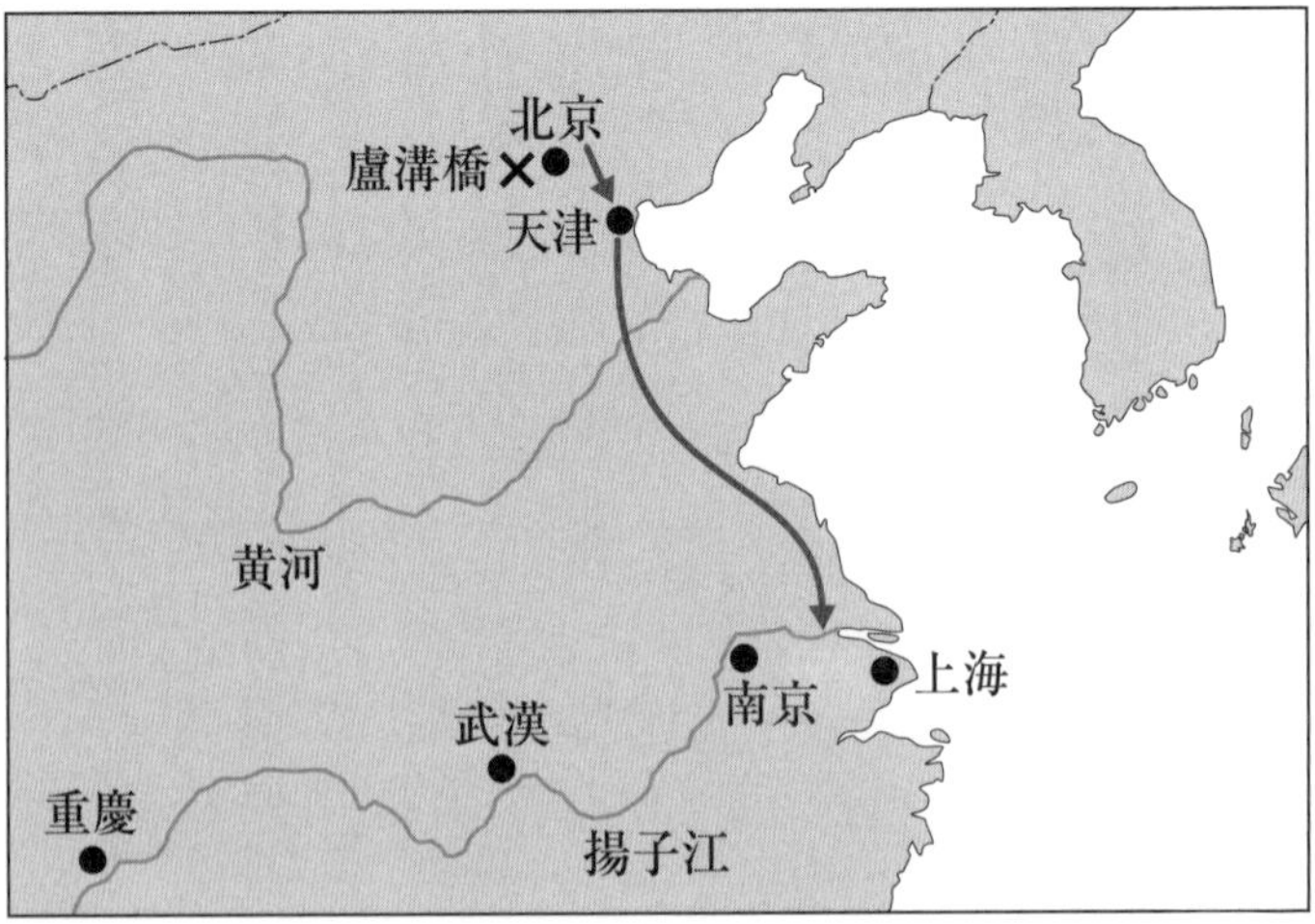

た声で「しかし石原少将、なぜ反対なさるのです？」「それは、アジアをユートピアにし、アメリカと戦い……」「しかし、少将による満州事変も、今回と同じ手法ではないですか。軍事行動をでっちあげ、戦争し、支配した。なぜ満州だけは軍事占領してよく、ほかの土地はだめなのです？」「むっ……」と石原は黙り、「む、む」と東條の襟から手を離した。

十四回目の世界の日本軍は、この月の終わり、前の世界では敗退した天津を見事制圧。続いて八月、上海戦が始まった。しかし中国国民党の軍は激しい抵抗を見せ、日本軍は苦戦し始めた。

三田村財閥は、戦争が長引くほど、血に染まる金を儲けまくり、吸血蝙蝠の如く膨れあがった。

長男の硝子が、その金を元手に新規事業をしたいと交渉してきたが、私は突っぱねた。リスク管理などの防衛能力は買っていたものの、新規事業となると話は別だ。「硝子、おまえは気が優しいが冴えたところがない。私はおまえが心配だよ」と諭す。硝子のしょんぼりした後ろ姿から目を逸《そ》らしつつ、私は、巨大化する財閥の後継者にふさわしい子供を持っておらぬことを思い悩んだ。

同じころ、次女の麗奈が、夜遊びで親しくなった大陸浪人と「結婚したい」と言いだした。私はこれにも大反対し、見合い相手をみつけるから父に従えと怒鳴りつけた。「おまえは鳥だ！――鳥就在籠子里等着喂食哦《ニオージュラロンズ リ デンライユ ザ ヴァ》（鳥は鳥カゴで餌を待て）！」と。麗奈は震えあがり私に従った。

上海戦が始まる少し前のこと。我々第二次鳳凰機関は間久部緑郎少佐を呼びだした。再び火の鳥調査隊を砂漠に派遣するためだ。今回の世界では、石原や山本たちは戦闘などで出払っており、私が一人で出迎えた。三田村家の応接間に通したはずが、手違いで、緑郎くんは開けっぱなしの扉から地下室に迷いこんでいた。私が気づいて階段を下りると、緑郎くんは地下室に鎮座する小型戦闘機型の鋼鉄鳥人形という異様な物体には目もくれず、壁にかかる妻の夕顔の遺影に一心に手を合わせていた。

私の足音に気づいて、目を開け、振り返り、「奥様ですね。麗奈嬢に生き写しだ……」としみじみ言った。私の目尻にブワッと涙が浮かんだ。こんな自分に、涙などという人間らしい機能が残っていたとは！　私は手の甲で目をゴシゴシこすり、「間久部少佐、いや、緑郎くん……。ずっと伝えたかったことがある。君のお母上はじつに立派な方だったと！　アカの仲間だのなんだのと言われとるが……。いや、英雄だ。息子たちを救った」と感極まって言った。と、緑郎くんの目にもみるみる涙が浮かび、私から顔を背けて目を拭いた。

やがて火の鳥調査隊は、タクラマカン砂漠に向かい、再び出発した。今回は弟の正人くんもガイドとして同行させたと聞いた。正人くんはここ数年上海暮らしをしており、大陸情勢に詳しいためだ。

九月、日本軍は陸海軍ともに増援を得て、上海で前進を続けた。上海は今やまさに戦場だった。我々市民は租界の外に一歩も出られぬ生活となった。交差点には土嚢《どのう》や一般家屋から徴収したらしき椅子でできたバリケードが聳え、そのバリケードや鉄条網を、灰色の戦車がぐもぉぉぉぉぉっと乗り越えていく。両軍の激しい撃ち合いが続き、背後の道がたちまち空薬莢《からやっきょう》の山となる。小型戦闘機が爆音とともに飛びすぎる。劇場や雑居ビルが爆撃され火柱を上げ、無残にメラメラ燃えあがった。

戦況は一進一退で、日本軍は中国国民党の軍による思わぬ大抵抗に苦戦した。

このころ私は日本人会で、北のほうで兵団を率いる東條英機の評判を耳にした。「見事に激烈な進撃だ」「だが後方補給がなく兵士は粟飯《あわめし》で飢えている」「些か古めかしい突撃型の単純作戦だぞ」と賛否両論が飛び交っていた。私は普段の様子を思いだし、さもあらんとうなずいた。

十一月末。上海戦は日本の敗退に終わった。その前夜から敗退の噂が租界を駆け巡り、日本人は家財道具をまとめて車に飛び乗り、北へ逃げ始めた。私も三田村家から鋼鉄鳥人形を出し、トラックの荷台に載せ、「お父さん、なんです、この戦闘機みたいなの……？」と不審がられながらも、家族を連れて辛くも上海を脱出した。

翌々日、満州国の首都新京で日本軍敗退を知った。日本は今後満州国を統治する権利も失うだろうと私は予測した。遅れて、東條英機、石原莞爾、山本五十六の三人も駆けつけた。東條は洲桐太も連れており、「此奴を仲間に入れよう。鳳凰機関の説明はしておいた」と胸を張った。石原が「か、勝手に何を！」と気色ばむ。

我々は大通りに停めたトラックの荷台によじ登り、小型戦闘機型〝エレキテル太郎九号〟を囲んで立った。冬の始まりの朝で、天気はよいが、北風がひどく冷たかった。軍人三人は軍服の上から暖かそうな大陸風の毛皮を羽織っている。東條は「戦争をやり直し、今度こそ勝利する！」と、石原は「いや、開戦を阻止する！」と主張した。洲は「東條さんから話は聞いたが、到底信じられませんなぁ」と困惑の笑みを浮かべている。

私は山本から「間久部緑郎少佐が帰還した。今回も見事に火の鳥の首を持ち帰ったぞ」と鳥の首の入った箱を渡された。「そ、そうか！」と感無量でうなずき、鳥の首を鋼鉄鳥人形の内部にしっかり収めた。しかし「同行したガイドたちは死んだそうだ」「え、えっ？」「間久部少佐の弟もな。それで、どうも、ひどく動揺しておるようだった」「お、弟って、ま、ま、正人くんが……」と私の顔からも血の気がぐんぐん引いた。

風の強い日で、荷台に立っていると今にも飛ばされそうなほどだった。鋼鉄鳥人形のプロペラが風でクルクル回っている。東條がしゃがんで目盛を動かし始め、石原が「待て！」と背中に飛びつく。東條が山本に「石原を抑えろ！」と叫ぶ。山本が石原を止める。私は荷台の上をよろめき歩き回り、「時を巻き戻さねば！　ま、正人くんを、生き返らせねば……」とつぶやく。東條が洲に「おい、君、そこのレバーを引け！　いいから引くんだぁ！」と命じる。石原が「洲、やめろぉぉぉぉ！」と叫ぶ。洲はわけがわからず途方に暮れて全員の顔を眺め回すが、レバーを見上げ、「軍のお偉方三人に財閥総帥まで。いや、東條さんのヨタ話を信じたわけじゃないが……」

と首をかしげた。それからじつにしみじみと、

「私がレバーを引いたら、どうなるんでしょうな？」

「洲、やめろぉぉぉ！　好奇心害死猫《ホージシンヘーサモー》（好奇心が猫を殺す）だぞ！」

石原の大声に、洲はおどろいて黙り、それから、愉快そうにニヤッとした。力を込めてレバーを引く。プロペラが音を立ててぐるぐる回りだす。

北風が強まる。私は「う、うう、正人くん、正人くんが死んだとは……」と頭をかきむしり、小声で囁いた。

「フェ、フェニックス、フ、フ、フライ……」と。

その九　婚礼と千里眼

チュン、チュン……小鳥の鳴き声が聞こえる。目の前に金色の鳥カゴがあり、黄緑の小鳥が羽をばたつかせていた。ここは上海の自宅……。十五回目の世界にやってきた！　硝子が通りかかり、「お父さんはほんとにいつもその鳥カゴを見てますねぇ」と声をかけてきた。

日付を聞くと、一九三七年の九月だった。やはり日中開戦後の世界か。私は鳳凰機関のメンバーに急ぎ連絡を取った。東條は張り切っているが、山本は困惑し、石原はというと、激怒していた。

洲は「要するに時が巻き戻ったのですな。なんとまぁ！」とおどろくほど冷静に受け入れた。「私は実務家ですので。理解不可能なことは保留し、事実が判明すれば受け入れるまで」とじつに落ち着いたものだ。洲もメンバー入りすることになり、鳳凰機関は五名となった。

この月、上海戦は再び街を覆い尽くした。

私は次女の麗奈を呼び、見合い結婚を命じた。租界の夜遊びでおかしな虫がつく前がよいだろう。相手は——間久部緑郎少佐だ！　兄の硝子は「えーっ、てっきり日本人会の御曹司と結婚させると思っていたら、關東軍の少佐風情ですか？」とおどろき、祖母の雪崩は「田辺さんのご長男？　あのときの……。マァ、あの男の子！」と涙を流して賛成した。

緑郎くんは二つ返事で了承してくれた。麗奈も私に逆らうはずがなく、話はトントン拍子で進んだ。

私は東條たちとよく相談し、今回の火の鳥調査隊には別の隊長を立てて出発させることとした。

十一月初め。外灘《バンド》のホテルで盛大な披露宴が開かれた。新郎の父である田辺保は、戦時下の上海にはこられず、代わりに電話で父親同士よくよく話した。保は「ヨーちゃんとおユウちゃんの娘さんか。こんなうれしいことはないよ」と男泣きであった。縁談に反対した人物は、ただ一人。私の長女、汐風であった。汐風は披露宴前夜、危険を顧みず、上海の市街戦を抜けて実家に戻ると、「お父さま！」と私に詰め寄った。

六年前、くだらん男とハルビンに駆け落ちして以来の再会だった。汐風は、労働の日々ゆえか齢《とし》より老け、華やかな財閥令嬢の面影を失くしていた。目を見開き、

「人の伴侶《はんりよ》を勝手に決めるなんて！　それは父権主義というものです。よいと決めつけた生き方を、下に見てる相手に、むりやり押しつける。何が幸福かは自分自身が決めるもの、ってことをわかってらっしゃらないのね！」

はて？　この娘も、十一回目の世界ではおとなしく銀行頭取の息子と見合い結婚したはずが、十五回目の世界でいったい何を言いだすのか。私は仰天し、「おまえ、何を怒ってるんだね」と聞いた。すると汐風は応接間をぐるぐる歩き回り、両腕を振り回し、

「だって、お父さま。日本が、この大地で、やったことと同じじゃないですか！」

「なにぃ？」

「つまり、満州族や蒙古族などに、幸福を与えてやると、勝手にユートピアを作ったのと同じじゃないですか！　しかも、ほんとは自分の国の都合で作ったのに、おまえたちの幸福のためだぞって、嘘ついて……。こ、この縁談も、關東軍がやったことと、同じじゃないですかぁ！」

私は腕を振りあげ、娘の頬をしたたかに打った。汐風は壁際まで吹っ飛んだ。騒ぎを聞いて硝子が階段を駆け下りてきて、止めた。汐風は「そして、残忍な、ぼっ、暴力を、ふるい……」

「なぜ私の気持ちがわからんのか。親の愛がわからんのか。私がどれだけの苦労をし、悲しみを乗り越え、時空を旅してここまできたかも、何一つ知らないくせに、なんだぁ！」「加害者のくせに、いつもそうやって犠牲者のように振る舞うのね！」「なにぃっ？」私はまた腕を振りあげた。怒りに任せて叩くごとに、娘は父を「ブルヂョアジーが！」「死の武器商人！」「阿片《アヘン》長者！」「侵略者め！」などと罵った。こ、この娘は、新京の女学校で教壇に立つうち、アカになってしまったのか……？　末娘の麗奈が震えながら出てきて「お姉ちゃん、もういいって……」と姉を止めた。「麗ちゃん、好きな男がいるんでしょ？　シッカリなさいよ」「お姉ちゃんみたいにはできないの！　あたしは強くない。こんなに折檻《せっかん》されても、お父さまにまだ逆らえるなんて、ほんとすごいわ。あたしのことはもうほっといて！　お姉ちゃんなんてキライ。世界一キライよぉ！」と麗奈は泣きだし、自室に戻っていった。汐風がふらふらと起きあがり、「待ってよ、麗ちゃん！」と追う。

娘二人が姿を消すと、私はブランデーをグラスに注いで、一気に飲んだ。硝子が横に立ち、

「こりゃ、上海事変ならぬ汐風事変ですねぇ。ははは」と薄く笑った。私は「つまらんことを言うとおまえも追いだすぞ」とジロリと睨みつけた。硝子は震え、こそこそ退散した。

ふん、構うものか……。

私には、娘婿となる間久部緑郎がいるからな！

あてにならん娘や息子など、もう……。

鳥カゴの中で、黄緑の小鳥がバサッ……と寂しい羽音を立てた。

翌日、披露宴が盛大に行われた。緑郎くんは帝国軍人らしい佇《たたず》まいで、絹のドレス姿の麗奈も財閥令嬢にふさわしい輝きを放っていた。緑郎くんは誇らしげに胸を張り、麗奈の横顔をときおり微笑んでみつめた。

新婚の二人は租界の高級マンションに新居を構え、私は潤沢な生活費を援助してやった。

一方、長女の汐風への仕送りはピタリと止めた。女学校の教職からも外させ、満鉄勤めの夫もクビにさせた。夫婦は路頭に迷ったが、やがて満洲映画協会の事務職に就いたと噂に聞いた。安月給で生活に困窮しているらしい。あぁ、いい気味だ！　この私に逆らった娘の末路だ！　夫の父である道頓堀鬼瓦が心を痛め、私に隠れて細々と仕送りしているようではあったが。

このころ、日本軍は上海での苛烈《かれつ》な市街戦をついに制した。兵士一万人の犠牲が出たが、対する中国軍の死者は二十五万人。歴史を二度もやり直し、辛くも摑んだ我が国の勝利だ……。私たちは安心して租界を出た。道行く軍用トラックやサイドカーに、真っ黒に汚れ、目を奇妙に見開いた日本兵が鈴なりになっていた。大きな交差点に、銃弾よけの畳を被せたままの装甲車や、被弾し炎上したらしき戦車がある。迷彩が無残に焼け落ちた戦車の上に、日本兵が一人呆然と腰掛けていた。硝子が立ち止まり、煙草を差しだすと、弛緩《しかん》したような表情で受け取り、ゆっくりと一服した。

日本軍のビル屋上にも日本兵が大勢いた。旭日旗が冬の風にはためいている。「万歳！」「万歳！」と声が聞こえた。硝子が「いやぁ、兵隊さんもようやく御国に帰れるってわけですねぇ」と目を細めて見上げた。

だが、数日後。極限まで疲弊した日本兵たちは、内陸に逃げた国民党政府打倒のため、西へと進軍し続けることとなった。それを聞き、私もいささかおどろいた……。

さてつぎの週のこと。内地から意外な客が、わざわざ海を越えて訪ねてきた。亡き妻の双子の姉、朝顔《あさがお》だ。広島の千里眼の家に生まれ、約二年前に父をなくし、家督を継いだ。代々伝わる千里眼の力は、どうもこの姉が受け継いでいたらしく、占い業も順調とのことだった。長らく父に遠慮してきたが、その父ももういないのでと、妹の夕顔の墓参りにやってきたのだった。

私は緊張を隠し、応接間で朝顔を出迎えた。さすが双子で、お夕ちゃんとそっくりだが、何かゾッとするような暗い色気があり、若いころ大怪我をした顔の右側を重たげな長い黒髪で隠していた。妻の思い出話をするうちに打ち解け、二人で車を出して、租界の奥にある寺に墓参りに行った。朝顔は「私は三回結婚して、三回離婚したんですよ」と言い、妹の墓前で「あんた……妬《や》けちゃうぐらい幸せだったのねぇ。子供んときはあんなに苦労したのにね」と語りかけた。

夕食を振る舞うため、また三田村家に戻った。

広島の家が気になるので明日には帰国するという朝顔に、旅費を渡そうとすると、「銭はたんまり持ってきたし、昨夜、租界で占いもして小遣いも稼いだ」と笑って断られた。「なに、占い？」と聞き返したとき、夫の緑郎くんと共に麗奈が応接間に入ってきた。仲良く暮らしているはずが、今夜は妙によそよそしい。「どうした？」と聞くと、麗奈が何か言いかけ、ついで朝顔の姿を指差して「あーっ」と叫んだ。

別室に呼び、何事かと問いただすと、「昨夜遊んだ帰り、薄布を被った占い師をみつけて未来を占ってもらったの」とふくれっ面をする。その占い師こそ朝顔で、互いに血縁とは知らなかったらしい。占いの結果を麗奈はなかなか言おうとしなかったが、ようやく「あたしたち夫婦は、六年後……」「何だ？」「殺すって！」「ハァ？」「だからどっちかがどっちかを殺すのよ。お父さま、あたし、あの人が怖いの……」「バカバカしい！　なぜ緑郎くんがおまえを殺すんだね？六年後……一九四三年か」と私は苦笑し、麗奈を連れて戻った。

夕食会は楽しく進んだ。硝子は驚くほどはしゃぎ、朝顔と話しこんだ。麗奈はビクビクし、緑郎くんをときどき盗み見ていた。翌朝、朝顔は「何かあれば相談にきてね」と麗奈に声をかけ、車に乗りこんだ。硝子は去っていく車を見送り、「あぁ、お母さんとそっくりだった！」と震え声で言った。それから「汐風姉さんにも一目会わせたかったな……」とつぶやきかけ、あわてて口をつぐんだ。

そしてこの翌月。

——山本五十六が殺された。

日本軍は上海戦に辛くも勝利。兵士たちも帰国できるはずだった。だが、内陸の武漢などへ逃げこんだ国民政府を追い、さらに進軍することとなった。

この軍には食糧補給がほとんどなく、軍服も薄い夏服のままの者が多かった。疲弊して爆発寸前の兵士たちと、上級指揮官のいない補充部隊が、まるで競い合うように、この十五回目の世界で、殺し、略奪し、民家を焼き払いながら西へ西へと進撃した。

十二月上旬。南京にたどり着き、南京城を囲むと、各部隊が城内への一番乗りを目指し、味方にも死者を出しつつ、城壁を越え、門を破壊し、突撃した。国民党の軍の兵士や市民は逃げまどった。ほどなく南京は陥落。十五回目の世界の日本軍は、国民党の兵士、市民、近隣の農村民など、多くの人々を、殺した。

日本国内は「支那（中国）に勝利！」と盛りあがった。全国の学校が休校となり、町々で提灯行列が行われ、帝都では約四十万人もが練り歩いた。

南京城への日本軍入城式に喝采響く中、我々は――上海に集まった。

租界の隅にある洋風の映画館。手違いで爆撃され、屋根と天井が無残に吹き飛ばされ、閉館している。つまり人目がなく好都合な場所だった。粉塵《ふんじん》で汚れた真紅のビロード張りの座席に第二次鳳凰機関のメンバー……東條英機、山本五十六、石原莞爾、洲桐太、私が横並びに座る。東條は興奮しており、「国民政府と蔣介石《しょうかいせき》は辛くも南京城を脱出。青息吐息で武漢などの内陸に逃げこんでいるが」と拳を振りあげた。「大日本帝国軍は内陸を一気に攻め、国民政府を捕らえて倒し、そして……支那(中国)にも満州国のような政権を作るのだ！」寒さで青くなった唇に、つばの泡が一粒乗っている。石原が身を乗りだし、クシャミする山本に「おや、貴様寒いのか」と黒マントを貸してやりながら、「それはダメだ、東條サン。戦場で深追いは禁物。あんたはつくづく実戦を知らんなぁ」と大声を出した。

「東條サン、机上の地図とちがってな、大地には、山脈に大河に深い谷、雨季、夏の灼熱、凍える雪がある……。兵士だって数字じゃない、生きた人間ひとりひとりだ！　物資補給と休養が必要だぞ。無茶な進軍は勝利を内側からの敗北に染めかえるのだ」

「なんの！　我々は皇軍だ。神の軍隊だ。敵の戦闘機さえ、精神の力で、ひと睨みで、落とすぅ！」

争う二人に山本が「マァ、マァ……」と割って入る。

その横で、洲が腕を組み、「いささか……」と私にだけ聞こえるようつぶやいた。

洲は、満州国の産業を発展させるため、満州重工業開発、略して満業を設立させるところだった。東條を通じて軍に物資や金を融通し、支那事変(日中戦争)の間に立場を強めようとしていた。この私も、洲の口添えをもらい、三田村財閥総帥との兼任で満業の総帥の座を得る予定だった。洲は「我々の邪魔ですなぁ……石原サンは……」とつぶやくと、そっと立ち、外で待つ部下に何かを指示しに行った。

第二次鳳凰機関のメンバーは数時間激論を交わし、解散した。壊れかけの映画館から出るともう夕刻で、無残な瓦礫を橙色の日が照らしていた。

と、パーンと乾いた銃声が響いた。隣にいた山本の体が、無言のまま木の葉のようにくるくる舞い、どんっと倒れた。東條が「ひぇっ！」と叫び、石原は「こらぁ待たんか！」と銃声がしたほうに駆けだした。

私は山本の顔を覗きこんだ。山本は目を見開き、す、で、に、絶、命、し、て、い、た。私はショックを受け「あぁ……」と瓦礫に深々と座りこんだ。

あれは遠い昔、日露戦争の日本海海戦のとき。私はまだ海軍兵学校の学生だった山本、いや高野五十六青年に庇われ、命を救われた。あのときも彼は、死、ん、だ……。隣で洲も山本の顔を見て「ナッ？」と動揺した。「時を戻せば山本サンも生き返りますぞ。調査隊の帰還を待ちましょう！」と震え声で言うが、私は首を振った。

思えば、火の鳥の力を知る者たちは、初めは田辺保と父がいた。彼らが火の鳥についての記憶をなくし、私は孤独に陥った。一人秘密を抱えたまま、日清、日露戦争の荒波を乗り越えた。そして世界大戦の折、ようやくできた仲間が山本五十六だったのだ。まっすぐで純な男だった。

火の鳥の力を知る者たちは、途中で死ねば、時が巻き戻って生き返れても、力についての記憶をなくしてしまう。だから、もし十六回目の世界で山本を生き返らせられたとしても、私とともに生きたあの山本は、血を分けた娘からさえ醜く罵られる私の、隠された戦いの歴史を知る山本は、この世のどこにもいないのだ。ああ、人間とは記憶だ、山本は、もう、いないのだ……。

山本を狙撃した犯人は見つからずじまいだった。昨今、軍でも政府でも意見を違えるどうしの争いが増えており、山本もその犠牲になったと思われた。

数日後、傷心の我々の元に、この十五回目の世界で派遣した火の鳥調査隊が、タクラマカン砂漠に着かず全滅したとの報まで入った。あぁ、急いで次の調査隊を出さなくてはならん……。鳳凰機関の残りのメンバーは「十二回目と十三回目と十四回目の世界で見事鳥の首を持ち帰った間久部緑郎少佐こそ適任である」と意見の一致を見た。

調査隊任務は、軍内では〝ファイアー・バード計画〟と呼ばれ、表向きは〝皇軍の士気高揚のため未知のエネルギーを探す計画〟とされていた。実務を請け負うのは犬山虎治元帥。十回目と十一回目の世界で調査隊長を務めていた男だ。もっとも、関東大震災で私が記憶喪失になり、鳥の首を受け取っても何だかわからず、地下室にしまったきりとなってしまったのだが……。犬山元帥は、十一回目の世界で火の鳥の首を持ち帰った後、私が記憶を失ったことから、時が巻き戻らないまま長い時間を過ごした。そのせいか、犬山元帥は楼蘭王国で見聞きしたことの記憶を保っていた。我ら鳳凰機関の真の目的を知らぬまま、そういった経験を買われ特進し、実務を任されていた。彼もまた「間久部少佐なら間違いありませんな」と太鼓判を押した。さらに、大陸科学院で未知のエネルギー研究に携わる猿田博士も、陸軍の学校で教えた間久部少佐をぜひにと推薦してきた。

一九三八年一月。政府は「大日本帝国は国民政府との和平交渉を打ち切る」と決定。内陸に逃げた国民政府を追い、戦闘を続けることになった。このニュースに、年末から戦勝気分が続いていた上海租界はさらに盛りあがった。外灘《バンド》のキャセイ・ホテルのボールルームでは、大使が主催する豪華な大夜会まで開かれた。

その夜、着飾った日本人が続々集まり、シャンデリアの光を大理石の床が照り返し、ボールルームは天上世界のように眩《まぶ》しかった。軍人グループが真ん中に陣取り、緑郎くんのものらしき「そうさ。中国なんてもう、揚子江の水まで日本のモンさ！　アーハハハ！」という頼もしい声も聞こえてきた。……今夜、犬山元帥が緑郎くんに調査隊任務を告げる予定になっている。危険だが、成功すれば二階級特進のチャンスだぞと。私は薄く微笑み、シャンパンのグラスをグイッと飲み干したのだった……。


大夜会の興奮覚めやらぬ翌朝のこと。第二次鳳凰機関メンバーが三田村家の地下室に集合した。中二階の応接間では、緑郎くんが犬山元帥の部下の向内《むこうち》大将と調査隊の打ち合わせ中だ。地下室に降りようとすると、なぜか川島芳子が迷いこみ、召使にみつかったところだった。「南無三！」「おいら地下でなんにも見てないよ！　ホントだよ。おいらはね、おいらはただのゴロツキだーい！」と大騒ぎし、次女の麗奈まで「お姉ちゃまを離してちょうだい！　なんにも悪気はないお方よ……」と庇って泣き喚く。私は川島芳子を追いだし、地下室に降りた。

石原、東條、洲が集まっていた。壁に山本の遺影がかかっている。その真下で石原が仁王立ちし、ムシャムシャ大福を食べている。東條は粉が飛ぶと怒り、洲が石原の口の周りを拭いてやる。「おやっ……？」私は、石原の黒マントが新調されていることに気づき「ピカピカの新品だな」

と言った。すると石原はうなだれ、「前のは山本に貸し、あのまま、な……」と呻いた。

そうか！　山本が殺されたとき、寒いからと石原の黒マントを借りていたな。待てよ……？　狙撃犯は、本当に山本を狙ったのか？　それとも石原を殺そうとしたのに黒マントで見間違えて……？　いや、まさか！

会議を終え、帰っていく石原に、たまらず「君、気をつけたまえよ……」と囁くと、石原もわかってるというように無言でうなずいた。

五日後の夜、間久部緑郎少佐率いる火の鳥調査隊がタクラマカン砂漠へと出発した。メンバーは、弟の正人くん、その友人の満州族の男、川島芳子、川島が連れてきた砂漠の民らしき女の五名であった……。

間久部少佐率いる火の鳥調査隊が出発した翌朝、犬山元帥から「総裁！　た、大変です！　火の鳥調査隊にマリアが……楼蘭の笛吹き王女マリアが、ま、ま、紛れこんでおりましたッ！」と電話がかかってきた。

何、王女マリア……？　その名を聞き、私の脳裏に遠い記憶が蘇ってきた。

あれは、一回目の世界……。ある夜、探検隊の大滝雪之丞が憔悴した姿で砂漠から帰り、こんなうわ言を言ったのだ。（美しい王女がいた……マリアさんだ……〝火の鳥〟を守っていた……。あの心優しい乙女を……俺は殺した！）と。さてマリアとはこの人物のことか？　いったいなぜ我々の調査隊に紛れこんだ……？

私は車を出し、日本陸軍司令部のビルに駆けつけた。犬山元帥が震える手で調査隊の記録写真を差しだした。そこには間久部少佐、弟の正人くん、友人だという満州族の美青年、川島芳子、そして……白系露人のように見える美貌の若い女が写っていた。

「総裁！　二十二年前、砂漠を彷徨《さまよ》い、楼蘭王国に着いたとき、このマリアが笛を吹いていました。謎の王女ですよ……。砂漠に隔絶された国に暮らしながら、流暢な北京語を話し、しかも私に『あなたがくるのは三回目だ』と謎めいたことを言いました。そして必死で追いかけてきた……。しかも写真では、二十二年前からまるで年を取っていない。どういうことなのか……」

私は考えこみ、溢《あふ》れる冷汗を拭いた。何なのかはわからないが、緑郎くんの身に危険が迫っていると、いてもたってもいられない気持ちだった。と、そのとき、別の階で騒ぎが起こり、犬山元帥があわてて出て行った。と、「石原ぁっ……」「石原少将がぁ！」と叫び声が聞こえ、私もぎょっとして部屋を飛びだした。

会議室の机に、石原莞爾が突っ伏し、動かなくなっていた。私はへなへなと座りこんだ。するとカッと見開いた右目と間近で目があった。「おい、石原……」とこわごわ腕に触ると、もう、硬く冷たかった。お、おい、石原、石原よ……。

次々人が駆けつけ、洲桐太もやってきた。机に置かれた酒のグラスを嗅いで「毒ですな。自分で入れたのでしょう」「そんな……」「山本サンも石原サンも、戦場で死なず、さぞ無念でしょうなぁ！」。私はゆっくり振りむき、洲の横顔を見た。言葉と裏腹の愉快な響きが気になった。私はふと気づいた。(この男は、本当は軍人が心底嫌いなのかもしれんぞ)と。

こうして、第二次鳳凰機関は、東條、洲、私の三名にまで減ってしまった。東條も洲も「大日本帝国の発展のため、さらに活動せねばな!」と水を得た魚のように張り切り始めた。意見を違える石原がいなくなったためだろう。石原の変死は自死とされたが、部下たちは「石原少将は下戸だ。酒に毒を入れて呷《あお》るのはおかしい」と他殺説を唱えて泣いた。私は洲への疑いを強めていた。洲や東條と、考えや利益が異なれば、自分だって石原のように消されるのではないか……?

それに、思えば、夕顔なき後の自分がここまでなんとかやってこられたのは、山本五十六と石原莞爾という、絶対的に正しいわけではないが、人間臭く、純なところのある男たちが仲間だったからなのだ。二人がいなくなり、私の人生からロマンの火は完全に消えた。東條と洲はというと、人の皮を被ってはいるが、人ではない、冷たくて鈍くて空っぽな何かのように思えてならないのだ。

いや、待て?

私にはまだ……緑郎くんが……いるじゃないか……。

緑郎くんの顔を思いだすと、夕顔と出会ったあの頃の如く、老いた胸が高鳴った。熱、ロマン、未来! それらはある、そう、まだあるんだ! そうだ、緑郎くんを助けにタクラマカン砂漠に行こうじゃないか。王女マリアが何をするつもりか、心配だ。そして、緑郎くんに、ひ、ひ、火の鳥の秘密を教えてやろう。緑郎くんを右腕にし、二人で手に手を取って、つっ、作るのだ。第三次鳳凰機関を! 大日本帝国の未来を書き換え、ふ、二人で、作るのだ。真の、完全なる、ユートピアを！

真夜中だった。私は地下室に駆け降り、山本五十六が作った小型戦闘機型〝エレキテル太郎九号〟を破壊しようと四苦八苦した。これさえなければ、東條も洲も、火の鳥の力を使えないからな！　物音に気づき、硝子がのっそり起きてきた。「お父さん、一体何してるんです？」「いいから手伝え！」「はぁ？」と硝子はぶつぶつ文句を言いつつ手助けし始めた。

私は鋼鉄鳥人形の設計の中心の部分をすべて破壊した。設計図をざっと描き直し、懐深くにしまう。そして額の汗を拭き、ユラユラと立ちあがった。朝までに、準備を整え、はぁ、砂漠に、はぁはぁ、向かい、はぁ……火の鳥調査隊に、追い……ついて……緑郎くんに……ろ、緑郎くんに……。

五章　ユーラシア

一九三八年二月

「うわぁぁぁ！　設計図だ、設計図を出せ！　この老いぼれめ！」

――灼熱のタクラマカン砂漠。日陰で輪を作る火の鳥調査隊の真ん中で、間久部緑郎が三田村要造の首を絞め上げ、喚いた。三田村は「ここにあるぞ……」と朦朧として答え、懐から封筒を取りだす。

緑郎は受け取り、「設計図を手に入れたぞ！」と叫んだ。荒く息をし、奥歯をギリギリ言わせ、「あ、後は？　鳥の首だ。二つ揃えば世界を支配できる。ぼくは皇帝になれる。支配者になれる。何にでも、何にでもだっ……」と振りむく。「鳥の首はおまえがどこかに隠したんだな？」とマリアに目を据える。

その傍らで猿田博士が、緑郎の手から封筒を奪い取った。設計図を開くなり「こんな単純な仕掛けだったか。なんと、これが天才の設計か……」とへなへな座りこむ。緑郎がその手から設計図を取り戻す。

三田村が「緑郎くんっ……我が娘婿、我が片腕……」と足にすがりついた。緑郎は「やめろ！　鋼鉄鳥人形は我が父、田辺保工学博士が開発したもの。それを息子が取り返したのだ。貴様の片腕になぞ金輪際なるもんか」と叫び「なぁ、正人？」と弟のほうを振りむいた。だが正人は震えながら兄をみつめ返すばかりだ。

三田村要造は自嘲してクックッと笑い、

「そうか……。緑郎くん、それなら頼みがある。いっそこの老いぼれを殺してくれ！　おまえのような麗しい青年に殺されるなら本望だ。おまえはきっといつか鳥の首をみつけ、時を巻き戻し、望む未来を手に入れるだろう。その時は、今日死んだわしも、また蘇る。すべてを忘れてな……。時を超え、歴史を改変し続けた、呪われた記憶のすべてを……。火の鳥のことも、罪のことも脳裏から消え、夕顔と出会えてともに暮らせた幸せな記憶だけが残るというわけだ。フ、フフフ……回れ、回れ……さぁ巻き戻すんだ、緑郎くん……グルグル、グルグル……今度は君が苦しむ番だぞ？　回れ、回れぇぇ……」

緑郎は気圧《けお》され、顎《あご》をぐっと引いた。「グ、グルグル……。さぁ時間を球体にしよう、そうすれば永遠になれる……回れ、回、れぇぇ……」そのとき、乾いた銃声が響いた。三田村のこめかみに穴が空き、黒ずんだ血がつーっと流れる。緑郎がはっと振りむくと、川島芳子が不思議な無表情で立っていた。握った銃の口から細い煙が上がっている。「当たった……。ほら、百発百中のヨシコちゃんさ……」「貴様ぁっ」と緑郎が油断なく向き直ると、ルイが芳子を庇うように間に立つ。

「ん？　何かくるぜ……」

と緑郎が気づき、砂漠の向こうに目を向けた。

黒ずくめの服を着た男たちが二十人近く、どこからか現れ、近づいてくる。ルイが芳子に「皇女さま、あれは青幇《チンパン》の追っ手です……。ボクは、鋼鉄鳥人形の設計図と、鳥の首の隠し場所を知るマリアの身柄を、奴らに渡さねばなりません。そして調査隊の全員を口封じのため殺す……。しかし皇女さま、あなただけは命に代えてもお守りします」と囁く。芳子は「ルイくん！　おいら、じつは設計図も鳥の首もほしいんだ。もしも世界を変えられるなら、清王朝を復興させることだってできるはずさ」と囁き返す。ルイははっと息を呑み、「嗯《ンン》！　それならボクは皇女さまに従います」とうなずいた。

緑郎と、ルイ、それにふらつきながらもマリアが、銃、飾り刀、武闘笛など、それぞれの武器を構え、近づいてくる青幇の男たちを睨みつけた。

「上海マフィアのようだな。さては追ってきたか」

と緑郎がつぶやくと、ピタリと狙いを定め、一発撃った。

先頭の一人が胸を撃たれ、どうっと倒れる。ルイは「フン、射撃の腕はマァマァってとこか」と嘯くと、飾り刀を振りかぶり、一番乗りした。「ハアッ！」と地面を蹴って飛び、敵を頭上から斬りつける。マリアも後を追う。武闘笛で敵の銃を叩き落とし、喉笛《のどぶえ》を潰し、振りむきざまに別の敵のこめかみを打つ。緑郎は敵が動きを止めた瞬間に銃を撃ち、確実に仕留めていく。

正人は猿田博士を庇い、廃墟の陰に連れて行こうとする。その正人のほうを振りむき、緑郎が銃を撃ちながら「正人、戦闘が終わったら二人で出発するぞ！」と命じた。「出発？」「そうさ！　我が父が開発した鋼鉄鳥人形を使い、兄弟で時を巻き戻すのさ。ぼくたちは何だってできるぜ。

ヒーヒヒ！」と緑郎が甲高く笑った。

戦闘は続く。弾丸が飛び交い、血しぶきが舞い、上海語の怒号が行き来する。緑郎の左腕を弾丸がかすり「ウッ……」と流血した。奥歯を嚙み締め痛みをこらえ、撃ち続ける。

やがて廃墟の地面には敵が死屍《しし》累々《るいるい》となった。

緑郎は銃に弾を込め、「ぼくと出会ったのが運の尽きだな」と嘯くと、最後の一人の眉間《みけん》を撃ちぬいた。

「よし……」

と、噴き出る汗を手の甲で拭き、振りむく。

「おやっ？」

黒灰色に沈む楼蘭王国の廃墟には、左腕から血を流す緑郎と、飾り刀を構えて目をギラギラさせるルイ、そのルイに庇われる川島芳子が残されていた。正人とマリア、そして猿田博士の姿がない……。

緑郎は「正人？　おい、弱虫毛虫のドブネズミ？」と見回した。それから「マ、マ、マリア！鳥の首の隠し場所を知る王女はどこだ！」と顔色を変える。

ルイと芳子もあわてて砂漠に走りだす。ルイが「皇女さま、ここに車の轍《わだち》のあとが……あいつら、青幇の車に乗って逃げやがった！」と指差す。芳子も緑郎も轍のあとを追おうとするが、熱風が吹きつけ、たちまち砂の模様を変えていく……。

緑郎が「くそっ！　しかしなぜ正人とマリアと猿田博士が逃げたんだ……？　まぁいい。幸い帰り道はわかってる。砂漠からハミに戻り、ウルムチへと、ここにきたルートで戻るしかあるまい」と歯ぎしりすると、二人に「おまえらもこい。帰りもガイドが必要だ」と指図する。

芳子とルイは顔を見合わせたが、小声で「同行しよう。鋼鉄鳥人形の設計図は大将が持ってるんだからな」「嗯《ンン》……」と囁きあい、緑郎の後を追った。


ぐぉぉぉぉぉっ、とエンジンが唸る。黄色く燃える砂漠の道なき道を、漆黒の大型自動車が飛ばしている。砂の丘に乗りあげては、また降《くだ》る。

運転席の正人がハンドルを握りしめ、目を血走らせ、

「まるで悪夢だ……ぼくの父さんは時を超える装置を発明した！　その結果、起こるべきじゃない戦争が起こり、勝つべきじゃない国が……」

「正人、そっちじゃない！」

助手席でマリアが叫び、ハンドルに手を伸ばしてぐいっと回した。車は急に右に曲がり、二人の体は左にかたむいた。

「きた道を戻ってはダメです！　あなたの兄は知恵の回る男。必ずわたしたちをみつけるでしょう」

「あぁ、そうさ！　ぼくは兄さんにはとても勝てない！　じゃ、じゃあどうすればいいんだっ……」

と、正人が悲鳴のように叫んだとき。後部座席から猿田博士がぬっと顔を出し、「なるほど、別ルートで逃げるのじゃね。マリアさん？」と言った。正人たちは「わっ！」「博士、いつのまに乗ったんです！」と声を上げた。

「いや、あの場に残ったら、口封じのために間久部くんに殺されるだろうからな。それに、どうせどこかで死ぬならマリアさんと運命を共にしたい。そう思い、お二人がこっそり逃げる後ろを、さらにこっそりついてきたのじゃ……」

マリアが博士を睨みつけ、

「でもわたしはあなたのことを信頼できません。大日本帝国のために兵器や自白剤を開発する科学者なんて。خەير خوش《ハイルホシュ》!（さようなら）」

と、マリアが車内にあった青幇《チンパン》の銃を拾い、猿田博士の眉間を撃ち抜こうとする。博士は悲鳴を上げる。正人が「マリアさんっ、だめだっ……」と腕を伸ばして止める。

マリアは「是了《ズーラ》……。正人に免じて殺すのは保留とします」と銃を収める。

それから小声で、

「正人。火の鳥の首が隠されている場所を知るのは、この世でわたしだけです。だから、間久部少佐も鳳凰機関の残存メンバーもこのわたしを探すでしょう。正人、توغرا ئادەم《トグラアデム》（正しい人）よ……どうかわたしに協力してください」

「もちろん！　火の鳥の力を隠すためなら、ぼくはなんだってする……」

「わたしの計画はこうです。我々はまず、間久部少佐の手から逃れ、鳥の首の隠し場所まで旅をする。つぎにあなた一人で鳥の首を別の場所に隠しにいく。あなたはその場所をわたしに決して教えない。それからわたしが囮《おとり》となって大陸中を逃げ回り、時を稼ぐ。その間あなたは……どこかに隠れ続けるのです」

「わ、わかった」

「よかった……。まずはタクラマカン砂漠を出て、きたのとは別の道で逃げましょう……」

と、マリアは茫漠《ぼうばく》とした砂漠を見回した。正人も運転しながら目を凝らす。日差しが強く照りつける。額から塩辛い汗の玉が流れ、まず目に、つぎに口に入る。

猿田博士が身を乗りだし、

「しかしマリアさん、あんたはいったい、鳥の首をどの国のどこに隠したんじゃね」

マリアは黙っている。猿田博士が寂しそうに、

「そうかね。教えてくれないなら仕方ない……。別ルートで逃げる計画を練るのが先じゃ。しかし、迷うところじゃな……。ロシア大陸をぐるりと回る北ルートか、南方に下り、西太平洋を渡る南ルートか？」

博士は額の汗を拭きながら、「北を回ればソビエト連邦を通過することになる。南なら英国の植民地であるインド、ビルマなどの東南アジアを通る……。だがソ連にとっても英国にとっても日本は敵対する国。日本人のわしと正人くんは命を落とす危険が高い」と呻く。

マリアが懐からコインを取りだした。「表なら北ルート、裏なら南ルートにしませんか」とつぶやく。正人が「わかった」とうなずくと、マリアは走り続ける車の助手席で器用にコインを投

げた。

コインはきらきら光りながら舞いあがり、またマリアの白い手のひらに、もどる……。

「ど、どっちだね。マリアさん？　裏か、表かね？」


それから数週間後……。

間久部緑郎と川島芳子、ルイの三人組は、タクラマカン砂漠をきた道に沿って急いで戻り、砂漠近くの町ハミの飛行場にたどり着いていた。

「あいつら、なぜ、なぜいないっ！」

と緑郎が激しく歯ぎしりする。

芳子とルイが「おーい、大将！」と走ってきて、「飛行場でもハミの町でも、誰もマリアや正人たちを見かけてないらしいぜ」と報告する。

緑郎は腕を組み、いらいらと、

「奴ら、まさか、ぼくを避けて別ルートで逃げたのか……？　しかし今はどの国も危険すぎる。南を回ればイギリスやフランスやオランダの植民地。北を回ればソビエト連邦の国土……」

と考えこんだ。それから顔を上げ、「いや、たとえどのルートにいるとしても、ぼくや川島だけでは到底探せまい。まずは満州に戻ろう」とつぶやく。

「そして、關東軍で大掛かりなマリア包囲網を作り、別ルートを徹底的に探索する。この広い大地で、ぼくは必ずや火の鳥の首をみつけ、歴史を思うがままに変えてみせるぞ。アーハハハ、アーハハハ！」

――支那事変（日中戦争）は続いた。

日本軍は、海沿いの上海、続いて揚子江を西に遡って南京を制したのち、さらなる内陸へと戦場を広げていた。揚子江をどんどん遡り、武漢へ、そして重慶へと……。蔣介石の国民政府によって奥へ奥へ誘いこまれ、疲弊しながらも進撃し続けた。

一方、イギリスやアメリカは、アジアで日本が力を持ちすぎることを警戒していた。そこで、イギリス領ビルマを伝い、中国内陸部の国民政府に潤沢な物資を援助しだした。日本軍は、敵を叩きのめしたつもりでも、英米からの援助によって息を吹き返されることの繰り返しで、戦争に勝てる見込みを失った。国内でも、年末から年始にかけての戦勝気分は消えうせ、今や重たい空気が漂っていた。

三月、政府が戦争のために国民や物資を自由に動かせる法律『国家総動員法』が可決された。物資が戦場に送られ、国内の生活必需品は不足。バスが木炭でもくもく黒煙を上げて走るようになった。国民は戦争のために倹約し、働いた。慰問袋、千人針、勤労奉仕……。

「ぜいたくは敵だ」「欲しがりません勝つまでは」などのスローガンが声高に叫ばれた。そんな中、日本軍は国民政府を倒そうと、大陸を西へ西へと進軍し……。

――満州国の首都、新京に構える關東軍司令部。

大きな石門と鬱蒼《うっそう》たる松の木、天守閣を思わせる和風建築の建物の一室。間久部緑郎が、第二次鳳凰機関の残存メンバー、東條英機と洲桐太の前に立ち、キリリと敬礼していた。

「では、三田村サンは、調査隊を追ってタクラマカン砂漠に行き……死んだと？」

「はっ！　その通りであります」

と緑郎は表情を隠し、真顔でうなずく。

「なんということだ！　信じられん！　そして鋼鉄鳥人形の設計図は、大陸科学院の猿田博士が持ち去ったというのか！」

「そう。そうなんであります」

緑郎はうなずいた。ついで唇を震わせ、かすかにニヤリとした。東條はわなわな震えていたが、洲のほうは落ち着いて微笑し、

「つまり、三田村サンは客死し、鳥の首の隠し場所を知る王女マリアと、設計図を持ち去った猿田博士が一緒に逃げたと？　我々が再び火の鳥の力を使うためには、二人から取り戻さねばならないわけか……」

「そうだな！　かくなるうえは、すぐにも捜索隊を出さねばならん。とはいえ、マリアという人物を知る者は限られている。間久部少佐と、川島芳子と、ルイとかいう京劇役者と……」

東條は、机に載せられた火の鳥調査隊の記録写真を手に取り、片隅に写るマリアの顔をじっと見た。「犬山虎治元帥。そしてこの一枚の写真、か……」とつぶやく。

きっと顔を上げ、

「間久部少佐。君に捜索隊の指揮を命じる！　大地がいかに広くとも、必ずや女と猿田博士を捕らえ、鳥の首と設計図を持ち帰るのだっ！」

「はっ！」

と緑郎は勇ましく敬礼した。

廊下に出て、歩きだし、階段を降り、司令部の敷地を一歩出ると、緑郎は足を止めた。歯を剝きだして「アハハ、アハ、アーハハハ……ッ！」と笑いだす。

「設計図を持っているのは、じつはこのぼくだ！　だが奴らに渡すものか。なぜって、そもそも開発したのはぼくの父なのだぜ？　よし、關東軍の兵力を使って王女マリアを捕らえ、鳥の首をこの手に摑んでやろう。その時は、田辺保工学博士の息子たるぼくこそが第三次鳳凰機関となる。このぼくが。フフフフフ……」

と、緑郎は高笑いしながら歩きだした。

勇ましい後ろ姿を、司令部の窓から遠く、洲桐太がじっと見下ろしていた……。

……タクラマカン砂漠の真ん中でマリアが投げたコインは、きらきら光り……裏を見せて落ちた。

正人とマリアと猿田博士はその後、猛スピードで盆地を抜けると、車を乗り捨て、近隣の村でラバと食糧を買った。

そして、岩石砂漠を、東へ東へと進みだした。

夜は冷え込み、防寒具を着込んでテントで眠る。昼は暑く、ラバの背で滴る汗を拭う。

休み休みで半年が経ち、ようやくゴルムドという町に着いた。ラバを交換し、食糧も買い込み、標高の高いタングラ峠に向かって南に進み出した。空気が薄く息が苦しい。進んでは休み、進んでは休みの長い旅だ。

砂漠のネズミが、岩の向こうから顔を出し、覗いている。正人が疲れた顔に笑みを浮かべ、パン屑《くず》を投げてやる。猿田博士が「貴重な食糧を無駄にしてはいかん……」と息も絶え絶えに注意すると、マリアが日焼けした顔を物憂げに上げ、「正人はこういう人。だからこそ火の鳥の首を預けようと信じられたのです……」と庇う。正人は黙って二人から目を逸らす。

また夜がくる。寒さに震えて眠る。

季節が変わると、吹雪と積雪に苦しめられた。正人が猿田博士に防寒具を譲り、寒さに震える。猿田博士は青い顔でガタガタ震えつつ「なるほど。ትግራአደም《トグラアデム》(正しい人)か……」とつぶやいた。

旅のどんな瞬間も、大地の真上に広がる空はおどろくほど青く澄み、どこまでも遠い……。南へ、そう、南へ……。

——支那事変（日中戦争）は長期化の一方だった。日本国内の空気はますます重苦しくなった。やがて日本国内で、「ビルマやタイなどの南方に進出するべきだ」との意見が高まった。「国民政府を倒せないのは、ビルマを通じてイギリスが援助物資を送るせいだ。それならビルマを占領すればよい」という考えだった。また、オランダ領東インド（インドネシア）には潤沢な石油資源もある。南へ、そう、南へ……！

一九三九年五月、ソビエト連邦との間でノモンハン事件が起き、北の大国の底力を前に關東軍があえなく敗退すると、「北進はあきらめ、南進だ！」「ビルマや東インドを占領しよう！」という声が高まった。

同年九月、ファシズム国家ナチスドイツが隣国ポーランドに侵攻。これを受け、イギリスとフランスがドイツに宣戦布告し、欧州で第二次世界大戦が勃発した。

ドイツと同盟国イタリアは快進撃した。オランダやベルギーやフランスなどを占領し、残るはイギリスだけになった。ドイツは欧州に自国を中心とした〝ヨーロッパ新秩序〟を作ると宣言した。長らくの〝パクス・ブリタニカ（大英帝国中心の平和）〟の時代はとうに終わったのだと。

日本国内では「ドイツと同盟を結ぶべき」との声がどんどん高まった。イギリスやアメリカと敵対する我が国にとって、ドイツこそ頼れる味方であり、目指すべきモデルでもあるのだ。「日本もアジアに自国を中心とした〝大東亜新秩序〟を作ろう」「長らくの〝中国中心の平和〟の時代はとうに終わったのだ」と。

一九四〇年九月、日本は日独伊三国同盟を結んだ。これにより、イギリスやアメリカとの対立が決定的となった。

翌年七月。日本軍はいよいよ南方に進出する……。南へ、そう、南へ……！


「くそっ！　なぜだ。なぜみつからない！　あの女、マリアめっ！」

――上海の三田村家。一階の広間で間久部緑郎が髪をかきむしり、喚いていた。

目は血走り、痩せている。軍服の襟元もくしゃくしゃに乱れている。「絶対に、絶対に火の鳥の首を手に入れる……ぼくのものだ、ぼくのっ！」と苦しげに呻く。

机上には、北のソビエト連邦や、南のインドや、ビルマ……湯水のように資金をかけたのに無駄になった捜索隊の報告書が山と積まれている。

そこに、中二階から階段を伝い、三田村硝子と妻、三人の子供が降りてきた。全員うつむいており、妙に悲しげだ。大きなスーツケースを幾つも抱えた召使たちが後に続く。

硝子が顔を上げ、緑郎を恐れるように見た。「緑郎くん……三田村財閥は、我が父、三田村要造が、生涯をかけて巨大にした企業だ！　ぼくの願いは一つだけ。父の生きた証を潰さないでくれ。どうか継承してくれ。それだけだ。君が約束してくれるなら、ぼくは、生まれ育ったこの家からいくらでも出て行ってやるとも」と震える声で訴える。緑郎は肩をすくめ、「人聞きの悪い！まるでぼくが三田村財閥を乗っ取ったような言い方じゃないですか。お義兄《にい》さんには北のハルビンの油田採掘事業を進めていただきたいのです。石油こそ軍事国家の一番の財産ですからねぇ」とニヤリとした。

麗奈が「お兄ちゃま！」と階段を駆け下りてきて、出て行く硝子を追った。「ひどいわ。こんなのひどい。北の果ての危険な土地じゃないの！　跡継ぎのはずのお兄ちゃまが、なぜそんな遠くに行かなきゃならないの……」「いいんだ、麗奈。新京にいる汐風姉さんと夫の凍さんも、一緒にきて片腕になってくれるそうだ。……麗奈、どこにいても、おまえには兄さんも姉さんもいることを忘れるな。じゃあな」と硝子が妹の涙を拭いてやり、出て行くと、麗奈はソファに倒れこんでワーッと号泣した。

泣き濡れた顔で夫の緑郎を睨みあげ、

「この家も、三田村財閥の財産も権力も、すべて盗んだのね。このっ、汚い、泥棒っ、泥棒っ！」

緑郎はフンと笑い、反論しようとし、だがふと傷ついたように妻を見た。「いいじゃないか。財閥総帥の娘から妻に変わっただけだろう。せいぜい仲良くしようじゃないか……」「いやよ！」と麗奈は渾身の力を込めて叫んだ。

「だって、あなたは一九四三年にこのあたしを殺すのよ！　朝顔伯母さんの占いを忘れたの？」

「く、く、くだらん！　君はまだそんなことを！」

「それって二年後よ？　あたし、あたし、あと二年しか生きられないんだわ」

と麗奈は叫び、部屋を出ていった。その後ろ姿を、緑郎は唖然《あぜん》として見送った。

「はぁ、はぁ、はぁ、はぁ……」

正人とマリア、猿田博士は、雪に覆われるチベット高原を、南へ、南へとゆっくり進み、吹雪の日はテントで休み……ようやくラサの町に着いた。

ラバから降り、舟と船頭を雇い、ラサ川を南へと下っていく。

「正人くん、じつに大変な旅じゃな……」

と、猿田博士が息も絶え絶えで言った。

小さな舟が木の葉のようにくるくると動き、川を下っていく。正人は真っ赤に雪焼けした顔で振りむき、

「ええ。でも、これはぼくの義務です。父が開発した鋼鉄鳥人形のせいで、戦争が始まったり、勝つべきじゃない国が勝ったりしたんです。火の鳥は、マリアさんの悲しみを癒すために力を貸してあげたのに……ただ優しかっただけなのに……」

正人の震え声に、マリアも横顔にふと陰を宿した。

「ぼくは、田辺工学博士の息子として、大日本帝国によるさらなる歴史改変を阻止する。火の鳥の首は誰にも渡さない！　兄さんにも、鳳凰機関の奴らにも！　二度と、二度と、誰にも、世界中のどの国にも、時を巻き戻させたりするもんか……」

船は幾日も川を下り続けた。

チュシュル、シガツェの町で舟を乗り換える。ラバを買い、タンラ峠を越え、チベットからイ

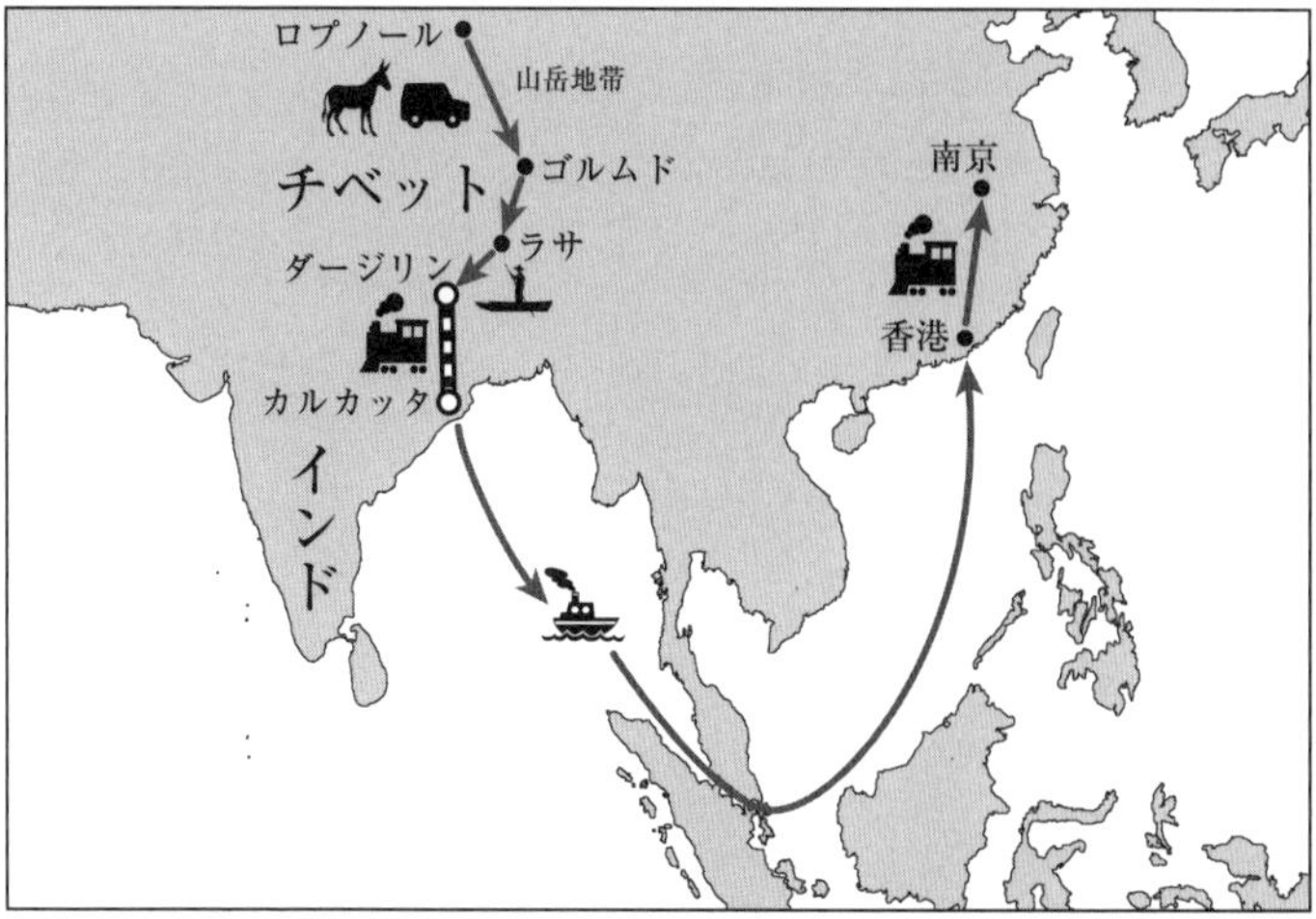

ギリス領シッキムへ。

　標高の高い地域を過ぎると、呼吸が楽になってくる。自然、三人での会話も増えた。

「マリアさん。そろそろ、わしらがどこに向かってるのか教えてくれてもいいじゃろう……。火の鳥の首は上海にあるのかね？」

　ラバの背に揺られながら、猿田博士が聞く。正人も首をかしげてみつめる。マリアは「いいえ」と首を振り、

「――南京です。火の鳥の首は南京にあります」

「何？　だが南京城は日本軍に占領され、付近の村落も……」

「ええ、でも、破壊されず残った場所があるのです」

「ほぅ……？」

　三人はダージリンの町に着き、山岳鉄道に乗った。雄大なる緑の山を越えると、植民地鉄道に乗り換え、インドの港町カルカッタへと南下してい

った。

夏のカルカッタは灼熱の地だ。朝一番に着き、市場を歩く。ターバンを巻いた男たち、色鮮やかなサリー姿の女たちが忙《せわ》しげに行き過ぎ、炉端では、野菜や肉、カゴに入れた鶏を売っている。

「ここインドも、我が国と敵対するイギリスの領土じゃな。正人くんとわしは漢人の親子、マリアさんは正人くんの妻のウイグル人ということにしようか」

猿田博士の声に、マリアも「是了《ズーラ》。それがいいでしょう」とうなずいた。

「のぅ、マリアさん。南京に戻るなら、港からイギリス商船に乗り、マレー半島沖をぐるりと回り、香港へ。そこから陸路を北西へ行くのが……」

と博士が白髭を引っ張りながら唱えていると、正人が走って戻ってきて「大変です！　市を出す漢人から聞いたんですが……」と小声で囁いた。

「日本軍が南方に進攻したらしい。つい数日前、フランス領インドシナ（ベトナム）に陸軍が上陸し……」

「何じゃと？　ということは……」

と三人は蒼白な顔を見合わせた。マリアが首を振り、

「わたしたちは、戦火の真っ只中を通りぬけることになりますね……」

大日本帝国の南方進出を受け、アメリカは一九四一年八月、日本への石油輸出を禁止した。国

内資源に乏しい日本は大打撃を受けた。日本政府は交渉しようとしたが、アメリカは日独伊三国同盟からの脱退や撤兵などを要求。これに陸軍が反対し、内閣は総辞職。陸軍大臣だった東條英機が新しい首相の座に就いた。

十一月、アメリカから、日本に対し、満州国の権利放棄、中国や南方からの軍事的撤退、日独伊三国同盟の廃棄などの厳しい条件をまとめた〝ハル・ノート〟が提示された。東條内閣にとって、これをすべて受け入れるのは、大日本帝国が大国であることを放棄することだった。

国内でも「アメリカに勝てる兵力はない。妥協すべきだ」との意見が多くあったが、東條英機首相は開戦を強く主張した。

そして日本は——日米開戦に舵を切った。

十二月八日、南方マレー半島に、山下奉文司令官率いる日本陸軍が上陸！　イギリス海軍の拠点たるシンガポール港を目指し、進撃し始めた。イギリスとアメリカはこのマレー作戦を受け、日本との開戦を宣言。ついに太平洋戦争が始まった……。

「火の鳥はまだみつからんのか！　間久部ぇ、貴様は何をやっとる！」

と、電話越しに東條英機首相から檄《げき》を飛ばされ、間久部緑郎はひゃっと受話器を落っことした。

上海に構える三田村家の応接間。隣にいた洲桐太が受話器を拾い、テーブルに置いた。受話器からは東條首相の怒鳴り声が続いている。

「長引く支那事変（日中戦争）で苦しんでいた民草（国民）は、日米開戦に熱狂し、我が国は今や軍民一体の軍事国家となった！　こんなときこそ、火の鳥という世界最終兵器が我が国陸軍の格納庫に保存され、力を振るう瞬間を待つべきだっ。それなのに、貴様、ふがいない……」

「はっ……」

応接間の扉が音もなく開いた。薄暗い廊下で、黒い召使の制服に身を包んだ川島芳子とルイが、そっと聞き耳を立てている。小声で「鳥の首、まだみつからないらしいぜ」「嗯《ンン》……正人たち、いったい今どこにいるんだろう……」と囁きあう。

洲がソファから身を乗りだし、「しかし閣下。アメリカと我が国では国力に差があり過ぎる。この戦争はいささか……」「何、南方で油田を占領すれば石油問題は解決する！　洲サンらしくないな。国家の一大事で弱音を吐くとは」「だが、石油に限らず……」「洲サン！　私は満州国に初めて赴いたとき、真っ赤な麻婆豆腐を注文してな。同席した若造に『内地の人間には辛くて食べられまい』と生意気を言われたが、心頭滅却すれば火もまた涼し！　目の前で平然と食べ切ってやった。皇国の軍人は、精神の力があればなんでもできる。敵の飛行機も睨めば落とせる……」「しかし、日本はこの戦争を長くは続けられまい。いつ、どう矛をおさめるかが、肝心な……」「その戦争を続けるために、貴様らを大陸に残したんじゃないか！　我が第二次鳳凰機関は、内閣総理大臣たるこの私と、満州国の産業部長の洲サン、三田村財閥の新総帥たる間久部くんの三人組。まさに無敵の三人組だ！　そして、太平洋戦争の資金と物資の調達は貴様らの任務なのだ！」と叫ぶ声に、緑郎と洲は顔を見合わせた。

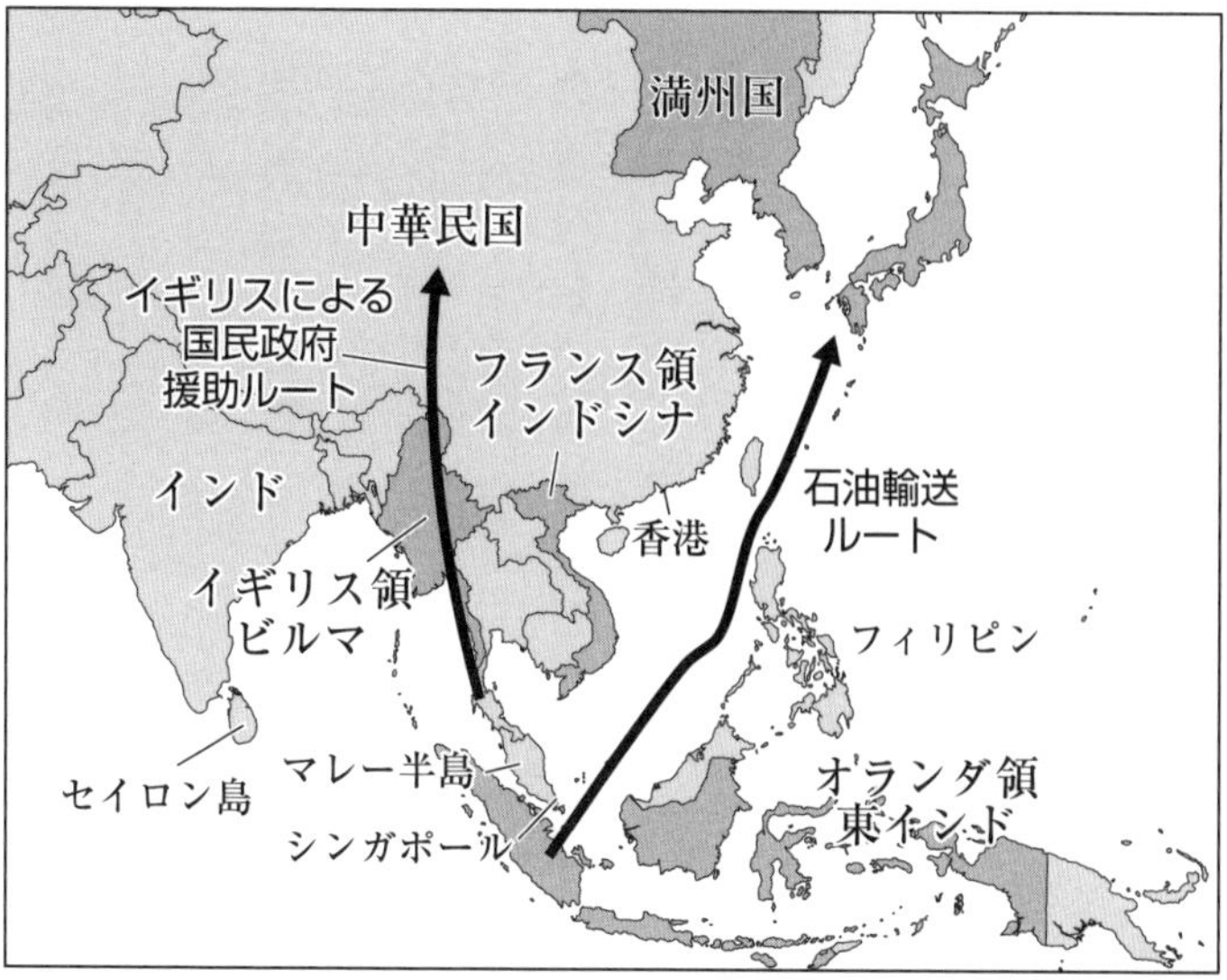

電話が切れると、緑郎は腕を組み、考えこんだ。「洲サン、日本の兵力は、残念ながらアメリカとは比べ物にならない。それに支那事変（日中戦争）が長引いていることも響いてきてる。もって半年。いや、もっと早く限界がくるでしょう」「うむ。東條サンも、無能とまでは言わんが、いささか……」と洲は微笑し、低くつぶやいた。

「邪魔、ですなぁ？」

緑郎はその声に、ふと怪訝《けげん》そうに洲を窺《うかが》い見た。「洲サン、まさか……」「そう、鳥の首がみつかっても、東條サンに教える必要はない。我々二人で第三次鳳凰機関を作り、歴史を変えればよい」と囁き、洲はまた微笑した……。

――翌一九四二年二月。日本はイギリス

軍を倒し、重要拠点たるマレー半島のシンガポールを手に入れた。ついで、シンガポールと海を挟んですぐのところにあるオランダ領東インド（インドネシア）の亜熱帯の美しい島々にも、空から白い落下傘でつぎつぎ日本兵が降りたち、オランダ兵を追い出して占領。念願の潤沢な油田を手に入れた。

亜熱帯の島々からはるばる日本まで石油を運ぶルートには、アメリカ領のフィリピンがあった。そこで日本海軍の航空部隊は、首都マニラの飛行場を爆撃。続いて日本陸軍も上陸し、四月にはフィリピンのアメリカ軍を降伏させた。

さらに、中国の国民政府にイギリス軍が援助物資を送るルートであるイギリス領のビルマにも、日本陸軍が進攻。五月には完全占領した。

そして、香港、インド洋のセイロン島など、イギリス領の重要拠点もつぎつぎ陥落させた。

日本軍は、わずか半年弱で凄まじい快進撃を続け、長らく欧米諸国の植民地だった東南アジア各国を一つ一つ占領していった。

欧米の支配からアジアを解放し、民族自決の手助けをする〝大東亜共栄圏〟との理想を掲げて……。

上海に構える三田村家。夜遅くなっても、軍服姿の間久部緑郎が、応接間のテーブルいっぱいに溢れる書類に埋もれて働いている。

「まったく。財閥総帥としての仕事と、マリア捜索隊の指揮官の任務。ぼくが二人、いや、三人……。十人いたって足りやしないぞ！」

と、書類を摑んで天井に投げ、両腕を広げて嘆く。どれも、マリアたちの行方が摑めないという内容の報告書ばかりだ。

と、電話が鳴った。緑郎が出ると、洲桐太の声が「間久部くん、どうだね」と響く。

「マリアたちでしたら、残念ながらまだみつかりません……。それより洲サン、我が国は西太平洋で快進撃を続けていますが……いかがお考えですか」

「いや、到底持たんだろう」

と、洲はにべもなく言った。

「私は軍人ではない。経済人として戦況を見れば一目瞭然だ。ここまでは、敵国の常識を覆す奇襲攻撃で驚かせたこともあり、勢いを得て勝ち進んだが、資金も兵力もとうに限界にきている」

「ええ……。軍人のぼくも同意見です。我が大日本帝国は、日清、日露戦争の折は、優位となったところで条約を結ぶなど引き際がうまかった。ですが……」

「ううむ。なにしろ東條サンの辞書に引き際という言葉はないからなぁ。出会ったころ、こんな姿を見たよ。麻雀で負けが込んでいるのに『勝つまで絶対帰らんぞ』『恐れず突撃！　戦いとは気迫で制するものだ』とむきになり、再戦しては負け続けたのだ。私は見かねて『今夜は引いたほうがよい』と口出しした」

「ほぅ」

「『貴殿は、敵を過小評価しすぎている。同時に自身の手に希望的観測を抱き続けている。そのどちらにも根拠はない。撤退せねば大敗しますぞ』と」

という洲の愉快そうな笑い声に、緑郎はかすかに顔をしかめた。「ええ……。東條閣下は確かに、『神風が吹く』『皇国が負けることはない』とよくおっしゃる……」「うむ。日本は次の半年で地獄を見るだろうな。そのためにも、火の鳥の首をみつけ、我々の手で別の未来を……」「ええ」とうなずき、緑郎は電話を切った。

と、外の廊下で何か物音と話し声がしだした。大股で歩き、「なんの騒ぎだ」と出ると、召使の制服を着た川島芳子とルイが、スーツケースや衣装箱をいくつも運びだしているところだった。麗奈が「車に積んでね。全部よ」と生き生きと命じている。

「なにしてる！　この国家の非常時に、三田村財閥総帥の妻が、バタバタと」

「あたし内地に移住するの」

と、麗奈は夫の目を正面から見据えて、言った。

「何っ？」

「朝顔伯母さんが亡くなったの。遺言で広島のお屋敷と農園を残してくれたわ。あたし、もうパーティーはいいの。素敵な子をみつけちゃ『跳舞吧《テオーウバ》！（踊りましょ！）』とダンスに誘うのにも飽きちゃった。上海には辛い思い出が増えたわ。さよなら、旦那さま」

「なっ！　待てっ。麗奈……。妻の財産は夫の財産だぞっ」

「あら、あたしから取りあげるっていうの」

と、麗奈は切れ長の大きな目をぎらぎらさせ、緑郎を睨んだ。「あなたはすでに、兄の硝子を追いだし、会社を乗っ取り、上海と満州国の財界で君臨している。いつだったか、寝物語にあたしに言ったわね。『皇帝になりたい。王様になりたい。世界の支配者になりたい。早死にしたって構わない』って。少なくとも、三田村財閥という大陸一の日本企業はもう手に入れたわ。わたしも兄もあなたには到底たちうちできない。だから、あたし、あなたに呪いをかけたの。孤独になるように。さよなら、ひとりぼっちの皇帝さん？」と一気に言い、悔しげに顔を引きつらせ、笑った。

緑郎は、その顔にぼーっと見惚れた。それから「しかし、何もいま出ていかなくともいいじゃないか……」と止めようとする。

「行くわ。だって、あと半年で一九四三年がくるもの」

「な！　君、まだ忘れてなかったのか。ぼくが君を殺すわけないだろう。それに、どっちかがどっちかを殺すって言われたんじゃなかったか？　それなら、君がぼくを殺す可能性だってある！」

麗奈は顎をのけぞらせてケラケラ笑った。

「あたしは弱い女なの！　そんなこと、とてもできやしない。お父さまにだって、結局、生きてる間一度も逆らえなかった……。もしあなたと結婚したのが汐風姉さんなら、ちがったかもね。姉さんは強い人なの。だからきっとあなたとも互角に戦えたわ。お父さんとやりあったあの夜みたいに。……あたし変わりたい！　自分の意思で、運命を選びとり、けして後悔しない強さがほしい。でもあたしって女にはできないの。だから、内地に逃げるの……」

麗奈は手の甲で悔し涙を拭き、走り出ていった。バタン、と自動車の扉が閉まる音がする。

緑郎はぼーっと立ち尽くしていた。それから「あいつ……怒ると本当にきれいだな……」とつぶやいた。扉にもたれ、深く吐息をつく。

と、その扉の陰から川島芳子が顔を出し、「何。奥さんに惚れてたのか？　大将にはいつもおどろかされるぜ」と言った。緑郎がぎょっと体を引き、「貴様っ、なぜそんなとこに隠れてる？　夫婦喧嘩に聞き耳を立てるバカがいるか」と叱りつける。芳子は肩をすくめ、「好奇心害死猫《ホージシンヘーサモー》（好奇心が猫を殺す）ってわかってるんだけどさ。ま、こいつがヨシコちゃんの性分でねぇ」とおどけてみせた。

「それより、そばにいてほしいなら、大将。追いかけろよ。素直に言えばいいんだ。内地には行くなってさ」

「麗奈はぼくをバカにしてるんだぞ！　生まれ持っての財閥令嬢だからな。叩き上げの軍人で、アカの母親がいると後ろ指を指される庶民のぼくを、あいつも、あいつの姉と兄も、ずっとずっと見下してきた。だがいまやこのぼくが総帥で……」

「ん？　難しい話になっちまって、おいらよくわからないよ。とにかく、愛ってのは伝えるもんだ。一方的でも、伝えるだけで罪にはなるまい。好きなら……。あれっ、どこ行く、大将？」

緑郎は外に走りだし、大声で運転手を探し、「車を出せ！　麗奈を追う」と言った。芳子がひゅうっとからかうように口笛を吹く。

と、そこに、電話が鳴った。ルイが出たらしく、緑郎を呼びに玄関に出てくる。緑郎は車を降り、走って部屋に戻り、「なんだ。いま急いでいるところだが……」と電話に出た。

「なにっ？　マリアをみつけただと？」

その声に、芳子とルイがはっと顔を見合わせた。聞き耳を立てると……。「香港？　香港行きのイギリス商船だと？　では、やはり南ルートを旅していたか。なるほど、わかった」と緑郎が電話を切り、急いで出てくる。

芳子とルイに「五分やる。ぼくの荷物をまとめろ」と命じ、運転手には「行き先が変わった。ぼくは香港に向かうぞ。麗奈は……くそっ、妻を引き止めるのは後回しだ……。早くマリアを捕まえねば。駅に向かうぞ。飛ばせ！」と早口で指示した。


香港行きの商船。西太平洋の悠然とした大海原を、香港行きの商船がゆっくりと進んでいた。太陽が船の甲板をじりじりと照りつけている。

船室からの狭い階段を、正人に付き添われた猿田博士が、よろよろ上がってくる。「うーっ、船酔いには昔から悩まされてな。しかし、わしはずっと君らの足手まといじゃなぁ……」「そんなこと！　しっかりしてください、博士」と話しながら、手すりにもたれ、二人で海風に当たりだす。

猿田博士は手の甲で額の脂汗を拭い、

「顔を見られぬよう、船室からなるべく出るなとマリアさんが言うが。なかなかそうもできん」

と正人が優しくうなずく。

「明朝には香港に着くな、正人くん。そして香港から陸路で南京へ……」

「ええ」

そして翌朝――。

日が差す中で、スコールのような雨が降りだし、甲板を激しく叩いていた。雨にけぶる海の向こうに、遠く香港島の建物群が見え始める。

猿田博士は今朝も、甲板の手すりにもたれてはぁはぁと胸をさすっていたが、海の向こうからボートが猛スピードで近づいてくるのに気づき、ふと目を細めた。

「あれはっ……？」

と、衝撃でよろよろ後ずさる。

日本陸軍の軍服を着た男たちが五、六人、ボートに乗っている。真ん中に仁王立ちし、腕を組み、こっちをニヤニヤ見上げているのは……。

「ま、ま、間久部緑郎！　た、たた、大変じゃ！」

と、猿田博士は苦しげに呻きながら狭い階段を駆け下り、「おーい、大変じゃ！」と船室に飛びこんだ。

マリアと正人が、それぞれの武器を握り、船室から駆けだしてきた。マリアは武闘笛を。そして正人は、四年半前に上海で兄からもらった短刀をしっかり握っていた。

二人はうなずきあい、並んで階段を駆けあがる。猿田博士もよろよろと追ったが、船に乗りこんできた軍人たちの姿を見ると、「あわわ」と震え、「わしはほんとに足手まといじゃな……」とぼやきながら煙突の陰に隠れた。

緑郎が甲板に仁王立ちし、銃をキリリと構え、

「よぅ、美人さん。久しぶりだな。四年ぶりか……ずいぶん日に焼けてるじゃないか」

それから弟をちらりと見て、「正人も見違えたぞ。まるで山男だ」と笑う。

マリアが武闘笛を油断なく構え、

「緑郎。わたしはけっしてあなたに捕まりません」

「へぇ？　そうか。だが、ここから一体どうやって逃げるつもりだ？　海の真ん中だぞ？」

「むっ……」

「降参しろ！　美人さん。そして火の鳥の首の隠し場所を教えるんだ。そうすれば命だけは助けてやる」

マリアがうつむき、下唇を嚙む。

それから、甲板を蹴ってひらりと飛翔すると、緑郎の脳天に武闘笛を叩き下ろした。

すばやく緑郎が後ずさり、甲板に仰向けにどうっと倒れながら、上空のマリアに向けてパンッ、パンッ、パンッと三発続けて発砲する。正人が緑郎に体当たりして止める。四発目の弾丸があさっての方向に飛ぶ。緑郎が背後の軍人たちに「女は生け捕りだ！　命さえあれば怪我をさせても構わん。弟は一切傷つけるな。猿田は……始末しろ！」と命じた。それから小声で「奴は、奴は、砂漠で鋼鉄鳥人形の設計図を見たからな……この際、口封じだ！」とつぶやく。

マリアが「はぁっ！」と掛け声とともに再び飛び、緑郎の背後に着地し、後頭部に向けて武闘笛をぐっと突きだす。緑郎が振りむき、横に飛びのき、マリアの足を狙い発砲する。

二人は接近し、離れ、また接近し、離れる。

と、猿田博士の甲高い悲鳴が響いた。軍人たちにみつかり、煙突の陰から引っ張りだされてくる。マリアが振りむき、あっと息を呑む。緑郎は「よし、いまだ！」と猿田博士に銃口を向け、引き金を引く。

「博士、危ないっ！」

とマリアが叫び、両腕を開き、猿田博士に向かって走りだした。その背中に、緑郎が放った弾丸がぷすっと軽い音を立ててめりこんだ。「あぁっ。マリアさん……っ」と猿田博士がマリアを呆然《ぼうぜん》と抱きとめる。

背中と胸から血が流れだし、瞬《また》くまに顔が蒼白になっていく。猿田博士は「これは……」と絶句する。マリアが博士の襟を摑み、目を覗きこみ、必死の形相で何か言おうとする。

猿田博士ははらはらと涙を流し、うなずいた。「わかっとる。マリアさん、わかっとる。わしはマリアさんの意思を継ぎ、必ず火の鳥の首を守るとも。わしと正人くんを信じてくれ。あんたは、かつてわしを信じじんと言ったな。むりもない。だが……どうか信じてくれ。マリアさん。どうかわしを信じてくれ……」と訴える。

マリアは力尽きながらも、消え入りそうな細い声で答える。

「是了《ズーラ》！」

そして目を閉じた。

海の風がぶわっと吹いた。マリアの体は薄れ、黄色い砂になってふわりと浮きあがり、香港沖の海面のあちこちに飛んで……。

跡形もなく消えた。

緑郎の「う、うわぁぁぁぁぁぁーっ！　マリアが、王女マリアがぁぁっ！」という悲鳴とも怒号ともつかない声が響き渡った。


ぶぉぉぉぉぉぉっ……とボートのエンジンが唸る。スコールの降る海を、目前に広がる香港島のビル群に向かって飛ばしている。

操縦しているのは、滂沱《ぼうだ》の涙を流す猿田博士だ。

隣には正人も乗っている。ショックで体をガタガタ震わせ、唇も色をなくしている。

猿田博士の目から流れる涙が、叩きつけるようなスコールにたちまち流されていく。

「マリアさん、マリアさん……。麗しき砂漠の佳人《チアレン》よ……。あんたは正人くんのことばかり《トグラアデム》（正しい人）と言っていたが……」

と呻く。

「あんただって《トグラアデム》だったんじゃ。あんなにも、生きて戦い続ける必要があったのに、とっさにわしなぞを庇って……。そう、そうじゃ……」

それから、焦って背後を振りむく。商船から救急ボートが下ろされるのが遠く見える。「いかん。間久部くんたちが追ってくるぞ……」と唇を嚙み、ボートのスピードをさらに速める。

「わしはここまで足手まといじゃった。だがわしはマリアさんの意思を継ぐぞ。火の鳥の首を守り、二度と誰も時を戻さぬように……。今が本当に十五回目の世界だというなら、十六回目の世界がけしてやってこないように……」

と言い、それから「いや、しかしじゃぞ。そもそもどこに隠されてるんじゃ。火の鳥の首は……？」と首をかしげる。

ボートはエンジンを唸らせ、香港の港に入っていった。スコールがやみ、朝の光がきらきらと水滴を照らしている……。

——この年八月。日本海軍は、対日出撃拠点であるハワイ島とオーストラリアの基地の間を航行するアメリカ軍艦を攻撃するため、オーストラリア北東に浮かぶソロモン諸島ガダルカナル島に飛行場を建設した。だがアメリカ軍が上陸し、瞬くまに飛行場を奪われてしまった。日本軍兵士は、増援部隊も含め、ジャングルの奥地に逃げこむしかなく、飢餓とマラリアにも苦しみ、翌一九四三年二月に撤退が決まるまでに二万人以上が死亡した。

大敗であったが、大本営は国民に嘘の発表をし、戦意を鼓舞した。

そして、同年五月……。

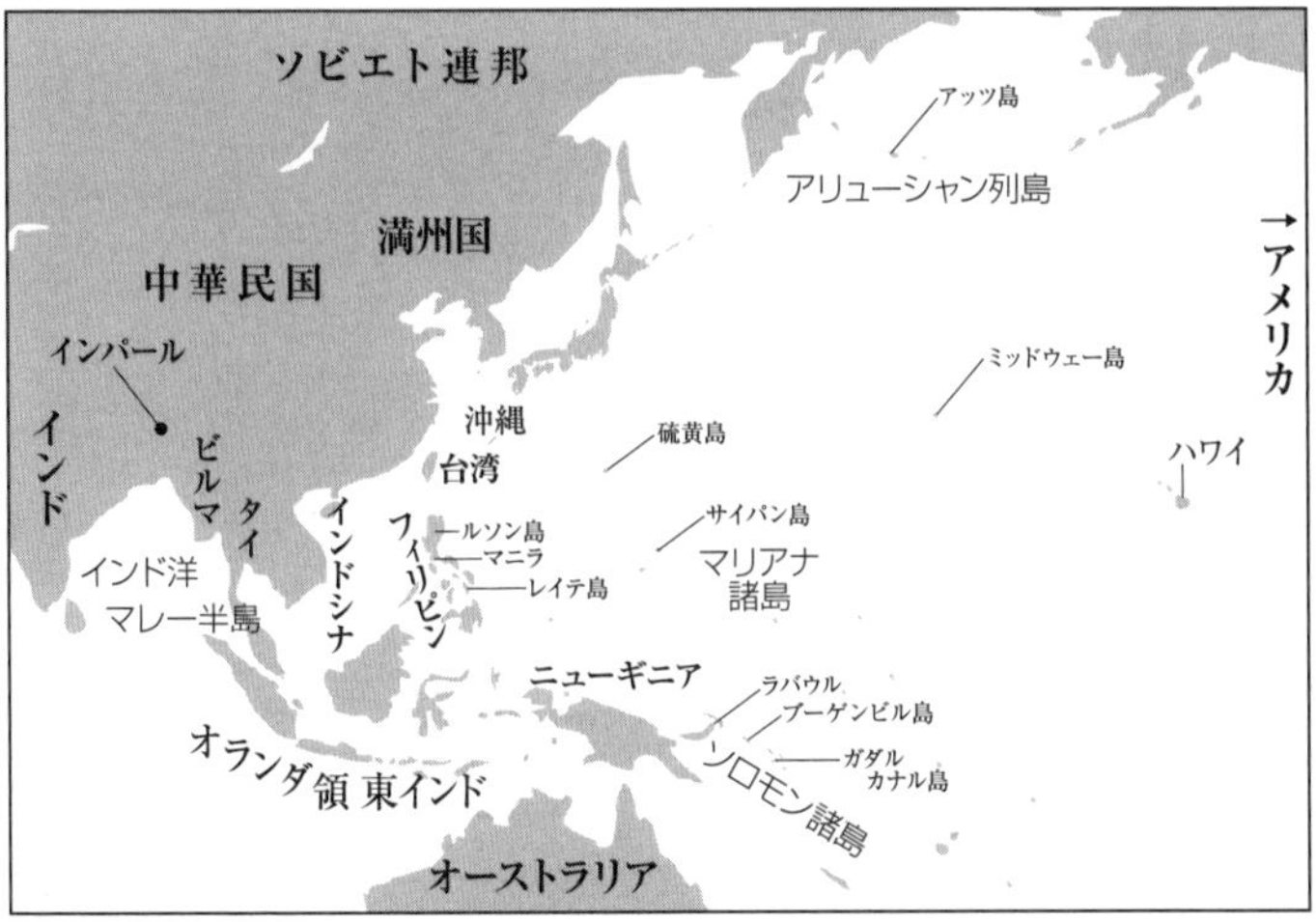

「……何、孫文の墓じゃと？」

猿田博士の怪訝そうな声に、正人が「ええ、そうです……」とうなずいた。

二人は香港の港から、日本人の大陸浪人を装い、慎重にゆっくりと陸路の旅をし、ようやく南京に辿りついた。車を手に入れ、市街地から北へ。

正人は大陸特有の真っ赤な夕日に、やつれた横顔を赤々と照らされながら、

「タクラマカン砂漠に向かう旅の途中、マリアさんはこう言ったんです。『この町にくるのは久しぶりです』『東のほうに孫文の墓があって、以前そこに用があり。ずいぶん立派なものですよ』と」

「うむ。孫文の墓は、国民党にも共産党にも大事にされておるな。市街地から離れているおかげでか、日本軍の空爆にもあわずに済んだようじゃ。

「……じゃ、もしやマリアさんは？」

「行ってみましょう、博士」

とっぷりと日が暮れるころ、二人の車は孫文の墓に着いた。三百段以上ある石の階段を上り、整然と整えられた公園を進み、墓領へ。

正人と博士は暗闇の中で、松明《たいまつ》を持ち、あちこち探し続けた。夜が明けるころ、正人が震え声で「博士……」と呼んだ。

「やはりありましたよ。火の鳥の首が」

その声に、猿田博士も暗闇の奥で「そうか……！」とゆっくり振りむいた。博士の目が暗くぎらりと光った。

……そして、同年五月。

ソロモン諸島のガダルカナル島に続き、アメリカ大陸とユーラシア大陸を北極側で繋ぐ北の回廊たるアリューシャン列島にも、前年から占領していた日本軍のアッツ島基地めがけ、アメリカ軍が押し寄せた。しかし大本営は、増援部隊を運んだり、兵士を撤退させる船を出すことをせず、初の「玉砕命令」を出した。「敵の捕虜になるより、潔く死を選べ」と。約二千六百人の兵士は、武器や鎌、棒を持ち、敵軍に突撃。ほとんど全員が戦死した。

ヨーロッパ戦線も様相を変えており、ドイツやイタリア軍は連合国軍を前に苦戦。同年九月、まずイタリアが降伏した。

十月、日本では、学徒出陣が始まる。

翌一九四四年三月。

日本軍は、長引く支那事変（日中戦争）を何としても終わらせるため、イギリスが国民政府に物資援助する新ルートとなっているインド北東部のインパールに兵を出した。軍の一部は「絶対に補給が続かない」と反対したが、司令官によって強行された。兵はたった三週間分の食糧しか持たされず出発した。大本営からの撤退命令は、三ヶ月以上たった七月まで出なかった。そのため、約三万人が栄養失調などで衰弱死し、日本軍兵士が累々と倒れた道は〝白骨街道〟と呼ばれた。

そして、同年六月……。


「天王蓋地虎《テイワンゲーデイフ》……！」

「宝塔鎮河妖《ボータズンフーヨー》……！」

上海の薄暗い路地裏。

建物に囲まれて蒸し蒸しした日陰に、髭ぼうぼうの痩せた男がつっ立っている。と、薄紫の木戸がゆっくり開き、髭を短くして中国服に身を包んだ猿田博士が顔を出し、

「正人くんか。……一人かね」

「ええ、もちろんです」

二人は注意深く周囲を見渡してから、静かに室内に入った。

薄暗い一間に、ベッドと机と椅子があり、机には重そうな蓄音機が載っていた。猿田博士は指差し、得意そうに「〝エレキテル太郎十号〟じゃよ」と囁いた。

正人がおどろき、

「これが？　蓄音機にしか見えません」

「そのように作ったのじゃ。もしもわしが追っ手に捕まり、ここに踏みこまれても、まさかこれが鋼鉄鳥人形とは誰も思うまいからな。ほら、見たまえ。ボリュームの目盛のように見えるのが日時を決める目盛。レコード盤はただの飾り。ラッパ型のホーンがレバーなんじゃ」

「な、なるほど……」

「本当は、こんなものは作らんほうがいい！　そんなことはわかっとる。だが、わしも科学者じゃ……。田辺工学博士による設計図を見たら、やはり現物を手にしたくなってのう。天才の片鱗《へんりん》に触れるささやかな喜びを味わっておるんじゃ」

正人は「ええ……」とゆっくりうなずいた。

それから、懐から、布に包まれた丸いものを取りだした。そっと開くと、土の塊のようなボロボロの丸いものがゴロリと出てきた。途端に猿田博士は跳びのき、

「まさか、火の鳥の首かね！」

「はい。部屋にこれを置いたまま出かけるのは、やはり危険な気がして」

「だめじゃ！　それをわしに見せんでくれ。正人くん、科学者とは恐ろしいものじゃ。力があれ

ば、使いたくなるもの……。わしは君とはちがうんじゃ。君やマリアさんのような[illegible]《トグラアデム》とは、ちがう……。目の前にあれば、つい使ってみたくなるんじゃ！」

それを聞き、正人は大慌てで鳥の首を包み直し、懐深くに隠した。猿田博士は正人に背を向け、肩を震わせ、「これまで通り、わしと君はこの広い上海のどこかとどこかに別々に隠れていようじゃないか。誰かに、鳥の首と鋼鉄鳥人形の両方を手に入れられては、絶対にいかんからな……。正人くん！　君がわしを訪ねてくるのはいい。君は誘惑に負けんからな。だが、わしには自分の居場所をけっして教えんでくれ。わしは、わしは、火の鳥の力を使いたいという誘惑と毎日戦っておるんじゃ。科学者としてのわしと、良心を持つ一人の人間としてのわしが、常に戦争中なんじゃ。そしてのう。砂漠の佳人《チアレン》ことマリアさんへの純情が、かろうじてわしをまだ人間に留め置いていてくれる……」と一気に言い、滲む涙を袖《そで》で拭いた。

正人は無言で何度もうなずいた。震え声で「ではそうします。ぼくに用があるときは、印として玄関に赤い布をかけておいてください。博士、ぼくはこれで失礼します……」と頭を下げ、木戸を開け、出て行こうとした。

と、はっと息を吞んで一歩後ずさる。「正人くん、どうしたね？」「博士、あの二人っ……」と扉の隙間からあわてて指差すほうを、博士も見た。

薄黄色の男性用中国服を身にまとった短髪のすらりとした女と、黒ずくめの服装をしたほっそりと小柄な美貌の男が、道ゆく人に「この男たちを知らないか」「見たことはないか」と聞きながら近づいてくる。

正人と猿田博士は青い顔を見合わせ、

「あれは、川島芳子こと愛新覚羅《あいしんかくら》顕㺭《けんし》と……」

「ルイです！　富察逘伊《フーツアルイ》……」

正人が扉に背を押し付け、強張《こわば》った顔をし、額から恐怖の汗を流しだした。

外の道路を二人の足音が近づいてくる。鈍いノックの音が響く。

猿田博士も顔面蒼白になり、無言だ。

外の二人はしばらく待っていたが、「留守だな」「ええ」と言いあい、また歩きだしたようだった。

猿田博士がほーっと息をつき、「むむ。奴らは緑郎くんに雇われているのか？　何年もわしらを探し続けているのじゃろうか。しかし、わしも正人くんもずいぶん見た目が変わったから、写真や人相書きからみつけることはできんじゃろう」とつぶやく。

正人は「ええ、そうでしょうね……」とうなずき、ふうっと深く息をし、額の汗を拭いた。

……そして、同年六月。

ガダルカナル島、アッツ島、インパールでの敗退に続き、今度は、日本とオーストラリアの間にあるマリアナ諸島のサイパン島の沖にも、アメリカ軍の大艦隊が出現した。

サイパンをアメリカに取られると、ここから日本に爆撃機が飛んできてしまい、本格的な本土空襲の危険がある。日本軍は絶対にサイパン島を死守せねばならなかった。そこで得意の夜襲作戦を行ったが、アメリカ軍は照明弾を打ちあげ、常夏の島の夜を真昼のように明るく照らして阻止した。この作戦の失敗で多くの日本軍兵士が戦死した。

生き残った兵士と民間人は島の北端に逃れた。日本海軍の機動部隊はすでに近くの沖で壊滅しており、もう救援は望めない。七月六日、師団長、参謀長、司令長官が北のマッピ岬の洞窟で責任を取り割腹自殺した。

翌日午前三時、約三千人の生き残りの兵士が「天皇陛下万歳！」と叫んで米軍陣地に突撃し全滅した。

これは〝バンザイ突撃〟と呼ばれた。

取り残された数千人の民間人も、マッピ岬から「天皇陛下万歳！」と叫んで投身自殺した。

この場所は〝バンザイ・クリフ〟と呼ばれる。


同月、東條英機内閣は、責任を取り、総辞職した。

そして同年十月……。

上海の北に広がる満州国の、さらに北に広がるハルビンの地。すでに冬の寒さに覆われ、川面は灰色に沈んでいる。遠くを痩せた狐が走っていく。

大地にボーリングマシンが聳え、轟音《ごうおん》を立てて穴を掘っている。

そばに建てられた丸太小屋から、黒テンの外套《がいとう》に帽子姿の三田村硝子が出てきて、辺りを見回した。「どうもここもだめかもしれん。はぁ、それならつぎにどこを掘るかな……」と考えこみ、懐から出した地図を広げる。

「〝石油の一滴は血の一滴〟か……。しかし、大陸で石油を探すのは、海に落とした硬貨を探すより難しいな。そもそも、ぼくはこういうダイナミックな仕事には向いてなくてねぇ」

とぼやく。

そこに、泥だらけで丈夫そうな四輪駆動車が近づいてきた。エンジンがボッボッと音を立てている。

小屋の前で停まり、運転席から、やはり毛皮の外套姿の汐風が颯爽《さつそう》と降り立った。

「硝子、おはよう。石油出た？」

「いやぁ、そうそう出ませんよ、汐風姉さん。ここもだめなら次はもう少し西に行こうかと検討中でしてね」

「あら。やっぱりなかなか出ないものねぇ」

と姉弟《きようだい》で話していると、助手席からすらりと細身の美男子も降りてきた。封筒を差しだし、

「硝子くん、日本からの国際郵便が届いてたよ」

「おや、凍義兄《コオリにい》さんもご一緒でしたか。どうも。しかし内地から郵便なんて珍しいな」

と受け取り、差出人を見る。「岐阜県……森漣太郎……？　あぁ、これはお父さんのご学友の方ですよ」とうなずき、封を切る。

汐風と、夫の凍も、左右から覗く。

「うむ。ぼくらが北の地でどう暮らしてるかと非常に心配してくださってるようです。困っていたら相談してくれと。それから……」

と、便箋《びんせん》の二枚めに移り、

「森家では、ご次男が家督を継いだんですが、そのご次男の息子さんたち、つまり森さんにとってはお孫さんたちが、三人全員従軍したそうです。一人はフィリピンの航空部隊に配属されたようです。いちばん下の子はまだ十七歳の高校生。学徒出陣ですね……」

三人は顔を見合わせた。

「あぁ、そんな子供までか……」

「この戦争は一体どうなるのかしら」

「ええ……」

びゅうっと氷混じりの風が吹きつけてくる。

硝子が封筒を懐にしまう。顔を上げ、ボーリングマシンを見上げると、さっきより低く弱々しい声で、

「さて。ここがだめなら、つぎはどこを掘りましょうかね」

とつぶやき、また地図をばさりと広げて、汐風と凍に見せた。


……そして、同年十月。

アメリカ軍は、三年前、日本に奪われたフィリピンを取り返すため、艦隊を西へ西へと向かわせた。

だが、フィリピン駐屯の日本海軍にはもう戦力が残されていなかった。そこで司令長官は神風特別攻撃隊を編成した。特攻隊員たちはつぎつぎ飛び立ち、アメリカの空母に体当たりし、炎上。一隻を沈没させた。

大元帥たる天皇陛下から「よくやった」とお褒めの言葉をいただき、軍部は効果を確信した。翌一九四五年一月までの間に約八百人の特攻隊員が出撃した。

しかし二月になると、アメリカ軍はとうとうフィリピンを占領した。

そして同月、アメリカ軍は、サイパン島と日本列島の中間にある小笠原諸島の硫黄島にも上陸した。サイパン島から日本列島に飛ばす爆撃機の中継地として使うためだ。もう日本は負けに負け、いよいよ本土決戦が迫っている事実は、動かしようがない。そこで大本営は、硫黄島に駐屯する兵団に対し「時間稼ぎをしてなるべく長引かせて玉砕する」ことを望んだ。

日本軍兵士は爆弾を抱えて体当たりしたり、味方の死体に隠れて手榴弾を投げるなど、まさに死に物狂いで戦った。アメリカ軍は五日程度で硫黄島を占領するつもりだったが、一ヶ月以上もかかった。日本軍は約二万人が戦死した。

そして……。

三月九日夕方。北の大地ハルビン。三田村硝子が、寒々とした地面に突き刺さった巨大なボーリングマシンを、呆然と見上げている。その顔が、降り注ぐ石油で黒くどろりと染まっていく。

「出た。石油が、出た……。まさか、まさか掘り当てるとは！」

顔が歪み、やがて涙が一筋流れ、黒く染まる頬を川のように落ちていく。「お父さん……。偉大なるぼくのお父さんが、二十年も探し、みつからなかった、大陸の石油を……ついにこのぼくが……」声が震え、冷たい地面に膝をつくと、拳《こぶし》で地面を叩き、小石で手を切って赤い血を流しながら、

「お父さん、見てますか！　どこかでぼくを見てますか！　ぼくは、ぼくは、ついに石油を掘り当てましたよ。ぼくはあなたが思っていたようなふがいない息子じゃなかったんだ！　あなたはぼくをないがしろにし、血の繋がらぬ緑郎くんばかりを愛しましたね。でも、あなたが誰を愛そうと、ぼくはぼくだ。ここにいます。ここに。お父さん、ぼくを見てますか？　お、お……」

硝子の泣き声が、ボーリングマシンの立てる轟音にかき消されていく。「お父さん、お父さん……」と硝子は地面に額をつけ、ただよるべなく細い肩を震わせた。

翌三月十日未明。

東京、日本橋。

しゃれた洋風建築の並ぶ街の一角に、ひときわ巨大な三田村財閥ビルが聳えている。深夜で、月明かりが街を青く照らす。

ビル最上階の部屋で、間久部緑郎が仁王立ちし、腕を組んで夜景を睨み下ろしている。

「あぁ！　時を、時を巻き戻したい！　日本は資源もなく、そのうえ陸軍も海軍も戦力が衰え、遠からず本土決戦となるだろう……」

と唇を嚙み、呻く。

「それにしても、なぜ日本政府は、大本営は、勝てない戦争に突き進んだんだ？　なぜだ？　いずれこうなることはわかっていたはず……。せめて、せめて、戦争が優位に進んだ最初の半年、あの地点まで、戻れたら……くそっ、しかし、火の鳥の首の隠し場所の情報はマリアとともに消えた。正人と猿田は依然として逃げ続けているが……？」

窓を叩き、「くそっ、くそっ」と悔しがる。

そこに、雪崩が、おむすびと湯呑みを載せたお盆を持ってやってきた。「やっぱりここにいたねぇ。ずいぶん遅くまで起きてるね」という声に緑郎が振りむき、珍しくほっとしたような笑みを浮かべた。

「ええ。すぐ戦地に戻らねばなりませんし、気になることもいろいろありまして」

「うん、うん。これをお食べ」

　と差しだされたお盆を受け取り、おむすびにかぶりつく。「やっぱりお腹すいてたんだねぇ」

「そ、そのようです……もぐ」と一心に食べる緑郎を、雪崩はにこやかに見守り、

「あんたとあちきは、関東大震災の日、上野公園で会って、手を繋いで焼け野原を歩いたね。こうして孫娘のお婿さんとして家族になったのも、深い縁があると思ってるよ」

　緑郎は黙っていた。妙に下を向いて顔を隠し、食べ続けるので、雪崩は「喉につまっちまうよ」と湯呑みを差しだした。

　緑郎が受け取り、一口飲んで「あちっ！」と言う。雪崩が「あらあら」と微笑む。

　そこに、電話がリーンリーンと鳴り始めた。

「あら、こんな時間に電話？」

　と顔を見合わせる。緑郎が立ちあがり、受話器を取った。「もしもし？　あぁ、硝子義兄さんですか。こんな時間に一体なんです？　いや、たまたま会社にいましてね。日本は午前三時ですよ。何か急用でも？」と耳をすませる。やがて「なにっ」と大声を出す。雪崩も驚いて緑郎の顔を見守る。

「石油が……石油が出た？　まさか！　え？　いや、いやいや。出ないと思ってお義兄さんを北に送ったわけでは、けっして。は、ははは。しかし……場所は？　ええ……」

　とメモし、電話を切る。

それからしばらく黙っていた。やがて「石油が出ただと?」と悔しげに机を叩き、

「なぜ、なぜ今なんだっ! くそっ、今、大陸で油田開発をしても、日本まで運べまい……。長い陸路を進む資金、そして日本海を運ぶ輸送船と護衛船の手配……。あぁ、石油がある、あの広い大地に、石油があるのにっ……」

と呻く。

雪崩も察して「あぁ……」と息をつく。

と、そのとき。

緑郎ははっとして、窓に走り寄った。月明かりだけが青く照らす夜の空から……かすかな音が降り落ちてきて……爆発音のような大きな音が響く。ついで空の向こうが真っ赤に燃え始め、ウーッと空襲警報がけたたましく鳴り響き……。

「アメリカの爆撃機だ! 本格的な本土爆撃だ!」

と叫ぶと、緑郎は窓から後ずさった。

戦闘機の爆音、爆発音が続き、またたくまに街が燃えだすのが遠く見える。緑郎は「こりゃここも危ないかもしれん!」とあわてて部屋を飛びだした。それからあっと思いだし、戻ってきて、雪崩の手を引っぱって廊下に出た。

緑郎の背におぶわれ、揺れながら、雪崩は「またあんたとあちきで焼け野原を歩くのかねぇ。まったくおかしな縁だねぇ。滅多に会わない二人なのにねぇ……」とつぶやき、怯えたようにぎゅっと目を瞑《つむ》った。

……三月十日未明。東京上空に、サイパンから飛んできた三百機近くのB‐29が忽然《こつぜん》と現れ、三十八万発、千七百トンもの爆弾を落とした。浅草区（現・台東区）、近隣の本所区（現・墨田区）や深川区（現・江東区）など、二十二年前の関東大震災で破壊された下町を中心に、一気に焼き払われた。強風に煽られた火は燃え広がり、十万人の市民が亡くなった。

東京大空襲――。

大規模な空襲はその後も四回続き、市街地の半分が焼け野原となった。

続いて、大阪、神戸、名古屋なども空襲にあい、計二十三万～三十万人が亡くなった。

上海の路地裏。古い建物の外壁を夕日が黄色く照らしている。

すっかり面変わりした猿田博士が、顔を伏せて歩いてくる。と、はっと足を止める。薄暗い路地に、髭を長く伸ばした痩せた男がいる。「あ、あれは、正人くんか……？」とつぶやき、とっさに身を隠す。

正人は「おいで。にゃあ、にゃあ」と腕を伸ばし、痩せた子猫を拾いあげた。小声で「すべての猫に暖かい寝床を……」とつぶやくのが猿田博士の耳に入った。正人はしばらく子猫を抱いて頭をそっと撫でていたが、やがて、猫を抱いたままこちらに歩きだした。猿田博士が体を引いて、さらに隠れる。

目の前をゆっくり通り過ぎていく。端正な横顔にはしわが刻まれているが、兄とよく似た黒目がちの瞳は、変わらず穏やかで優しそうな光を放っている。

猿田博士は、後ろ姿を見送りながら「ふぅむ……」と呻いた。

博士の足元に、くしゃくしゃになった新聞が落ちている。今月起こった東京大空襲を告げる記事がセンセーショナルに躍っている。

「正人くんにとっては、一人の命、いや、子猫一匹の命さえ、世界全体の価値と等しい……そういう男なのかもしれん。あぁ、正人くんはいい子じゃ！　《トグラアデム》じゃ。しかしのぅ……」

と、足元の新聞を拾いあげ、悲しげに首を振って、

「兄とはちがって、この時代はさぞ生き辛かろう。そう思えばじつに不憫《ふびん》な子じゃ……」

強い風が吹き、猿田博士の手から、くしゃくしゃの新聞が飛ばされていった。新聞は風に乗り、正人の後ろ姿が消えた路地の奥へと、勢いよく飛んでいく……。


……空襲による焼け野原の広がる東京で、東條英機を中心とする軍部はますます暴走した。連合国に降伏するなど、到底考えられない、我々日本人は、最後の一人まで戦い、全滅するまで続けるのだと。軍部はそのため、国民は老いも若きも、女も男も、輸送や通信連絡などの任務に就くという〝国民義勇隊〟を結成。働かせるようになった。

同年四月。アメリカ軍が沖縄本島に上陸した。日本海軍は、戦艦大和など連合艦隊の生き残りを沖縄に送ったものの、大和を始めとする六隻が攻撃され、沈没。三千七百人の兵が死亡した。日本陸軍の生き残りは首里から撤退。やがて司令官たちは自決。十万人近くの兵士と、十万人以上の住民が亡くなった……。

帝都では、内閣が四月に総辞職し、鈴木貫太郎内閣が発足していた。鈴木とは、九年前の二・二六事件で九死に一生を得たあの元侍従長だ。もう七十七歳と高齢であり、とっくに引退の身だった。だが、東條英機を始めとする軍部の玉砕派を刺激すると、クーデターを起こされる危険があり、彼らに穏やかに話を合わせつつじつは降伏を目指す〝敗戦のための首相〟として選ばれ、これが最後のお勤めかと、引き受けたのだった。

同月。ヨーロッパでは、ドイツの首都ベルリンにソ連軍が突入。ヒトラーは拳銃自殺。翌五月、ドイツは降伏した。イタリアもすでに降伏しており、連合国の敵はもはや大日本帝国だけとなった。

だが軍部の玉砕派は、翌六月の御前会議（天皇陛下を含めた大本営の会議）でも降伏を認めず、「本土決戦へ進む！」と決定した。〝全軍特攻〟〝一億玉砕〟――。最後は竹槍部隊が鬼畜米英たる敵兵と刺し違えるのだと――。

そこで兵力をさらにかき集めたものの、武器はもうなかった。日清戦争で使われた骨董品の大砲を支給された部隊さえいた。

翌七月。連合国は、大日本帝国の降伏の条件を決めた「ポツダム宣言」を発表した。しかし、日本は軍部の玉砕派の意向で、これを黙殺した。

そして、八月六日……。


東京、日本橋。

震災後、洋風に建て替えられた三田村家の、緑溢れる中庭。雪崩が召使と一緒に楽しげに植木に水をやっている。

その後ろで、緑郎が腕を組み、いらいらと、

「本土はもう危ない！　この辺は空襲でたまたま焼け残りましたが、次はどうなるかわからない。年寄りの冷や水とはこのことです。お願いです。どこか田舎に疎開してください」

「そんな、あちきにガミガミいうのはやめとくれ。お江戸は日本橋で、親ほど年の離れたお父ちゃんのところに嫁ぎ、気づけばもう四十五年。一度だって、一度だって江戸を離れたことはないんだ。あちきはもう年寄りだよ。ずっとここにいるんだよう」

「まったく！　ときどき理屈が通じやしない」

と、緑郎は舌打ちした。

それから、「これ、あいつから……麗奈からの返事です」懐から封筒を取りだし、雪崩に渡す。

「返事って何のだい」

「あいつは広島にいるでしょう。母親の双子の姉から遺されたお屋敷で優雅に暮らしてるという

わけです。まったく……。なにが『一九四三年にあなたに殺される』だ！　もう二年も過ぎてるじゃないか。ぼくは君を殺さなかったぞ、麗奈！　なのにいつまでも帰ってきやしない……！　それで、夫のぼくに会いたいとは思ってくれないようだが、祖母の疎開先になってくれとの依頼には『もちろん引き受けますとも』と」

「あちきを広島へ？　いやだよう。あちきは日本橋にずっといるのさ」

と雪崩は首を縦に振らない。緑郎は大きくため息をつき、「年寄りは頑固だな」と首を振った。

小鳥が飛んできて、中庭のどこかに降り立ち、かすかにピーチチチ……と鳴いた。


……そして、八月六日。

B-29エノラ・ゲイが、広島に原子爆弾を投下した。広島市民など約十四万人が亡くなった。


アメリカ大統領は日本に対し、「降伏しなければほかの都市にも投下する」と通告した。


二日後、ソビエト連邦が日本に宣戦布告し、翌日満州国に進攻した。

満州国に駐屯していた日本兵六十万人以上がソ連軍の捕虜となり、のちにシベリア抑留されることになる。

八月九日、B-29ボックス・カーが、長崎に原子爆弾を投下した。長崎市民など七万人以上が亡くなった。

そして、同日の夜……。

ピーチチ……。

日本橋の三田村家。とっぷり日の暮れた夜遅く。

重たげな緑溢れる中庭に、白い飾りテーブルと椅子があり、月明かりをぎらぎらと照らし返している。

その椅子に、緑郎が一人座っていた。

テーブルには、先日、麗奈から届いた『もちろん引き受けますとも』と書かれた手紙が開かれて載せられている。

緑郎は腕を組み、うつむいていて顔は見えない。

遠くから、雪崩が、おむすびの載ったお盆を持って様子を窺っていた。それから「今はやめとこう……」と首を振る。

小声で、

「市街地はもう跡形もないという。まさか、地方で安全に暮らしていたはずの末の孫娘がこんなことになるとはねぇ……」

とつぶやき、滲む涙を拭く。

蒼《あお》い月を見上げ、

「ねぇ、お父ちゃん。見てるかい？　こうなったら日本中もうどこにも安全な場所はないんじゃないかねぇ。あちきにはもうなんにもわからないよ。お父ちゃんに会いたいよ……」

ピーチチチ……。

小鳥が、中庭のどこかに隠れ、姿を見せないまま、密やかに鳴いた。


……そして、同日の夜。深夜十一時、皇居の防空壕において御前会議が始まった。

大本営は、玉砕か、それとも降伏かで、三対三に意見が分かれた。そこで〝敗戦のための首相〟こと鈴木貫太郎首相が、大元帥たる天皇陛下にご聖断を仰いだ。

天皇は――降伏に一票を投じた。

八月十五日……。

「耐え難きを耐え……」

正午。

ラジオから玉音放送が流れた。

日本国民は、大日本帝国の敗戦を知った。


――東京、日本橋の三田村家。

庭で緑郎が、シャツ一枚の姿で大きなスコップを握っている。「はぁっ、はぁっ、はぁっ……」

と必死の形相で穴を掘りながら、

「日本は、負けた！　アメリカがくるぞ。そうなりゃ財閥なんて一巻の終わりだ。財産を奪われちまう……」

と呻く。

緑郎の傍らには、眩《まばゆ》く輝く金塊が山と積まれている。緑郎は悪鬼のごとき形相を浮かべ、スコップをえいやっと放りだすと、掘り終えた穴に金塊を投げこみ始めた。「はぁっ、はぁっ……三田村家の財産を……はぁっ、はぁっ……隠しておくんだ。少しでも多く！　ここにっ」と嘯く緑郎の背中を、縁側から、雪崩がお茶を飲みながら見守っている……。

アメリカ軍総司令部は、日本の戦争責任者の裁判準備に取りかかった。

九月十一日、世田谷の東條英機邸の玄関前にも、アメリカ軍のMP（憲兵）の四輪駆動車が何台も横付けされた。玄関からどやどやと銃を構えたMPが入り、東條英機前首相を探した。応接間でくつろぐ東條の姿をみつけ、拘引証明書を見せ、連行しようとする。

東條はソファからおとなしく立ちあがった。四方を囲まれ、歩きだそうとしたが、「捕虜になるより……潔く死を選べ、か……」と小声でつぶやいた。

それから、すっと振りむき、後ろに立つ大柄なMPを見上げ、唇だけを歪め奇妙な笑い方をした。突然一歩踏みだすと、「猫だましだっ！」と両腕を上げ、相手の顔の前でパンッと手を打った。おどろいた隙をつき、銃を持つ相手の手首を左手で摑み、銃口を自分の胸に押し当てると、右手の指でぐっと引き金を引く。

ドンッ、と鈍い銃声が響いた。

MPたちが大声を上げる。東條は胸からどくどくと血を流し、がくりと膝をつき、「我奇襲に成功せり……これぞ日本の伝統の戦法……そうだったなぁ、山本よ」と呻く。「ははは、私は生き恥は晒《さら》さん……。これが、これが、日本男児だぁ……。はは、ははは……」と乾いた笑い声を上げながら床にどうっと倒れ、目を見開いたまま絶命した。

その周りを、MPたちが呆然と立ち尽くし、囲んでいる……。

上海の街。

長らく覆っていた重たい雲が晴れ、夏の日差しが差しこんで、道ゆく人々にも活気がある。

路地裏では、鶏が鳴き、子供が叫んで走り回り、カラフルな洗濯物が万国旗のようにはためく。

その道を、猿田博士が汗を拭き拭き、うつむいて歩いている。小声で「太平洋戦争とともに、支那事変（日中戦争）もようやく終わった……。大陸では、日本人だとばれないように静かに暮らすしかあるまい」とぼやく。

水たまりを避け、ぴょんと飛びながら、

「しかし、どの国の、どんな権力者も、火の鳥の力を使わず、歴史改変をすることもなかった。そのことだけは密かに誇ろうじゃないか。わしと正人くんとマリアさんの三人が命をかけて達成したことじゃ……。きっとマリアさんも草葉の陰で……」

と、自室の木戸の前に立つ。ふと「おやっ」と首をかしげる。

「鍵が開いておるぞ。出かけるとき、確かに閉めたはずじゃが。誰かきたのか？　おーい、誰ですかな……」

そう言いながら、扉を開けたとき、とつぜん、青や黄や緑や……虹よりも多い様々な色の光が室内から溢れでた。不気味な風もびゅっと強く吹きつけてきた。猿田博士は「あわわっ」と悲鳴を上げ、目を瞑《つぶ》った。

それから眩しさをこらえ、目をカッと開け、

「そこにいるのは誰じゃ！　闖入者《ちんにゅうしゃ》かっ。さっ、さては、わしの作った蓄音機型の鋼鉄鳥人形

〝エレキテル太郎十号〟を動かしておるな……。じゃが、火の鳥の首がなければ、無駄だっ。時は巻き戻らん……」

「フェニックス……フライ……」

室内から震えるか細い声がした。猿田博士は目を見開き、「その声は！　まさか？　しかし、なぜっ……」と絶句した。

辺りが真っ白な光に包まれていく。

「なぜじゃ……？　いったいなぜ、あんたが、そんなことを？　やめろーっ……！」

六章　大東亞共栄圏

一九四二年四月

ザーッ……。

強い雨が上海の路上に叩きつけられている。共同租界の華やかな繁華街。店からは音楽が聞こえ、道路を車が行き交う。急な雨に、紳士が新聞を傘がわりに頭上に広げ、急いで店に飛びこむ。狭い歩道に、白衣を身にまとった猿田博士が、呆然と立っていた。瞬く間にずぶ濡れになり、行き過ぎる車からもバシャッと水をかけられる。

博士はよろよろと歩き、さきほど店に飛びこんだ紳士が路上に投げ捨てた新聞を、震える手で拾った。

日付は、一九四二年四月……。

太平洋戦争において、日本軍がイギリス領の香港を占領し、アメリカ領のフィリピンも占領間近だと解説する記事が躍っている。猿田博士はショックを受け、二、三歩、後ずさった。それから辺りを見回し、奇妙な悲鳴を上げ、あちこちの店を覗いて回った。目をカッと見開き、全身を震わせる恐ろしげな姿に、店内でくつろいでいた女性たちが悲鳴を上げだす。

「しゃ、上海租界に、日本人がたくさんおるぞ。わが世の春と暮らしておる。では、本当に時が戻ったのか……マリアさんの語りと三田村要造の話で聞いてはいたが……こんなことが本当に起こるのか！」

両手で頭をかきむしり、

「――わしは、十六回目の世界にきてしまった！」

と震える声で叫ぶ。

「火の鳥の力で、一九四五年九月から三年以上も過去に戻ってしまった。大日本帝国が連合国に敗退したあの夏はもう遠い……。今は、太平洋戦争が起こってから五ヶ月しか経っていない……」

博士は雨の中を呆然と歩き回る。

「ところで、わしはなぜここにいるのか？　そうか、時間が巻き戻ると、火の鳥に関わる過去も消えてしまうのじゃったな！　ということは、じゃ。十六回目の世界のわしは、上海と満州国を行き来して研究を続けているのじゃろう……」

ぶるぶるっと震える。「いかん。雨も当分やまんようじゃ。ひとまず……」とつぶやき、よろめきながら歩道を歩き出した。


フランス租界にそびえる華やかな複合娯楽施設、大世界《ダスカ》。

三階に広がるダンスホール東興楼《ドンシンロ》に猿田博士がよろよろと入っていき、隅のボックス席に腰掛けると、給仕に「白茶をくれんか」と言った。温かいお茶を飲み、暗い目で考えこんでいると、そばに誰かが立った。履き古した男物の靴が見える。

「博士……ぼくは……」

その声に、猿田博士は暗く、怒りのこもる目をして顔を上げた。

立っていたのは、間久部正人だった。十五回目の世界で得た日焼けした肌も、たくわえた髭も消え、元の色白で線の細い青年の姿に戻っている。雨でずぶ濡れになり震えている。

猿田博士は拳を振りあげ、正人の胸を叩いた。「正人くんっ、なぜ、なぜっ。やっぱり君が……。わしの部屋に忍びこみ、自分の持つ火の鳥の首と、わしの作った鋼鉄鳥人形を使い、時を、時を巻き戻したのは、君なんだろうっ！」と叫ぶ。

周りの若者たちが、何事だと振りむくので、あわてて声を小さくし、

「一体なぜだ……。二度と誰にも火の鳥の力を使わせないと誓ったのに……父親が開発してしまった力を、息子の責任をもって葬ると……」

「すみません。博士、あぁ、すみません……」

正人は床に座りこみ、しゃくりあげた。「そのつもりでいたんです。ぼくは、自分の正しさをずっと信じていたし、博士、あなたのことは、ずっと疑ってもいた……でも」「でも、なんじゃ！」「東京大空襲、原爆投下……。ぼくは耐えられなくなり……発作的に……気づいたら、博士の部屋に向かっていて……」と声を震わせる。猿田博士は拳をまた振りあげたが、怒りに歪むその顔にふと何かがよぎった。そっと下ろし、力なく「わしには怒る資格はない。わしは、自ら

の弱さを盾に若い君に甘え、重荷を背負わせた。わしも正人くんから隠れるべきだったんじゃ」

と呻いた。

弱々しく泣き続ける正人の前で、腕を組み、難しい顔をして考えこむ。

正人はうつむき、震えている。

「なぁ、考えたんじゃが、正人くん。やはりこの世界には君の力が必要じゃ」

「えっ」

「だって、火の鳥の力のことを知っているのは、わしと正人くん以外の誰じゃ？　前の世界で死ぬと、時が巻き戻っても火の鳥のことは忘れるのじゃったな。ということは……？」

「え、ええ」

「第二次鳳凰機関メンバーのうち、東條英機閣下は忘れてしまったはずじゃ。前の世界で、敗戦を受けて自決したのじゃからな。それから我らが王女マリアさんも、生き返りはしても、すべてを忘れておるはずじゃ」

正人が顔を上げ、うなずき、

「つまり、この十六回目の世界で、時を巻き戻すという火の鳥の力のことを覚えているのは、ぼくと博士。それと兄の緑郎、第二次鳳凰機関メンバーの洲桐太……」

「うむ。ほかには……」

「ルイです！　富察逯伊《フーツアルイ》！　それと川島芳子こと愛新覚羅《あいしんかくら》顯玗《けんし》」

「つまり、六人か」

と猿田博士はうなずいた。「この六人は、火の鳥の力のことを覚えており、かつ、いま時が巻き戻り、十六回目の世界が始まったことにも気づいておるということじゃ」という声に、正人もハッとする。

「ええ！　そうです、博士！　そしてっ……」

「このうち、鋼鉄鳥人形の設計図を知っているのは、わしと間久部緑郎だけじゃ」

「ええ、ええ！」

「で、肝心の火の鳥の首は……？」

正人が息を呑み、立ちあがる。猿田博士の顔を見下ろし、

「博士。確か、こうやって時が巻き戻ると、火の鳥の首もタクラマカン砂漠の楼蘭王国に戻るのでしたね。永遠の一日を繰り返す、時の狭間《はざま》の楼蘭王国に。鳥の首は祭壇に祀《まつ》られ、王女マリアが守っているはず……」

「と、なると、奴らも楼蘭王国を目指し、また砂漠への旅を始めるのでは……」

二人は顔を見合わせた。

「正人くん！　鳥の首が奴らの手に渡ると、きっと悪用するだろう。わしらも、さっそく上海を出発し、間久部緑郎と洲桐太、川島芳子とルイの四人より先に、楼蘭王国に着かなくてはならんぞ」

「ええ、ええ」

「それに、マリアさんが危ない。だって今のマリアさんは何も覚えていないのじゃから……」

二人はうなずきあうと、足音も立てず、急いで東興楼を出て行った。

「金塊っ！　金塊はどこだ。ぼくの金塊！　消えたぞっ。誰が奪ったーっ……」と、間久部緑郎は両腕を広げて指を鉤爪《かぎづめ》のような形にし、鬼の形相で叫んでいた。

それから「むむっ」と辺りを見回し、ついで、ぎょっとする。

血の滲む軍服姿で、顔も泥や血で汚れ、目は真っ赤に血走っている。緑の多い山のような場所の、深い塹壕《ざんごう》にいる。負傷した部下たちが周りにおり、何か呻きながら、銃を撃ち、手榴弾を投げている。銃声と爆発音が絶え間なく響く。

熱帯の暑さに、たちまち汗が滴ってくる。

緑郎は呆然と「ここは一体どこだ……」と聞く。部下が振りむき、「少佐、しっかりしてください！　急にどうしたんです！」と叫ぶ。「いいから、どこだと聞いてるんだ！」「どこってバターン島に決まってるでしょう！」「えええっ、フィリピンのか……？」と緑郎は呆然と聞き返した。

それから口角を上げて両目をぎらぎらさせ、「今はいつだ？」「はぁ？」「何年何月かと聞いているんだ！」「昭和十七年（一九四二年）四月です！　少佐一体どうしたんです」「フィリピン戦か。我が日本陸軍の南方軍がアメリカ陸軍のマッカーサーを打ち負かした戦闘……まだ日本軍が連合国軍を圧倒していたころの……。その最中に戻ったのか？」と緑郎はつぶやく。

部下があきれたように離れていく。緑郎はかまわずブツブツと、

「つまり、誰かが火の鳥の首を使って時を巻き戻したのだな……。では、本当に、本当に時間は戻るのだ。あぁ、まさか本当にこんなことが！」

と目を見開き、つぶやいた。肩を震わせ「アーハハ、アーハハハ！」と笑いだす。

「日本は戦争に負けたと……連合国軍によって完膚なきまでに叩きのめされたと……もう何もかも終わりだと思ったが、いいや、何も終わっちゃいない。あぁ、あぁ、終わっちゃいないんだ！」

高笑いする緑郎の頭上を、弾丸が通過し、味方の血が飛び散る。塹壕の外では爆発の黒煙がたえまなく上がっている……。

「アーハハ、アーハハハ！」

戦場の真ん中で、緑郎の勝ち誇った高笑いが響き渡った。

――翌朝。戦闘が日本軍勝利に終わり、兵士たちが疲れた体を休めていると、轟音とともにどこからか最新鋭の観測機が近づいてきた。緑郎が眩しく見上げると、スーツ姿の洲桐太が乗っていた。落っこちそうなぐらい身を乗りだし、見下ろしている。

着陸するなり、飛び降り、「間久部ぇ！　間久部緑郎はいるかね？　まだ生きてるかぁっ！」と辺りを走り回る。緑郎が「何、洲サンですか」と近づくと、肩をつかみ、「無事でよかった！ジャングルで兵がずいぶん死んだと聞き、あわてて飛んできたよ」と揺さぶる。

「だって間久部くん、なにしろ君だけだからねぇ。火の鳥の力について詳しく知っているのは」

「それでわざわざ南方の戦場まで探しにきたと？　危険すぎる。む、冷静なようで無茶する人で

すね」

「うむ。つい頭に血がのぼってね」

と話し、ついで二人で手近な石に腰掛けた。

「しかしだ。間久部くん。一体誰が、何の目的で時を巻き戻したのか。わかるかね」

と、洲がかすかな疑いの目つきで緑郎を見る。緑郎は肩をすくめ、

「いや、正直まったく見当もつきません」

「君では……ないのか？」

緑郎は「ハハハ……」と乾いた笑い声を上げ続け、

「洲サン。ぼくは、何を隠そう、前の世界の一九四五年九月、三田村財閥の財産を金塊にして隠そうと、日本橋の三田村家の庭に穴を掘っていたところだったんです。銀行預金なんて戦勝国に没収されちまうかもしれませんしね。庭に山盛り金塊を積み、暑い中、スコップでひたすら穴を掘り、金塊を埋め……。すると、急にものすごい強風が吹き……濡れ縁の障子がふっ飛んで……」

「で、気づくと、二年五ヶ月も前のフィリピンの戦場にいたというわけかね。はは、それは驚いたろう」

と洲はうなずき、

「どうやら火の鳥に関わる部分の歴史は消えてしまうようだからねぇ。おそらく、君の軍内での配置も、マリア捜索隊の指揮を任されていた十五回目の世界とはちがったのだろう」

「ええ」

洲はまた用心深く疑う目つきになり、

「しかし、君じゃないなら、一体誰が時を巻き戻したのだ？　鳥の首の隠し場所はマリアの死とともに謎となったはずだが」

「それはまったくわかりません！　誰が、なぜ？　だが洲サン、一つだけわかるのは……」

「なんだね」

「我々にはチャンスだということです。我々……ぼくと洲サン、第三次鳳凰機関の、ね」

二人は黙り、ずるい笑みを浮かべてみつめあった。

「……なるほど。一つ前の世界では、火の鳥の首の隠し場所はマリアの死とともに謎となってしまったが、今はわかっている、と……」

「そう。火の鳥の首は、タクラマカン砂漠の楼蘭王国に戻っているはずです」

「よし、すぐに調査隊を出そう！　關東軍に……」

と洲は張り切ったが、肩を落とし、

「しかし、そうか。關東軍の人事を動かせる権力を持つ人物は、もう鳳凰機関にはいないのだな。山本五十六は一九三七年末に、石原莞爾は翌年に、客死したままだ。東條英機は一九四五年に自決し、時が一九四二年に巻き戻った今は生き返っているが……火の鳥のことを忘れているだろう」

「ぼくにいい考えがあります。洲サン」

と、緑郎がニヤリとした。

「じつは、軍に頼みたいことが二つあるんです。一つは火の鳥調査隊の派遣。それともう一つ……。すべてうまくやりますよ。まぁ見ていてください」

片頬を歪めてニヤリと笑うその顔を、洲が頼もしそうにみつめた。


一ヶ月後の東京。市ヶ谷に建つ薄茶色に冷たい日本陸軍省ビル。軍服姿の男たちがせわしなく廊下を行き交っている。

三階奥の部屋で、東條英機首相が、開かれた便箋の束を前に、腕を組み、考えこんでいた。陸軍の名だたる司令官たちが、東條を囲み、同じように難しい顔をしている。

東條がむっと顔を上げ、

「──〝鳳凰機関〟だと？」

司令官の一人が重々しく、

「はい、閣下。約一ヶ月前、我々陸軍省の元に届いたこの手紙には、『千里眼の力で未来を知るものに候　鳳凰機関』と書かれていました。そして……」

別の司令官も身を乗り出し、後を継ぐ。

「太平洋戦争でこれから起こることが細かく予言されておりました。この一ヶ月の間、すべてここに書かれた通りの結果となっています」

「千里眼とはな。むむ？」

と、東條が首をひねる。

三人目の司令官が「私は〝鳳凰機関〟の噂を聞いたことがあります。父が海軍におりましたので。ええ、その昔、日露戦争のころです。ロシア帝国との勝敗を決する日本海海戦の日、連合艦隊の東郷平八郎閣下が、不思議な千里眼の男を連れて旗艦に乗り、指示を受け、見事勝利を収めたと」と一気に言う。他の司令官も「ぼくも聞いたことがある！」「海軍では昔から割と有名な話だぞ」と言いだす。東條は「海軍だと？　む……」と難しい顔をする。

「海軍だけでなく、陸軍の關東軍でもです。ぼくは満州事変にも関わったと聞きました。噂に尾ひれがついたのかもしれないが」

「いや、満州事変どころか、支那事変（日中戦争）が始まった時だって噂はあったぞ」

「ぼくは、千里眼の正体は、上海の租界に住む日本人だと聞いた！」

一人が「滅多なことは言えませんが……」と小声になり、

「上海の財界を牛耳る三田村財閥の前総帥が関わっていると、内緒の話を聞いたことがあります。なんでも、前総帥の奥方が中国地方の有名な千里眼の家の娘で、特殊な力を持っていると」

東條が面倒そうに、

「もしそうなら、この手紙の主は偽物だろう。だって三田村財閥の前総帥、三田村要造氏は、今から四年前の一九三八年、大陸のどこだかで客死されたのだからな。それに奥方もずいぶん前にご病気で亡くなっている」

「ああ、そうでした……」

と小声で話している時、部下が「閣下！」と部屋に入ってきて、敬礼した。

「お電話です！」

「うむ、誰からだね」

「それが……〝鳳凰機関〟といえばわかる、と」

東條たちはむっと顔を見合わせた。東條が受話器を取り、「私だ、東條だが……」とささやく。

すると、電話の向こうから、間久部緑郎の快活な声が響いてきた。

「閣下。こちらは〝鳳凰機関〟です。手紙は届いているでしょうね」

「君は誰だっ？　なぜ未来を、太平洋戦争の行方を知っている？」

「ハハハ、千里眼だからです」

「なっ？　そんな荒唐無稽な！」

「でもすべて当たっていたのでしょう」

「しかしっ……一説によると、鳳凰機関の正体は三田村財閥の三田村要造氏で、奥方が千里眼の血筋だったのだと……。二人とも亡くなって久しい！」

「おやおや、いいところまでたどり着いていたようですね。これは話が早い。閣下、ぼくの名は間久部緑郎。三田村要造氏の娘婿です。つまりですよ。要造氏と千里眼の妻の間に生まれた娘が、ぼくの妻の麗奈なのだ」

東條は司令官たちと、はっと顔を見合わせた。

「鳳凰機関の力は、要造夫婦から、この緑郎夫婦に引き継がれたと考えてください。さぁ、さぁ、未来を知りたくありませんか？　連合国を打ちのめし、全アジアを大日本帝国の支配下に収め、皇国の力を世界に轟かせるため、軍部にはどうしてもぼくの力が必要なはずだ」

「どうしたいんだ？　君は……」

「ひとまず、二つお願いがありましてね。こうしてご連絡をしたわけです」

と、緑郎は快活な声色で言った。「一つは、屈強な探検隊をお借りしたいのです。ぼくには、ちょっとした探し物が、タクラマカン砂漠の奥地にありましてねぇ。そしてもう一つは……」

「なんだっ」と苛立つような東條の声に、緑郎はますますうれしげに、

「〝石油の一滴は血の一滴〟だそうですね。閣下、どうです。もし……満州国の広大なる大地のどこかで、石油が出るとしたら？」

「な、なっ……石油が？　大陸でだと？」

「ええ。そうなれば、日本軍はエネルギー源の確保にもう苦労せずに済むはずです」

緑郎は「ふっふっ」と笑い、それから急に低い声になって、

「我は、鳳凰機関。魔導師にて、千里眼……。ふっふっふっ。条件次第では教えてさしあげますよ。石油を掘り当てることができる地点を……」

「なっ……」

「ただし交換条件があります」

東條が立ちあがり、「なんだ、なにが望みだっ」と叫ぶ。受話器の向こうから緑郎の勝ち誇っ

たような声が届いた。

「権力です！　ぼくに、権力を！　ハハ！　ぼくは、王国の王に、軍事国家の最高司令官にっ。そう、いつかなると決めてたんだ。今こその時だ。ハハ、ハハハ、アーハハハハ！」


びゅうっと砂混じりの風が吹く。

黄色いタクラマカン砂漠の真ん中に、豊かな緑茂るオアシスがあり、その傍らに城壁に囲まれた楼蘭王国がそびえていた。

門の中では、人々が忙しく行き来する。城内の広場には櫓が建てられ、美しい布が張られ、まるで祭りの準備のような華やかさだった。

「いよいよ明日ですね、王女さま！」

と快活な青年の声が響く。

城の回廊をゆっくり歩いてきたマリアが、「あら、ワナント」と笑顔で答える。「そうね、明日はわたしと弟ウルスの婚礼の日……。ワナント、あなたも近々幼なじみと結婚するんですって？ウルスから聞いたわ。おめでとう」「そうなんです！　照れるな。ぼくも、妻となるミスラも、その日が待ち遠しいです」という嬉しげな声に、マリアも微笑む。

「おやっ」

とワナントが城門のほうに目を凝らした。「誰かくるぞ。不審者か……？」と剣を構え、歩きだす。マリアも気にしてついていく。

見慣れない服装をした小柄な若者二人組が、ラクダに跨がったまま、ふらふら城門を潜《くぐ》ってきた。と、力尽きたようにラクダから降り、座りこみ、聞き慣れない言葉で弱々しく何か言いあいだした。

互いに、ルイ、コウジョサマという名で呼びあっているようだ……？

ワナントが「姿からして東からきた明の商人か？　二人とも大人の女か……？　いや、少年かな？」と首をかしげる。

マリアが「遠くからの旅人のようね。おおかた砂漠で迷ってしまったのでしょう。すっかり弱ってる。こちらに運んであげましょう」と優しく言う。ワナントは「はい、王女さま」とうなずき、筋骨隆々とした両肩に旅人を一人ずつかつぐと、のしのし歩きだした。


楼蘭王宮の地下にずらりと並ぶ召使部屋は、ひんやりした土壁に囲まれていた。鮮やかな色の布をかけた寝台を、油ランプが橙色に照らしている。

寝台に川島芳子が横になり、ルイは足元の床に座っている。

と、芳子が起きあがり、水差しの水をぐいっと飲みほすと、

「いやぁ、遭難するかと思ったよ……」

ルイも青白い顔で「ええ……」とうなずく。「一つ前の十五回目の世界で、この地点までスム

ーズにたどり着けたのは、マリアのガイドがあったからでしょうね。もっとも、最後には全員毒殺しようとしましたが」「まったくだよ！　砂漠の旅ときたら悪夢のようだ……。しかしだよ、考えてみりゃ、間久部少佐は、十二回目、十三回目、十四回目の世界でも、火の鳥調査隊として出発し、毎回ちゃんと楼蘭王国にたどり着いたわけだ。あれでなかなかあなどれん男だな」と芳子がうなずく。

「それにしても、ルイくん。とつぜん時が巻き戻ったときにはおどろいたぜ。どうしたものかと思ったが、幸い君と上海の路上で再会でき、おいら本当に助かったよ」

「ボクもです、皇女さま！　急に強い風が吹いたかと思ったら、三年以上も時が巻き戻り、上海租界で大世界《ダスカ》の舞台に立っていました。一体誰が何の目的で時を巻き戻したのか、まったくわからず……」

「おいらにもさっぱりだよ。おおかた、大将がとうとう火の鳥の首をみつけたか。いや、それとも別の誰かが……？」

「ともかく、火の鳥の首が再びこの楼蘭王国に戻っているのだけは確かです」

「そうとも！　今度こそ、おいらたちが火の鳥の首を手に入れる番だぜ。未知のエネルギーの力を使って、満州国になってしまった東北部に、失われし清王朝を復興するのさ……！」

「あぁ、地獄までお供いたしますとも。ボクの皇女さま！」

と、ルイが満足そうにこうべを垂れた。

夜……。

芳子とルイは、抜き足差し足で、召使部屋の並ぶ地下から地上に出た。明日開かれる王女と王子の婚礼の準備が終わり、王宮前の広場には櫓がそびえ、美しい絨毯《じゆうたん》が敷かれている。松明《たいまつ》が音を立てて燃えている。

二人は誰もいないのを確認し、王宮の横にそびえる石造りの神殿に向かった。と、たえなる笛の音色が響いてきた。ルイがぎょっとし、こっそり神殿を覗く。

窓からの月明かりに青く照らされ、マリアの姿がぼうっと浮かびあがっていた。祭壇の前に立ち、笛を吹いている。亜麻色の長い髪が夜風をはらみ、ゆっくりと揺れる。

「あの笛……！　くそっ。何度あの武闘笛に煮え湯を呑まされたことか……」

と、ルイが睨みつける。芳子が首を振り、「マリアはあの笛を使っての戦い方を覚えちゃいないよ。一つ前の世界で、大将の放った弾丸が当たり、死んだ。そのせいですべて忘れたんだ。ほら、さっきもおいらたちのことを知らなかっただろう？　それに、上海語ももうわからない。ということは……？」と深くうなずき、

「あの女は、おいらたちの知るマリアじゃないのさ。七回も時が巻き戻り、そのたび、犬山やら間久部やら、日本人の男たちに火の鳥の首を奪われ、やがて戦うために武闘の特訓をし、間久部という男を追って上海まで旅をした、あの勇ましい女戦士じゃない。今の彼女はもとの優しくか弱いお姫さまさ。……おや、どうした、ルイくん？」

ルイの目から、涙が一滴流れていた。ルイは自分でそれに気づくとぎょっとし、手の甲で拭いた。「なんでもありません、皇女さま。それに、記憶があろうがあるまいが、ボクはマリアなん

て大っ嫌いです」と言い、腕まくりをする。

立ちあがり、そっと近づいていく。

「おい、ルイくん？」

「火の鳥の首は祭壇に祀られているはず。ボクがあいつの気を引きますから、その間に皇女さまが……」

「わかったぜ」

と芳子がうなずく。

月光に照らされながら、ルイがマリアにゆらゆら近づいていく。マリアが気づいて、笛から唇を離し、笑顔になる。中世のウイグル語らしき言葉で何か話しかけてくる。

ルイは涙を拭き、「こんばんは」と言う。涙の痕に気づき、マリアが心配そうにする。

ルイが無理に笑い、「ボク歌います。王女さまはどうか笛を」とささやき、少女のような澄んだ高い声で、そっと歌いだした。

「スキだけど、裏切るの
スキだから、裏切るの
それが、ボクの愛し方……」

マリアもうなずき、笛を吹いて合わせる。二人はしばらく楽しげに歌声と笛の音を合わせていたが、やがてルイは「あなたは、上海語も北京語も忘れてしまい、ボクが何を話しているかわからない。それにあなたはもうすぐボクに殺される。だから、誰にも話したことのない話ができます」とつぶやいた。マリアは不思議そうに首をかしげている。「ボクは東北部の貧しい農村に生まれたんです。王女さまにも皇女さまにも想像できないような貧しさですよ。ある日、母に裏切られ、都会からきた人買いに売られました。人買いは優しいおじさんに見え、ボクは生きるため必死でなついたが、ひどい場所に売り飛ばされた。子供が生きるためには最悪の場所の一つに。でも、母のこともおじさんのことも嫌えず、そこで、裏切りが愛なのだと覚えることにしました。愛する人を裏切ることこそが愛情表現となった……。正人も、ボクがスパイだったとわかり、おどろいただろうな……」と一気に話すと、マリアの目をじっと見た。「一方、あなたの愛は？」と急に強く責めるような語調で聞く。

「ボクは、今のあなたが忘れてしまった、あなたの歴史を……か弱い王女が一人ぼっちで七回時を超え、運命と過酷に戦った冒険について聞いた。いや、ボクはあなたなんかに興味はないさ。でもあの話には正直心を打たれた。三回目の外の世界であなたが手に入れた家庭の話だ。七人もの子供が生まれ、みんな大きくなり、長男は近々結婚を控えていた。だが時が巻き戻され、子供たちの存在は時の彼方に消えてしまった。夫は別の家庭、別の子供を持ち、異なる人生を生きていた……。ボクは思った。世界から忘れ去られ、母親のあなたの心にだけ残り、愛され続ける子供たちを、幸福だとも、不幸だとも。それなのに、あなたも……」

またルイの目から一滴だけ涙が流れる。

「忘れてしまったんだね！」

手の甲で悔しげに涙を何度も拭き、

「あぁ、そうさ。無茶苦茶なことを言ってるのはわかってる。でも、憎い。悲しい。それに、あなたも夫も子供たちも、みんななんてかわいそうなんだ。くそっ。くそっ。父親に続いて母親のあなたまでが忘れてしまったら、誰が、誰が、時の狭間に消えた彼らのことを永遠に覚えていてくれるの？　ウルス……アナーヒタ、ザムヤード……ワナント、ミスラ、アタル、ヴァーユ……」

マリアが首をかしげて聞いている。

その表情がかすかに動く。何かを思い出そうとするように首をかしげ、胸を押さえ……。

と、そのとき。

背後にある祭壇から、かさりと音がした。マリアがはっと振りむく。川島芳子が、祭壇に祀られた丸い塊を両手で摑んだところだった。マリアと目が合い、後ずさる。

マリアが驚いて声を上げる。芳子が「まずいぞ！　この女は弱くても、さっきおいらたちを運んだような屈強な兵士が、声を聞きつけてきちまうぜ」と焦る。ルイは「嗯《ンン》！」とうなずくなり、背中から重い飾り刀を引き抜き、背後からズザッと斬りつけた。

マリアが声もなく倒れる。「悪いね。いつだって裏切るのがボクなので」とルイが微笑み、芳子とともに神殿を飛びだし、走りだす。

王宮前の広場を抜け、門に向かう。

と、眩しいライトがいくつも、砂漠からこちらに揺れながら向かってくる。「車だっ」「皇女さま、隠れてください！」と闇に紛れ、様子を窺う。

三台の車が停まり、東洋人の男たちが降りてくる。芳子が話し声に耳を澄ませ、「日本人だな……三台の車に六、七人いるようだ。闗東軍？　うむ、どうやら、大将が手配した火の鳥調査隊のようだぜ」とささやく。

ルイが飾り刀を握りしめる。芳子が「邪魔だな。よし、ここはおいらに任せろ」とうなずき、銃を構えるなり、ルイが止める間もなくパンッパンッパンッと三連発で撃った。

手前に立っていた三人の男が、足や腕を押さえ、悶絶する。「敵だ！」「誰かいるぞ！」と日本語で叫ぶのが聞こえる。

芳子は「当たった。今日は調子がいいぜ」と銃口にふっと息をかけてみせた。

三人の男が乗ってきた車に飛び乗り、ルイがハンドルを握る。芳子が窓からさらに銃を撃つ。車はエンジンを唸らせて急発進し、砂漠に向かって走りだす。「追えっ！」「あの女は！　知ってるぞ。皇女にして女スパイの……」「いいから、追えーっ」という日本語の声を尻目に、砂漠を遠ざかっていく。

夜の冷えた風が強く吹く。男たちの一人が背後を振りむき、「あっ……あああーっ……」と驚きの声を上げる間に、きらびやかだった楼蘭王国が茶色く乾き、すべてが砂の粒に変わり、風に吹かれて、時の狭間に再び消えていこうとしていた……。

夜の砂漠を、猛然と進みながら、ルイが「あの、皇女さま……」と聞いた。助手席の芳子は、撃ち飽きたように銃を足元に放りだし、布に包まれた丸いものを興味しんしんで眺め始めている。

「へぇ、こいつが火の鳥の首か……」

「皇女さま、さっき、ボクがマリアと話しているのを聞きましたか？」

ルイは気にするようにちらっと芳子を見る。芳子は火の鳥の首に気を取られ、「えっ、話？いや？　おいら、人の話を立ち聞きするような趣味はまったくないよ」と気もそぞろで答えた。

ルイがほっとし、ハンドルを強く握りしめていた手の力をそっとゆるめた。

砂漠をひた走る黒い車を、月光が濡れたように青く照らし続けている……。


数日後の朝……。

タクラマカン砂漠の黄色い丘陵を超え、ラクダにまたがった三人の男が、楼蘭王国のあった場所に近づいてきた。猿田博士、間久部正人、そして現地のガイドらしき男の三人だ。

猿田博士は、ガイドから熱心にウイグル語を習いながら、ラクダの背に揺られている。「生きているマリアさんに再会できるのが楽しみじゃ……。しかし、今のマリアさんは北京語も上海語も何もかも忘れてしまったじゃろうからな」とつぶやき、またガイドの教えるウイグル語をつたなく繰り返す。

「おっ、美しいオアシスがあるのう。おやっ……？」

緑茂るオアシスの向こうに、土壁や塔の残骸のようなものが見える。猿田博士と正人はぎょっとし、顔を見合わせた。

「博士、まさか……」

「あれは楼蘭王国の遺跡かっ……？　一つ前の十五回目の世界で、わしらがマリアさんや三田村総帥の話に耳を傾けたのもこういう遺跡でのことじゃった……」

と急いで近づく。ガイドも仰天し、「ここが楼蘭王国のはず。だけど、建物が崩れて……人も消えている……なぜ？」と呻く。

猿田博士と正人はラクダから降り、廃墟の一角に座りこんだ。「しまった。誰かが先に到着し、火の鳥の首を持ち去ったのじゃな……」「そのようですね。ぼくらは遅すぎたんだ！」「そして、生き返ったマリアさんも時の狭間に再び消えてしまった……」と言いあう。

太陽が昇り、じりじりと照らし始める。

「しかしじゃ。誰の仕業じゃろう。間久部緑郎だとするといささかやっかいじゃ。奴は鋼鉄鳥人形の設計図も持っているからな。一方で、川島芳子とルイという可能性もある……」

「ええ。川島たちは、兄さんとちがって、設計図は持っていないはずです」

「うーむ。どちらにしろ面倒なことじゃ。正人くん、急いで戻ろう。火の鳥の首は、おそらく、君の兄か、川島芳子たちかのどちらかが持っておる。いかん、何かが起こるぞ。不吉な予感がしてならんのじゃ……！」

二人はうなずきあい、汗を拭き、またラクダにまたがった。

砂漠はどこまでも広く、朝の光に黄色く照らされていた……。

満州国の首都、新京。

關東軍総司令部の一室で、間久部緑郎が黒電話の受話器を握りしめ、顔をひきつらせ怒鳴っていた。

「なんだと！　任務に失敗した？　一体どういうことだぁ！　うむ……」

椅子に腰掛け、執務机に足を乗せてそっくりかえりながら、

「男女二人組の女に撃たれ、男に車を奪われ、逃げられただと……？　そして……？　おい、しっかりしろ。どんな荒唐無稽な話でも構わん、言え！　ふむ……楼蘭王国が、一瞬で砂になり消えた……。何？　あぁ、もちろん、軍法会議ものの大失敗だとも！」

ガチャンと電話を切り、両手で頭を抱える。「どういうことだっ……」と呻いていると、また電話がリリーンと鳴った。受話器を乱暴に取り「あぁ、また君か。なんだね！」と聞く。

「二人組の女のほうが、む……？　何ぃ、愛新覚羅顯玗だったと？　何……月明かりのもとだったから心もとないが、あの凄い美貌は見間違えようがない……？　うっとり話すな。のんきな奴らだ！」

緑郎はまた電話を叩き切り、両手を広げて「川島芳子だと？　あのヘボ射撃姫に關東軍の精鋭が三人も撃たれるとは！　色香に誘われ、自分からふらふら弾丸に向かっていったのか？　このぼくには一発だって当たりゃしないぞ」と大声を出した。

それから執務机に肘をつき、片手で髪をくしゃくしゃにし、

「川島か……。あの不良娘、さては前の十五回目の世界の記憶を持っているのだろう。時が巻き戻り、火の鳥の首がタクラマカン砂漠にあるのを察して、一足先に奪ったか。川島と一緒にいる男は、おそらくルイだろうな。川島とルイが逃げ、楼蘭王国が砂になって消えたということは、あの二人が火の鳥の首を王国の外に持ちだしたのだ。つまり……」

と、歯を剝きだして歯ぎしりする。

「おつぎは川島芳子とルイを捜索すればよいわけだ。二人はおそらく、勝手知ったる上海の租界に戻ってくるだろう。二人をみつけ、火の鳥の首を、今度こそこの手に……フフフ……」

緑郎はゆっくりと立ちあがり、窓に向かって仁王立ちした。

そこに、扉が開き、洲桐太が機嫌のよい笑顔で入ってきた。「石油の一滴は血の一滴！　間久部総司令官、ご機嫌いかがですかな。満州国は今、血が滾《たぎ》り、マグマのようなエネルギーがもはや爆発寸前といったところですなぁ」と快活に握手する。緑郎は気を取り直し「うむ」とうなずき、執務机につく。

「いやぁ、間久部総司令官。満州国の油田開発の成功で、大日本帝国はついに、積年の課題たるエネルギー源確保問題から解放されましたな。長期化する支那事変（日中戦争）の戦場にも物資輸送が可能となった。ついで我が日本軍は、南はイギリスの最重要拠点たるインド、北はソビエト連邦と対立し、兵力を増強している、エネルギーの滾る満州国を中心に、我が国の領土は広がり、そして……」

「そして……我ら〝鳳凰機関〟の権力も素晴らしく強大なものとなる。だろう、洲サン？」

「そう、そこがキモですね」

「ぼくは千里眼として、大本営に対し、大東亜戦争における連合国軍の動きを正確に予言。それによって信頼を得、この権力を付与された。今やぼくは満州国の軍事部門すべて、洲サンは産業のすべてを牛耳っている。そして、満州国の領土は、この大地において日に日に広がっていくばかりだ。アハハ、アーハハハ！　ぼくはまさに、皇帝だ、王だ。夢が、積年の夢が叶《かな》いつつある！」

洲は機嫌をとるように、「もはや陸軍で間久部総司令官に逆らえる者はいない。東條英機首相は、次の陸軍大臣にあなたを推すだろうとみんな噂している……」と微笑み、

「遠からず、間久部緑郎大臣が誕生するでしょうな」

「フン。ぼくは大臣では終わらん。洲サン、ぼくはいつか総理大臣になるぜ」

「おやおや」

「そのときは、洲サン。あなたを間久部内閣の商業大臣に推薦しよう。そしてゆくゆくは副総理として片腕になってもらうつもりだよ」

「ではその日を楽しみに……」

と、洲は目を細めて含み笑いをし、丁寧に一礼し、部屋を出ていった。

二ヶ月後のある夜遅く。上海の虹口《ホンキユウ》に構える三田村家のおおきな屋敷。門の前に車が停まり、「きゃーはは！」と嬌声《きようせい》を上げながら麗奈が降りてくる。毛皮のコートに身を包み、ハイヒールを響かせて玄関から入り、召使に支えられて階段を上っていく。寝室に入ると、コートを床に投げだして天蓋付きの大きなベッドに倒れこむ。

それから、目をこすり、「なにあれ？」と部屋の奥にある妙なものを凝視する。

西洋の宮殿と、アラブのモスクと、日本の天守閣を混ぜたような、謎めいたデザインの建物のミニチュアだった。高さ一メートル、横幅三メートルぐらいか。中央に西洋風の時計塔が張り出している。

「こんな変な玩具《おもちゃ》があったかしら。酔って幻覚を見てるのかな」

と、千鳥足で近づき、右から、左から観察し、ついで手を伸ばして触ろうとする。その途端、ベッドから「触るな！」という声がした。

麗奈が飛びあがり、振りむくと、ベッドの反対側の端に緑郎が寝転び、足を組み、忙しげに書類を広げて読んでいた。麗奈は「あ、あなたいたのね」「夫に向かってその口の利き方はなんだ」「べつに。ただ新京にいるかと思ってたの……」と麗奈がびくびくして答える。緑郎は「それで人妻が羽を伸ばして遊んでいたわけか」と鼻を鳴らし、妻をじろりと見て、

「『跳舞吧《テオーウバ》！』ってな！　まったく、この女にも再教育が必要なようだ」

「なによ、それ。それよりこれは一体なに？」

と、建物のミニチュアに手を伸ばす。途端に緑郎が「触るなと言ってるだろう！」と気色ばん

だ。「それは鋼鉄鳥人形だ。ぼくが作った〝エレキテル太郎十一号〟だ……。時計塔がレバーになっている。まぁ、そんなことを話しても、君には何のことかわからんだろうがな」「ええ、そうね」「本来なら地下室に置くべきなのだが、しかし地下室は洲桐太にとっても勝手知ったる場所だ。僕の持つ切り札は、味方の洲にもなるべく隠しておきたい。夫婦の寝室なら、滅多なことでは誰も入らんだろうし、安全だろう」「何の話だかさっぱりわからないわ」「だろうな。君はバカな女だ。鳥就在籠子里等着喂食哦《ニオージユラロンズリデンライユザヴア》（鳥は鳥カゴで餌を待て）ってことさ」「なっ……！」と麗奈は腹を立て、反論しようとしたが、こっちを向き直った緑郎の邪悪で恐ろしい人相を見て口を閉じた。

それから、おそるおそる、

「あなた、変わったわ……。すごく変わった。あたし怖いわ」

「そりゃ変わるさ！　今では日本陸軍の間久部総司令官だからな。だが、こんなもんじゃないぞ。ぼくはもっと強くなる。もっと、もっとだ！　我が弟の正人は、昔、おかしなことを言った。兄さんが弱くなったらどうするのって。そんなことにはならん。ぼくはどこまでも、大きく、強く、偉い人になるんだ！」

緑郎は歯を剝きだし、黒目がちな目をぎらぎら不気味に光らせ、背を反らせ、笑いだした。麗奈は怯えて後ずさり、寝室からそっと退散した。その背中に緑郎が「地下室を片付けるよう召使に命じておけ。どうもあの部屋は苦手だ。おまえの父親の気配が今もするからな。四年以上前に死んだのに、まるであの邪悪な魂がまだ彷徨ってるように！」と憎々しげに言う。

麗奈は逃げるように階段を降り、一階の広間で一息ついた。召使にお酒を頼み、グラスを摑んでぐいっと飲み干す。「どうしちゃったの、あの人。すごく、すごくこわいわ……」と目尻に浮かぶ涙を拭く。

そこに召使が、小声で来客を告げた。裏口を指差して不審そうに首をかしげている。麗奈がグラスに酒を注ぎ直し、飲みながら、裏口に向かう。

すると、そこに、寒さに震えながら立っていたのは……。

「まぁ！」

「しーっ！　麗奈サン、じつはおいらたち、追われてるんだ……」

ボロボロの上着を着て汚れた顔をした川島芳子とルイが、寒さに震えて立っていた。芳子は労働者風の男装をし、ルイは女装し、一見すると若い夫婦か恋人どうしのように見える。

麗奈は「今夜はわけがわからないわ。どうしちゃったのかしら。えぇと、芳子お姉ちゃまと……」とルイを見て「妹さん……？　すこし似てるわ」と聞く。

「いや、同郷の子で、性別は男だ。同じ満州族だから似てるんだろう。漢族ばかりの上海じゃこの顔はいささか目立っちまう」

「それに、二人とも美しすぎて、世界中どこに逃げても隠れられやしないわ。ねぇ、追われてるって言った？」

芳子とルイは目配せしあった。おそるおそる「そうなんだ。おいらたち、關東軍の憲兵に追われ、もう何週間も逃げ回ってるのさ。キミの夫君……間久部総司令官が血眼《ちまなこ》になって探してる」

とささやく。麗奈は「大変じゃないの……お姉ちゃまたちが何をしたか知らないけど、あの人に捕まったら命はないわ」とあわてる。

家に招き入れ、三階の寝室の気配を見て「あの人、寝てるようね……」とつぶやく。召使を呼んで「夫には何も言わないでちょうだい」とお金を渡し、「さぁこっちよ」と芳子たちを地下室に招き入れる。

「ここなら夫はこないわ。亡霊が出そうで苦手なんですって。それに今は荷物置き場になっていて、誰もわざわざ入ってこない」

「恩に着るぜ。麗奈サン……」

地下室に布団を運び入れる。召使に飲み物と食べ物を用意させ、運んでくると、芳子とルイはもう布団の上で丸くなり、眠っていた。「まぁ、よほどくたくただったのね。それにしてもお姉ちゃまったら、一体今度はなにをしでかしたのかしら。困った人ね」と肩をすくめる。

芳子は丸いものを包んだ布をぎゅっと胸の前に抱いていた。布がはだけ、土くれのようなものが覗いている。「なにかしら」と麗奈は首をかしげたが、気にすることなく、枕元に飲み物と食べ物を置くと、千鳥足で階段を上っていった……。

満州国の領土となった、北のハルビン。川は冷え冷えと凍り、家々の煙突から灰色の煙が上がっている。

往来では、角という角に、毛皮のコートと帽子姿の憲兵が見張っている。人々は背を縮め、うつむきがちに歩いている。ウイグル帽を被った老人が、憲兵に小突かれ、帽子を奪われる。宗教施設らしき建物には旭日旗《きょくじつき》がはためき、『大東亜共栄圏』と書かれた垂れ幕も貼られている。

路地を一つ入ったところに、建物の裏口らしき目立たないドアがある。二人組の男が、背を曲げて路地を歩いてきて、ドアの前に立ち、

「天王蓋地虎《ティワンゲーディフ》……！」

すると、中からも、

「宝塔《ボータ》鎮河妖《ズンフーヨー》……！」

と声がし、ガチャリと鍵が開けられた。

二人の男は、すばやく屋内に入ると、ほっと息をつき、目深に被っていた毛皮の帽子を脱いだ。猿田博士と正人だった。

部屋は薄暗く、五、六人の男がいる。猿田博士が寒そうにぶるっと震えて、

「抵抗軍にとっても、冬は堪《こた》えるのう」

「あぁ。今年はとくに寒い」

と、男たちの一人が答えた。「それに街は憲兵だらけになり、少し外を歩くだけで、身分証を見せろ、荷物を検査させろとかしましい。民族的な生活習慣、宗教も禁じられ、イスラム教の礼拝はもうできない……。満州族も漢族も、朝鮮族もウイグル族も、みんな日本人と同じになるよ

う強制してくる。身内が亡くなった時も、宗教儀式として土葬したいのに、むりやり火葬される有様だ。一《イー》国《クオ》的《トー》自《ツー》治《チー》権《チユワン》在《ツアイ》全《チユワン》体《テイー》国《クオ》民《ミン》手《シヨウ》里《リー》（国の自治はその国の民の手に）！」と、怒りに震える声で一気に言う。

「その上、反抗的だ、日本的でないと判断されると、容赦無く再教育施設に送られる。俺の兄弟は、日本語や日本文化をむりやり教えこまれ、怯えきって戻ってきたぞ……」

「ええ、すべてはぼくの兄が始めたことです」

と正人が青い顔をして言った。「満州国の領土が広がったのも、大東亜共栄圏としての思想教育が激化したのも、何もかも、兄の間久部緑郎のしわざ……」と苦しげに胸をかきむしる。猿田博士が「そうじゃな」と首を振って、

「しかし、抵抗軍として、憲兵を狙い、手榴弾を投げたり、背後から撃ったりしても、本土から新しい憲兵が派兵されてくるだけで、何も変わらん。我々がやるべきなのは、悪の大元の間久部緑郎を倒すことではないか……」

木の器に羊のスープが入れられ、全員に配られる。猿田博士と正人は木のスプーンであつあつのスープを飲みながら、

「しかし、正人くん。悪人とはいえ、実の兄と対立するのはキミには辛かろう」

「いえ、博士。じつは、ぼくには考えがあるのです……」

と、正人が急に小声になった。他の男たちがスープを飲み終え、眠り始めると、二人で暗い部屋の隅に座りこみ、

「ぼくは、二度と火の鳥の力を誰にも使わせない、今度こそそれを守るんだと、この十六回目の世界で誓いました」

「その通りじゃ」

「しかし世界はひどいことになっています。一つ前の十五回目の世界の記憶を持つ兄が独裁者のように君臨しているせいです。兄が歴史の行く末を変えてしまった」

「そう、そうじゃ……」

「ぼくは考えました。火の鳥の力を使えば、再び時を巻き戻し、今の歴史を消し去ることができると」

「なんと！」

「しかし……もしそうしたとしても、兄は次の十七回目の世界でも、やはりまた満州国に君臨し、油田を掘り、日本軍で出世し、他民族から誇りや文化を奪う悪業を続けるのではないでしょうか。きっと同じ歴史が繰り返されるだけ……」

猿田博士が難しい顔をしてうなずく。

「そこで、ぼくは決意しました。博士」

「何をじゃね」

「――兄を殺そうと！」

「な、なっ」

「落ち着いて聞いてください。ぼくらは、間久部緑郎を殺します。それから、火の鳥の力を使い、できるだけ遠い過去まで時を巻き戻すのです。そうすれば、兄は次の十七回目の世界で生き返るが、火の鳥についても、未来で起こる出来事についても、何もかも忘れているはずです」

「なるほど……」

と、猿田博士はうなずいた。「つまり、君はこう考えているのじゃな。まず火の鳥の力を手に入れ、つぎに間久部総司令官を殺し、最後に時を巻き戻す。そして今度こそ……誰も火の鳥の力を使うことのない世界に旅立つのだと！」とささやく。

正人は青い顔をしてうなずき、

「そのために、博士。ぼくらはいちど上海に戻る必要があります。虹口《ホンキュウ》の日本人の租界にです。ぜひ会うべき人物がいると、ぼくは考えている……」


満州国の首都、新京。

大通りを日本兵がザッザッ……と行進していく。道行く人は少なく、兵から顔を背け足早になる。

大通りを進み、郊外に近くなった辺りに、工場施設のような大きな建物があった。中からは、大声で日本語を教える声、教えられた日本語をつたなく繰り返す声が響いてくる。

建物から、大勢に囲まれた間久部緑郎が、胸を張って出てきた。「総司令官、ご視察ご苦労様に存じます！」と頭を下げられ、「うむ」と車に乗りこむ。

車が走りだすと、「再教育施設の視察のつぎは、研究施設か……」とつぶやく。腕を組み、「フフ」と含み笑いをする。

「何もかも順調だ。あぁ、ぼくはなんて賢いんだ。世界を征服するとはこういうことさ！」

と、次第に大きく口を開けて笑い出し、

「雄大なるこの大地の、石油利権も、阿片《アヘン》売買による闇金も、今ではぼくが掌握している。なんて素晴らしい未来にきたんだ！」

研究施設の前に車が到着し、キキーッと音を立てて停まった。緑郎は「石油、阿片の利権のつぎは……」とニヤリとし、身軽な足取りで車から降りた。

「――核だっ！」

施設の前にずらりと集まっていた職員が、一斉に頭を下げる。緑郎は大威張りで施設に入っていく。

研究室に、白衣を纏ったさまざまな国籍らしき科学者が並んでいる。どの顔も怯えていて陰がある。「原子力の実用化は可能だ。ぼくは知っている。だって未来を知っているからな。さぁ、早く核爆弾を開発するんだ。他国に後れをとるな！」と緑郎が檄を飛ばす。科学者たちはうなずき、専門的な説明を始める。

視察を終え、胸を張って廊下を歩きながら、緑郎はひとりごちた。

「石油、阿片、そして核……。権力のための利権をぼくは手に入れつつある。あとは……火の鳥だ！　火の鳥の力こそ、地球で最も尊い、究極の利権！　火の鳥の首を探しだし、手に入れるぞ……」

と目をぎらつかせ、歯ぎしりする。

「そしてぼくは、満州国を足がかりに内地で出世し、総理大臣となり、太平洋戦争における大日本帝国の躍進とともに、世界の王者となるだろう。あぁ、その日はもう近いぞ。アメリカ大陸も、ヨーロッパ大陸も、アジア大陸も、太平洋の島々も、すべて、すべてがぼくの植民地となる。輝く未来はもうすぐそこに迫っている。アーハハ！　アーハハハ！」


大晦日の夕方。上海の三田村家の屋敷。

一階の広間に軍人や経営者らしき日本人が集まり、談笑したり、音楽に合わせて踊ったりしている。中央には緑郎がいて、客人たちと楽しげに話している。

酔っ払った奥方の一人が、地下室に続く階段をみつけて覗きこむ。召使が走ってきて「奥様、ここはお化けが出るそうです」と止める。奥方は「きゃっ」とびっくりして首を引っこめる。

広間の窓の外から、汚れて疲れ切った顔が二つ、こっそり覗きこみ始めた。猿田博士と正人だ……。

広間から聞こえる軽快な音楽に隠れ、「正人くんが会うべき人物と言っていたのは……？」「ええ、義姉《あね》の麗奈さんです」「むむっ」「今の兄にもっとも近づける人物です。麗奈さんを味方にすれば百人力です」「む、しかし……」と猿田博士が小声で呻く。

　二人で、二階のバルコニーによじ登りだす。博士のお尻を正人が力いっぱい押し上げ、つぎに自分が身軽にするする登る。正人はふと「昔、こうしてルイとも、キャセイ・ホテルのバルコニーから忍びこんだことがあったな。もうずいぶん遠いはるか昔のことのようだ。ルイはいまこの大地のどこにいるのだろう……。案外、近くにいるような気もするが、まぁ気のせいだろう」と懐かしそうにつぶやく。

　正人と博士は抜き足差し足で探し回り、「パーティーの場には麗奈さんはいないようじゃな」「ええ」と三階に上がった。と、廊下奥の寝室からかすかに灯りが漏れている。

　正人がそっと覗くと、麗奈がいた。音を立てないようにそーっと、そーっと動き、スーツケースに衣服を詰めているところだ。「義姉《ねえ》さん……？」と正人が声をかけると、ひゃっと飛びあがって、真っ青な顔で振りむき、

「あぁ、あなた！　ちがうの、これは……。あれっ、夫じゃないわ……。まぁ、正人くんなの？」

　途端に、笑顔で駆け寄ってきた。「久しぶりね！　背格好が夫と似ているから、つい……。あなたいったいどこにいたの？　あたしたちの結婚パーティーで会って以来だわ。あれはもう……」と考えこみ、

「五年以上前のことよ。ずいぶん時間が経ったわ」

「ええ。でも、ぼくは、もっともっと時が経ったような気がします」

「わかるわ」

　優しいその声に、正人は黙って微笑んだ。

麗奈がはっとして「あなた、どうしたの。その目……？　年齢よりもずっと大人の顔に見えるわ……。なんだか変よ。夫もここ数ヶ月ずっと変なの。でもあなたもすごく……」とささやく。

「ぼくのことはいいんです……。義姉さん、荷造中ですか？　旅行にでも？」

「ちがうの。あたし家出するのよ」

その声に、廊下にいた猿田博士がつい「何ぃ、家出ですと？」と声を出す。麗奈が「だ、誰？」とぎょっとする。正人があわてて「ぼくの知人で、大陸科学院の研究者だった猿田博士です。信頼にたる人物です」と紹介する。

麗奈は「あら、そう」とベッドに腰掛け、

「あたしね、夜が明ける前に逃げようと、荷物をまとめていたところなの。ねぇ、あたし真剣なんだから、お二人とも笑わないでちょうだい。昔、占いで、夫に殺されるって言われたの……。一九四三年に。それであたし……」

正人はきょとんとした。猿田博士がすばやく腕時計を見て、「なるほど。あと数時間で年が明け、一九四三年となりますな。だからそんなに急いでおられるのですな」と聞く。

「そうなのよ！　ところで、お二人はどうしてここに？　夫に用なら、広間でパーティーの中心にいるわ。ほら、下から笑い声が聞こえる」

正人はぞくっと肩を震わせ、

「いえ。ぼくたちは、兄じゃなく義姉さんに用があってきたんです……じつは聞いてほしい話が……」

猿田博士と顔を見合わせ、二人でおそるおそる話し始めた。火の鳥という伝説の妖鳥がおり、その力が様々な人物に使われ、世界の歴史が変えられてきたと……。麗奈は初めのほうこそ一応聞いていたが、すぐに「何を言いだすの。時間が巻き戻るですって？　そんなことあるわけないわ」と苦笑し、二人に背を向けてまた荷物を詰め始めた。

正人が天井を見上げ、

「あぁ、どうしたら義姉さんに信じてもらえるのか！」

「やだ、泣きそうになって。正人くんったら、ほんとに今夜はどうしたのよ。……そうねぇ、未来を知ってる人にだけわかることを何か教えてくれたら、信じる気になるかも。なぁんてね？」

正人と猿田博士ははっと顔を見合わせた。

二人とも勇んで大東亜戦争の行方について説明しだすが、麗奈は「ソロモン諸島？　オーストラリア？　あたし、よく知らないわ」と肩をすくめる。猿田博士が「お手上げじゃな」と肩を落とす。

正人がふと「待って！　義姉さん自身の運命に……ぼくが知る限り、一つ前の十五回目の世界とちがうところがあるようです」とつぶやいた。

「あら、何よ」

「聞いてください。一つ前の世界では、義姉さんは今年の春か夏、内地に渡ったはずです。詳しい事情は知りませんが、内地の親戚の方が亡くなり、屋敷と広い農園を遺《のこ》してくれた、と聞きました」

「なぁにそれ」

猿田博士が「ふむ。前回とは少し個人の歴史も異なっているようじゃな。今の世界の麗奈さんは、まだ上海の家にいるわけじゃから」と腕を組んで言う。

麗奈は首をかしげていたが、やがて召使が「奥様、お電話です」と呼びにきた。寝室を出て行き、誰かと長々と話し、しばらくして戻ってくると、妙に青い顔をしている。

「麗奈さん、どうしました……？」

「内地から連絡があったの。母の双子の姉、朝顔伯母さんが、昨夜亡くなったと」

麗奈は二人の顔を不安そうに見比べ、

「ご遺言で、広島のお屋敷と農園を、姪のあたしに遺してくださったそうよ」

正人と猿田博士が、あっと顔を見合わせた。

麗奈はふらふら歩き、ベッドに座りこみ、「一体どういうこと？　なぜこのことを先に知ってたの？　あなたたち、怖いわ……」と肩を震わせる。

正人が足元の床に膝をつき、下からその顔を覗きこんで、「義姉さん、ぼくらの話を聞いてくれませんか。聞いた上で信じないなら、仕方ない。ぼくらはどうしても義姉さんの助けがほしいけど……」とかきくどく。麗奈は恐ろしそうに正人の顔を見下ろし、長いあいだ黙っていたが、やがて「あぁ、あぁ！　あたし、もうわけがわからない！　わかったわ。正人くん、話してちょうだい」とささやいた。正人はほっとし、階下の人々に聞こえないよう、小さな声で、

「ええ。時は今から五十年以上を遡ります……。まずは一八九〇年の春。すべての始まりとなっ

た、桜散る晴れた夜の出来事から話さねばなりません。義姉さんの父である三田村要造氏が、幼なじみであり、兄の緑郎とぼくの父に当たる田辺保の誘いで、銀座に出かけ、のちに妻となる夕顔さんと運命的に出会った、ある春の夜のことからです……」

「えっ、父？　あたしの両親も出てくるの？　それにあなたたちのお父様まで？」

「そうなんです。今起こってしまっていることのすべては、あの夜始まったのです……」

と正人は、あの日、タクラマカン砂漠の楼蘭遺跡で、王女マリアと三田村要造の口から聞いた〝火の鳥〟をめぐるこの大地の長い長い物語を、麗奈に聞かせ始めた……。

……やがて、真夜中になった。「……そうして、十六回目の世界のぼくと、猿田博士は、昨夜上海にもどってきました。義姉さんの力を貸してもらいたくて。そういうわけです」と正人はようやく語り終わった。

階下では、まだ音楽が切れ切れに鳴り、パーティーに残った客の笑い声もかすかに聞こえてくる……。

麗奈は蒼白な顔をし、じっとうつむいている。「なんてこと……。とても本当だとは思えないわ……。でも思い当たる節がある……」「本当ですか」「ええ。父は確かに一九三八年に西方の地で謎の客死を遂げた。まさか芳子お姉ちゃまに撃たれて亡くなったなんて知らなかったけど……」と呻く。「それに、父は昔から、酔うたび『妻は本当は別の男と結婚するはずだった』『鳥の力を借りて奪ってしまった』『自分は夕顔泥棒だ』とうわ言みたいに繰り返していたわ！　鳥って何のことかしらと、あたしも姉兄《きょうだい》たちも妙に思ってたの。それから、あたしが生まれる直前に、父がなぜか『逆子だ』と予言し、産婆さんがおどろいたとも聞いたことがある……」などブツブツと話し続ける。

蒼白な顔を上げ、

「正人くん……。あなたの話がほんとなら、あたし、あたし、一つ前の世界で、死んだのね！広島で、アメリカの新型爆弾にやられて……」

「え、ええ……」

「あたし、あたし、死んだんだわ。そう、そうなの……」

麗奈の両手が震える。

そこに猿田博士が近づき、「麗奈さん、悪魔のように闇に君臨し、世界の行く末を変え続けたあんたの父、三田村要造総師はもうこの世にいない。今の問題は、夫の間久部緑郎総司令官なのじゃ。奴は未来についての記憶を利用し、關東軍内で出世し、満州国を思い通りにしている。わしらはそれを阻止したいのじゃ。あんたは、間久部緑郎のそばにもっとも近づける女じゃ。頼む、わしらに協力してくださらんか！」と言い募る。麗奈は震えて「あたしには絶対むりよ！」と首を振る。「汐風姉さんなら、強い人だから、あの日父と勇敢に戦ったように、夫とも戦えるわ。でもあたしなんか……」としくしく泣き出す。

正人が「そんなことはない！」と麗奈の手を握りしめ、

「義姉さん、ぼく、ぼくは、結婚パーティーで義姉さんを初めて見たときのことを覚えてます。昨日のことみたいに鮮明に。あの日、あなたは凜《りん》とし、堂々と、強い目をして立っていた。その義姉さんが弱いだなんて、ぼくには信じられない」と小声で叫ぶ。

麗奈はびっくりし、「まぁ。そんなこと生まれて初めて言われたわ。両親も、姉兄も、みんな、あたしのことを何もできない子だと思ってて……」と首をかしげる。

青白かった顔に、少し赤みがもどってくる。

部屋の中を歩き回り、考え、つやつやの髪をかきあげて首を振り続け、やがて「ねぇ」と振りむく。

「火の鳥の力を使うためには、二つのものが必要だってことよね？」

「その通りです」

「一つは、鋼鉄鳥人形。二つめは、鳥の首がミイラ状になったもの」

「そうじゃよ」

「聞いて。鋼鉄鳥人形ならこの部屋にあるわ！」

正人と猿田博士がぎょっとし、辺りを見回す。

博士が、寝室の壁際に置かれているミニチュアの城のような建物をみつけ「む。これかね……？」とつぶやく。

「ええ。夫が作って、ここに隠したの。鋼鉄鳥人形、〝エレキテル太郎十一号〟だと言ってたわ」

猿田博士が近づいて性能を確認しだす。「ふむ、問題ない……。後は鳥の首のミイラをみつけて……」とうなずく。

麗奈が腕を組んで考え、

「それもどこにあるか知ってるわ」

猿田博士がぎょっとして振りむく。

「何っ。いま何と？」

「鳥の首のミイラがどこにあるか知ってるって言ったのよ！　この家の地下室よ」

「いったいなぜじゃ？」

「芳子お姉ちゃまと、ルイという男の子を、数日前から匿《かくま》ってるの。お姉ちゃまは、丸くて乾いた土の塊みたいなものを大事そうに抱えていらっしゃるわ」

「川島芳子だと！　そうか、では、鳥の首のミイラは川島芳子とルイくんが楼蘭王国から持ち去ったのじゃったか」

正人がうろうろと歩きまわり、

「つまりです。義姉さん、猿田博士。いまこの三田村家に、鋼鉄鳥人形と鳥の首のミイラのどちらもあるということですね。それなら……ぼくらは今夜あの作戦を遂行できる……」

と、二人の顔を順にみつめる。

「時を巻き戻し、いまの世界を消すことができる。兄さんが再び悪事に手を染めぬよう、火の鳥についての記憶を消すため、に、兄さんを……」

と、言いかけて、ぶるっと震える。

麗奈も、また顔を蒼白にし、へなへなと腰を抜かすように床に座りこむ。そして蚊の鳴くような声で、

「あの人を、殺すのね……？」

一階の広間では蓄音機が軽快な音楽を奏で続けていた。最後の来客が「すっかりお邪魔しまして」と帰って行き、召使が扉を閉めると、緑郎は満足そうにソファに腰掛け、ふぅっと息をついた。

召使が蓄音機を止める。

急にしんとする。

緑郎が壁掛け時計を見上げ、

「もう新年か……。今年はもっとすばらしい年になるだろう！　間久部総司令官の躍進の年だ！征服と支配、そして富と権力の年。アーハハハ！」

と緑郎はそっくり返って笑った。

ふと立ちあがり、「おやっ」と窓の外を見る。ピカッと何かが光った。

遠くでかすかな雷鳴が聞こえ、

「嵐がくる……」

と緑郎はつぶやいた。うつむいた横顔にふと陰がかかる。

「おい、酒を注いでくれ。食後酒ならぬ、宴《うたげ》のあとの酒だ」

「あたしがお出しするわ。あなたたち、もう寝ていいわよ」

と妻の声がして、緑郎は「むっ」と振りむいた。

黄緑のチャイナドレスを着た麗奈が、階段の中ほどに立っている。「なんだいまごろ！　宴には顔を見せなかったくせに」「あら、おかんむりなの」「当たり前だろう」「みなさんもうお帰りなのね。あたしたち夫婦二人だけ。それなら……」と麗奈が妖艶《ようえん》に微笑み、片手を差しだす。

「跳舞吧《テオーウバ》！」

緑郎はその顔を眩しげに睨みつけた。だが、麗奈がゆっくり階段を降りてくると、立ちあがり、蓄音機で音楽をかけ、妻の手を取った。「冷たい手だ……。そう、君の手はいつだって冷たい」「あらそう？　あなたの手はいつも熱いわ」「ぼくと踊るとは、まったくどういう風の吹きまわしだ？」「意味なんかないわ。気まぐれなだけよ」と麗奈が魅惑的な声で答える。

やがて音楽が終わると、麗奈は緑郎に背を向け、グラスに酒をつぎ始めた。緑郎がその背中をじっと観察している。麗奈は「宴のあとのお酒は格別よ。乾杯しましょ」と振りむき、グラスを差しだした。

緑郎が「……ぼくのはそっちにしろ」と麗奈のグラスと交換した。麗奈は「まっ、なんでしょ」とあきれたように片眉を上げ、交換した緑郎用のグラスの酒をぐいっと呷った。

緑郎はそれを見てから、にやりとし、麗奈用のグラスの酒を飲んだ。

麗奈は微笑んでいるが、手だけが、カタカタと震え始める。「そう……さすが弟だわ」「む、弟？　なんの話だ？」「正人くんのことよ。あなたは賢いし、用心深い人だから、きっとあたしのグラスと交換したがるだろうって……。誰よりもあなたのことを知ってるのね」「何？　正人がなんだ？　あいつ、いまどこに……ウッ！」と緑郎が呻き、グラスを取り落とす。

大理石の床に落ち、グラスが粉々に割れる。

「ウ、ウー……」

と緑郎が喉をかきむしり、眼球が飛びださんばかりに目をカーッと見開く。手の指を鉤爪のようにして麗奈に向かって伸ばし、「ウウーッ！」と呻く。

麗奈もグラスを落とし、ガラスの破片だらけの床にへなへなと座りこむ。むっちりと白いふくらはぎのあちこちから血が滲む。腰を抜かしたように「あ、あっ」と後ずさり、震えて夫を凝視する。

「ご、ご、ごめんなさい。あたし、あなたを、殺さなくちゃいけないの」

「な、なぜだ……。そんなに、憎いかッ……。そこまで……」

「ちがうの。大丈夫、大丈夫よ、あなた！　い、いき、生き返るから……。火の鳥の力で、とっ、時を、ま、巻き戻して……。つぎの十七回目の世界で、生き返るのよ……」

「ウッ……なにぃっ。なぜ、き……君が知ってる？　火の鳥のことをっ。時が巻き戻る秘密のことをっ。なぜっ……。君がーっ……」

「正人くんたちに教えられたの。ねぇ聞いて。あなたは、火の鳥のことや未来の歴史のことを忘れて生き返るの。だから、いまみたいな恐ろしい独裁者にはもうならないわ。十七回目の世界で、また会いましょう……」

「いやだーっ。忘れるのは絶対にいやだーっ。ぼっ、ぼくには、ぼくには、火の鳥の力が必要なんだーっ。ウッ……王国の、王に……皇国の、皇帝に……」

と呻きながら、緑郎がずるずると床を這い、麗奈に近づいていく。麗奈は恐怖と嫌悪で動けないまま、目を見開いて夫を見ている。「軍事国家の、最高、責任者に……」と緑郎は喉をかきむしり呻き、苦しく息をし、「あぁ、そうかぁ！」とカッと目を剝いた。

「占いは、ウッ……あ、当たった！」

「えっ、何？」

「一九四三年、ぼくら夫婦のどちらかがどちらかを殺すと。ぼくは嘲笑ったが、君は頑固に信じていたな。君が、君が正しかった……。見ろ！」

と壁掛け時計を見上げ、

「年が明けた。もう一九四三年だ。君が、ぼくを、殺すんだ……ウーッ……」

緑郎は力尽きたように床に倒れた。麗奈は這って逃げようとする。緑郎が呻き、転がり、「目が、もう目が見えんっ……」とむちゃくちゃに手を伸ばす。その手が暖炉の火に触れ、袖に火が燃え移る。

「あっ、あーっ。熱い、熱いぞっ……」

緑郎の体が火に包まれていく。麗奈は椅子によりかかってなんとか立ちあがり、「あぁ……」と涙を流して震え続ける。

と、階段からバタバタと猿田博士が降りてくる。「どうですかな。麗奈さ、ん……。あぁっ」と緑郎の姿に呆然とし、それから「これは急がねばならん。邪魔が入らぬうちに！」と転がるように走って地下室に続く扉を開ける。階段を駆け降りる足音がし、すぐまた走って上がってきて「川島芳子とルイがおった。よく寝ていた。麗奈さん、鳥の首をみつけたぞ！」と丸く乾いた土くれのようなものを掲げる。麗奈が歯をカチカチ鳴らしながら「そう、それよ……」とうなずく。

猿田博士が、急いで寝室へと、階段を駆けあがっていく。

火が緑郎の体からカーテンや絨毯に燃え移り、広間のあちこちに広がっていく。

地下室に続く階段を誰かが駆けあがる足音がする。麗奈は震えて足をもつれさせながらも、「いけない。芳子お姉ちゃまとルイが、気づいたわ……」と走り、間一髪で扉を閉め、外から鍵をかけた。

「誰かっ。開けろ、ここを開けろーっ」

と、芳子の声が響く。麗奈は扉に背をつけ、涙を流しながら、

「開けられないわ。芳子お姉ちゃま、あなたが好き。ずっと、ずっと大好きよ。でもあたし、開けられないわ！」

「なっ、麗奈サンか？　なぜだ。なぜキミが……。おいらたちの味方のはずだろう！　開けてくれーっ、おいらの大事なものが盗まれたんだっ。清王朝を再興するために、おいらとルイくんが命をかけて手に入れたものがーっ」

「お姉ちゃま、あ、あなた、あたしの父を、撃ち殺したって本当？　五年近く前のこと、タクラマカン砂漠で父は客死したわ。あなたが、あなたが……」

芳子の声が別人のように低くなる。

「……そうとも。殺してやった。日本人には恨みがある。とくに、阿片や兵器で血塗られた財産を築く死の商人、我らの大地を食い物にする悪い奴らにはね」

「でも、でも、このあたしの父なのよ。あたしたちはよいお友達だったはず……」

「いいからここを開けてくれっ。話はそれからだ。麗奈サンっ」

麗奈は涙を流し、首を振った。「開けられないわ。これから時を戻すの」「なにっ？　なぜキミが火の鳥のことを知ってる……？」「時を、時を戻すの。芳子お姉ちゃま、ごめんなさい。さよならっ」とつぶやくと、麗奈は火に包まれていく広間を抜け、よろめきながら階段を上がっていった。

扉の奥から、芳子とルイの「熱い！　熱いぞ！」「外で火事が！　皇女さまどうぞお下がりください。ボクがっ」という声と、扉に体当たりするような音と振動が響きだした。


「正人くん、あったぞ！　火の鳥の首じゃ！　これを使って、わしら二人で、いますぐ時を巻き戻し……。正人くん？」

額から汗をぽたぽた垂らして、寝室に猿田博士が戻ってきた。と、正人は兄が作った鋼鉄鳥人形の傍らの床に壊れた人形のように力なく倒れていた。博士が「正人くん、どうしたねっ？」と飛びつき、脈をとる。

「まさか！　正人くんっ……」

あわてて抱き起こすと、正人が握っていた薬瓶がコトリと床に落ちた。

「どういうことじゃ？　一体なんじゃ？」

猿田博士が混乱し、声を上げて泣き始める。しゃくりあげながら正人の懐を探ると、博士宛の分厚い手紙が出てきた。日本語で書かれている。

博士は震える手で開き、手の甲で涙を拭きながら、読み始めた。

「なんと……」

そこに、麗奈も寝室に戻ってきた。恐怖と熱さで目が異様にぎらぎらし、つややかな頰を涙がとめどなく伝っている。「どうしたの？　まぁ、正人くん……」と駆け寄り、呆然と博士のほうを見る。

博士が力なく手紙を差し出し、

「間久部正人くんは、一足先に旅立った。わし宛の手紙を遺し……。麗奈さん、こう書いてある。〝ぼくは一つ前の世界で、世界平和ではなく、日本人の同胞のためだけに時を巻き戻しました。ぼくは長らく、自分を理性的な人間だと自負していたが、じつはそうではなかったことを、深く恥じております〟と」

「なぜ？　同胞のことを思うのは当然の人間らしさじゃないの！」

麗奈が悲鳴のように叫んだ。

「続きがある。〝このようなぼくには、次に訪れる世界でも、火の鳥についての記憶を持ち続けている権利はないと考えます。覚えていれば、またもや自らの感情の赴くままに使ってしまうかもしれない。ぼくは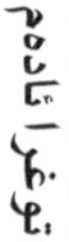《トグラアデム》（正しい人）であろうともがき続ける人間でした。しかし、同時に、とても弱い人間でもあったのです〟」

「まぁ……」

「〝そして、事情があるとはいえ、血を分けた兄の殺害に関与したことも、ぼくの罪です。そこでぼくは死を選ぶことにしました。兄もぼくも、次の世界では火の鳥の力についてすべて忘れています。どちらも、火の鳥の力を使うことは二度とないのです〟」

麗奈は「正人くん……思いつめていたのね。かわいそうに……あぁ、かわいそうな人だわ」と涙を拭いた。

「〝次の世界に行くためには、誰かが鋼鉄鳥人形のレバーを引かねばなりません。博士、どうかお一人でお願いします。弱いぼくを許してください〟」

と博士が読みあげる。

それから圧倒されたように鋼鉄鳥人形を見上げ、「わしが一人で……」とつぶやき、黙る。

しばらくして、首を振り、

「最後に、麗奈さんのことも書いてあるのじゃ」

「な、なんて？」

「うむ……〝毒薬はまだ残っています。博士、義姉さんに渡してください。もし、このことを覚えたままつぎの世界に行くのが負担となるようなら、使ってくださいと。それから、義姉さんに、巻きこんで申しわけなかったと伝えてください〟」

「正人くん……」

と麗奈は洟を啜り、手紙を受け取って、何度も読んだ。それから毒薬の瓶を拾い、「そうね。父の代から続いていた恐ろしい秘密を、夫も、正人くんも、みんな忘れて、家族の中であたしだけが覚えているなんて。そんなのいやだわ。それに、この手で我が夫を殺した記憶なんて忘れさってしまいたい。あたしだって、いいえ、あたしこそ、弱い人間ですもの。あなた……正人くん……あたしもいまいくわ……。つぎの世界で会いましょう。すべて忘れて……」とつぶやく。

毒薬の瓶を開け、目をつぶり、震えながら、ゆっくり飲もうとする。

口紅の輝くつやつやした唇に、毒薬が、ぽたりとかかる……。


そのころ、一階の広間では……。

「やぁ、失礼。帽子を忘れましてな。内地で仕立てたお気に入りの……」

と言いながら、ほろ酔いの赤ら顔の洲桐太が入ってきた。めらめらと燃えだしているカーテンや絨毯を見てポカンと立ち尽くす。「火事だ。火事だぞっ！」と叫び、それから、右腕を伸ばしたポーズで床に倒れている火だるまの人間に気づき、目を細める。

「あれは間久部総司令官か……？　おぉ、もう手遅れか！」

火の粉に苦心しながら、一歩、二歩と近づき、

「誰がやったんだ……？　山本五十六と石原莞爾はこの手で片付けたが、今回は私じゃないぞ」

とつぶやき、燃えている緑郎を、見下ろす。

それから次第に「フッフッフッ」と腹の底からの笑い声をあげ始め、

「あんたも、戦場で死ねずさぞ無念でしょうなぁ。私はじつは軍人が大嫌いでね。鳳凰機関の先人たちと同じく、あんたも志半ばで力つきるとはねぇ……。フッフッフッ」

と笑い、帽子を見つけて丁寧に被ると、つばに手を当て「では失礼。これからの満州国は私に任せてくださいよ、間久部総司令官。それに三田村財閥の利権もです。そうだ、未亡人となる麗奈くんと、私の息子を婚姻させよう。そして三田村財閥の経営権をこの手に……」とつぶやきながら、部屋を出ようとする。

と、そのとき。

ばんっと音がして、地下室に通じる扉が吹っ飛んで開いた。中から、ルイが転がりでてきた。

「開いたぞ、開いたーっ！」と叫び、振りむき「皇女さま、早く！　火が、火がっ！　誰かが床で火だるまになってる！」と叫ぶ。

洲がぎょっとし、懐からばたばたと銃を取りだし、ルイの背中に向ける。バンッ、バンッ、とあわてて撃った二発は当たらず。ルイが驚き、地下階段から飛びだしてきた川島芳子の前に「危ないっ！」と立ちふさがる。

バンッ！

三発目が、ルイの腹に命中した。ルイは「う……」とばたりと倒れ、痙攣《けいれん》しだした。

芳子が「貴様ぁ！」と目をぎらつかせ、銃を取りだして構え、撃った。

弾は大きくそれ、天井から吊り下がる金色の鳥カゴに当たり、金属音と共にはねかえって、斜め後ろから洲の後頭部にめりこんだ。洲はにこやかな笑みのようないつもの表情を浮かべたまま、糸が切れた人形のように、燃える床にごとっと倒れ、動かなくなった。

洲の服にも床の火が移り、ゴーッと音を立てて燃え始める。

「ほら……。百発百中のヨシコちゃんさ……」

と芳子が嘯く。

それから、床に倒れているルイを助け起こす。「ルイくん、しっかりしろ。外へ、外へ逃げるぞ」とささやくが、ルイは目を開けられず、「ボク、もう……」「生きるんだ！　がんばれ。もう少し、生き延びるんだ！　ルイくん、麗奈サンはさっき時を巻き戻すと言った。時を巻き戻される瞬間まで、生きていれば、つぎの世界でも前の世界までの記憶を持ってられるはずだ。もう少しがんばるんだ、ルイくん！」「皇女さま、さきに、外へ逃げてください。ボクは……」「同胞を見捨てるものか。それに、おいらたち、ここまで二人っきりで生きてきたじゃないか。おいらにはもう皇国はなく、おいらの臣下は、ルイくん、キミ一人なんだぞ」「皇女さま、時が巻き戻ったら、今度こそ、清王朝を復興させてくださいさい。満州国なんてくそっくらえだ！　あれはボクらの故郷、ボクらの大地だ！　そして、できれば……」「なんだい」「ボクの、頼みを……」「言うんだ。なんでも言ってくれ、ルイくん！」「つぎの世界で、ボクがすべてを忘れてしまっていても、どうかお願い、ボクを探して……。もう一度、あなたの臣下にさせてください。この数年間というもの、ボクは奇跡のように幸せでした。故郷で売られてから、ずっと、ボクは何者でもなかった。心は死んでいた。でも皇女さま、あなたと出会え、仕えることができた間、ボクは満ち足りていました。皇女さま、時が戻ったら、上海のフランス租界の大世界《ダスカ》で富察逸伊を探してください。そして、あなたに仕えるよう、命じて。するとボクは再び幸福になれるのです。皇女さま……」「わかった。わかったとも、ルイくん……」と芳子はうなずいた。

ルイが安堵したように微笑み、動かなくなると、芳子は炎に包まれていく広間で、天井を見上げ、目の端から涙を一滴、流した。

「ずいぶん遠くにきてしまったな……。そしてまた時が戻り、さらに遠くへと流されていくのか。つぎの世界は、いったい、どんな……」

と目を細め、呆然と、

「あぁ、有家不得帰《ユーチアプートーコイ》（家はあれど帰れず）、有涙無処垂《ユーレイウーチユーチョイ》（涙はあれど流せず）……っ！」

と、震える声で歌いながら、外へと逃げていった。


三階の寝室で。

いままさに毒薬を飲もうとしていた麗奈が、はっとした。「……下から銃声がしたわ！」「うむ。誰かきたようじゃ。そして武器を手に争っておるぞ」と猿田博士と小声で言いあう。

麗奈が廊下に出て、手すりから身を乗りだし、一階の様子を窺う。「大変！　洲さんが倒れて死んでるわ……！　何が起こったのかわからない。それに火もどんどん広がってるわ」と寝室に駆けもどる。

　麗奈が毒薬の瓶を握り、急いでまた飲もうとする。

　と、その寸前に、猿田博士が「ままま、待ってくれ」と麗奈を止めた。

　麗奈は「えっ？」と夢から覚めたように目をぱちくりした。

「あの、麗奈さん。わしを、わしを、一人に、一人にせんでくれんか……。わしは、怖いんじゃ……」

「まぁ！」

　と仰天する麗奈の手首を、博士は両手でぎゅっとつかみ、「怖くてたまらないんじゃ。火の鳥の力について誰も知らない世界がやってきて、わし一人だけが知っている……そんなの、恐ろしすぎるんじゃ！」「だって、あなたみたいな立派な科学者が……あたしに頼るの？」と麗奈は戸惑ったが、ふと「正人くんから聞いた、父の物語の中でも……若かりし父は、田辺保工学博士や祖父がすべてを忘れてしまい、自分一人が火の鳥の力について知る存在になったとき、とても怯えていたわ。そう、そうなのね……」とうなずき、

「わかったわ。猿田博士、鋼鉄鳥人形のレバーを引くとき、あたし、一緒にいてあげる。そしてあたしも、すべてを覚えたままつぎの世界に行くわ」

「よかった！　君はわしの恩人じゃ……」

　二人は震え、涙を流しながら、みつめあった。

　それから立ちあがり、鋼鉄鳥人形のレバーに手を伸ばし……。

二人で、その手に力を込めた。

「行くぞ」

「ええ、ええ。行きますとも。つぎの世界へ」

二人とも涙で顔がもうぐしゃぐしゃになっている。励ますように声を掛け合い、ぐっとレバーを……。

「フェ、フェ、フェニックス……」

「……フ、フ、フ、フライじゃーっ！」


間久部緑郎は、全身を炎に包まれ、どこともしれぬ真っ暗な空間に浮かんでいた。（熱い、熱いーっ……。燃えているっ）ともがき、宙に腕を伸ばす。

すぐそばに何かの気配を感じ、（誰だっ?）とささやく。

女性のようだ。

火が燃え盛る音の向こうから、遠く、かすかな、声が聞こえる。

（緑郎……。緑郎……?）

（えっ、母さん？　母さんかい）

と緑郎が目を見開き、

（アァ、母さん。熱い？　熱くないかい？　あの日、ぼくは、ぼくは……）

と炎の中で身悶える。

すると、目には見えないふわりととてもやわらかな羽のようなものが、緑郎の頬を一瞬撫で、またどこかに飛び過ぎていった。

涼やかな羽音も聞こえる。

再び近づいてくる。ぶわっと風が起こる。

（熱くないわ……）

（誰だい？　母さん……？　いや、麗奈……？　そこにいるのは、誰……）

（もう眠りなさい、緑郎……）

（眠るだって？　いやだ、ぼくは……忘れたくないっ。せ、世界を、この手に……）

（いいえ、あなたは忘れるのです。さぁ、眠って。緑郎……。わたしの子、地球の子。さぁ、おやすみ）

（い、や、だーっ……）

と緑郎は両腕を遠くに伸ばしながら、どこともない真っ暗な深淵へとどこまでも落ちていった……。

七章　広島

満州国の首都、新京。空気はシンと凍え、關東軍司令部ビルの三角屋根に雪がうっすら積もっている。一九三七年十二月——。司令官室から東條英機の大声が聞こえてくる。

「我ら大日本帝国軍は、支那事変（日中戦争）において北京、上海、南京をつぎつぎ制圧。大アジアにその力を示しつつある！」

部下たちの「ハッ」という返事が響く。

「国民政府と蔣介石は武漢など内陸に逃げた。我らも内陸に攻め入り、奴らを完膚なきまでに倒すのだ。そして支那（中国）にも満州国のような政権をつくる！」

司令官室の机に、東條英機司令官がそっくり返って着き、部下たちは直立不動で聞いている。その中に石原莞爾参謀次長もおり、「いや、それはダメだ。東條サン……」と反論しだす。

「あんたはつくづく実戦を知らん大将だな。戦場ってのは机上の地図とは違うのだ。大地には山脈に大河に深い谷、雨季、夏の灼熱、それに凍える雪がある……。兵士だって、生きた人間ひとりひとりだ！　物資補給と休養も必要だぞ。無茶な進軍は勝利を内側から敗北に変えるのだ」

「なんの！　我々は皇軍。すなわち神の軍隊だ。敵の戦闘機さえ、精神の力で、一睨みで、落とすぅ！」

「きっ、貴様、いい加減に……」

と言い争う二人の声が、どんどん大きくなり、ビル中にワンワン響き渡る……。


新京の中心街に建てられたホテルのレストランに三田村要造がのしのしと入ってくる。その後ろを、娘婿の間久部緑郎が秘書のようについてくる。奥の丸テーブルから道頓堀鬼瓦が立ちあがり、笑顔で手を振った。

要造が機嫌よくテーブルに着くと、緑郎もいそいそと隣に座る。

「今日はお気に入りのお婿さんもご一緒ですかね」

鬼瓦がからかうと、

「うむ。事変も落ち着いてきたようだし、そろそろと思ってね。緑郎くんも商談に同行させたのだ」

と要造はうれしげにうなずいた。

「わしの見立てでは、緑郎くんは豪胆な人間だ。軍人としても優秀だが、商売向きでもある。比べて我が長男の硝子は、慎重派。そんな両極端の二人が三田村財閥の両輪になってくれれば、わしも安泰だよ」

その言葉に、緑郎が「お義父《とう》さん。お誉めいただき恐縮です」と不敵に微笑む。要造は頼もしそうに緑郎の横顔を眺める。

三人が「では我が国の勝利に！」と紹興酒で乾杯したとき、店内に海軍の軍服姿の一行が入ってきた。緑郎が席を立ち、直立不動となる。「誰だね」「真ん中の男はことに迫力がありますなぁ」と要造と鬼瓦に聞かれ、小声で、

「あのお方は、海軍の山本五十六次官であります……」

山本五十六が丸テーブルに着く。柔和な笑みを浮かべているが、いかにも歴戦の大将といった凄みも漂っている。部下たちも続いて席に着く。三田村要造は「ほう、あれが山本サンか」としばし感心して眺めていたが、やがて大皿料理がどんどん運ばれてくると、テーブルに向き直り、「午後からも忙しいぞ。緑郎くん、しっかり食べて備えてくれたまえ。それから、この道頓堀鬼瓦サンから大陸商売のコツを教えてもらうのだ。わしも内地からきたころ世話になってな……」

と、またせわしなく話し始めた……。


「うぅー……」

三日後。上海のフランス租界。路地裏にある薄暗い阿片窟《アヘン》の隅で、愛新覚羅顕玗こと川島芳子が気だるく寝返りを打っている。「この匂い……阿片か！　おいら、もう何日ここにいるんだい……？　頭が、頭が、ぼんやりして……」と起きあがる。呻き声で「いまは何年何月だ？」と聞くと、遠くから誰かが「一九三七年、十二月……」と答えた。

芳子は両手で顔を覆い、

「あぁ、また時が戻ったか！　ここはもう十七回目の世界だ。麗奈サンが、我々から鳥の首を盗み、実行した……。あのご令嬢もなかなかやるな。見直したぞ。しかし……」

と、手を下ろし、両目をぐっと見開く。

「さっきまで、一九四二年の大晦日、いや、明けて一九四三年になったばかりだった。そこから五年と少し時が戻ったわけか。いまは一九三七年十二月――。日本軍が上海を制し、南京も陥落させ、勝利の美酒を飲んでいるころだ。さてそれで、火の鳥の首についてまだ覚えているのは、誰と誰だ？　ご令嬢の麗奈サン、それに……？」

と芳子はふらつきながら阿片窟を出た。華やかなフランス租界の夜をよろよろと歩き出す。

そこに、通りの向こうから、日本陸軍の軍服姿の青年と、背広を着た少し年上の男が歩いてきた。「ええ。いま新京から戻ったのです、義兄《にい》さん。大陸商売を覚えろと、お義父さんが道頓堀さんに……」「ほう、そいつはご苦労だったね」と話す声がする。

芳子は「あの声は、た、大将か？　まずいぞ……こんなところで捕まっちゃいけない！」とビクッとし、隠れようと看板やゴミ箱の陰を探した。あわててゴミ箱を倒し、ゴミが散乱する。緑郎が「おい、気をつけろ」と怒号をかける。芳子の顔を見て「おや、おまえは？」と首をかしげるが、さほど気にせず通り過ぎていく。隣を歩く三田村硝子に「あれは關東軍でもよく知られた女ですよ。清王朝の皇女で、金次第でスパイになると……」と説明しながら通り過ぎていく。

芳子は、ゴミ箱の蓋を武器のように握って震えていたが、やがて蓋から顔を覗かせ、「間久部緑郎……。どうやら火の鳥に関わることすべてを忘れてるようだな」と緑郎の後ろ姿をこわごわ眺めた。

「ということは、大将は前の十六回目の世界で、し、死んだのか！　ふぅむ、なるほどなぁ」

と、うなずく。

びくびくと反対方向に歩きだしながら、「しかし、大将が覚えていなくとも、この十七回目の世界で火の鳥のことを覚えてるヤツがまだいるはずだ。よし、急いでタクラマカン砂漠に旅立とう。今度こそ、火の鳥の力を手に入れ、清王朝を復興させるために……」とつぶやく。

寒々と暗い夜道を急ぐ。フランス租界の大世界《ダスカ》に着き、「ルイくん？　いないのかい」と京劇役者の富察逸伊《フーツァルイ》を探し回る。姿がないので、馴染みの上海マフィアに聞くと、どうやらルイは青幇のボス黄金栄《ワンジンヨン》の任務を得て遠方に行っているとのことだった。

芳子は途方にくれ、

「ルイくん……。キミも一つ前の世界で死に、記憶をなくしているはずだ。だから、この事態に気づいて遠方から帰ってきてくれたりはしないだろう。すまないが、いまはキミの帰りを待てない。一人で楼蘭王国に行くぞ。そして火の鳥の首を手に入れ、上海に戻り、キミをみつけたら……約束通り命じるよ。また僕《しもべ》になれ、とね。なぁ、また二人で面白おかしく冒険しようぜ。遠い故郷の夢も、ルイくん、キミと二人で見るときゃ、まるで現実のようだったなぁ」

と芳子は寂しげにつぶやくと、がっくり肩を落とし、大世界を後にした。

同じころ。外灘《バンド》のダンスホール。チャイナドレスに身を包んだ麗奈が激しく踊っている。額から玉のような汗を流し、化粧が滲んでいく。店内には日本人客も多く、日本軍が上海と南京を陥落させたことを祝って、「我が国の勝利に！」と大声で乾杯を繰り返している。

麗奈は汗と、知らず流れる涙を人差し指で拭き、

「みんな、知らないのね……いまが十七回目の世界だってこと！　あたし……一九四三年からきたのよ。時が巻き戻ったの！　こわい、こわいわ。誰か、誰か、誰かそのことを覚えてる人はいないの？」

でも答える声はない。麗奈は涙を拭いては、周りの誰彼かまわず「跳舞吧《テオーウバ》！（踊りましょ）」と誘い、フロアに飛び出す。やがて音楽がスローなテンポに変わると、ソファにぐったり座りこみ、「それにあたし、夫を殺したのよ。あぁ、こわい、こわいわ……」と怯えた子供のように泣き始めた……。


ガタタン、ゴトトン……満州鉄道の揺れる車内。疲れ切った顔の猿田博士が窓際に一人腰掛けている。車内は關東軍兵士や日本人の商人で混みあい、様々な話し声が響いている。博士は「十七回目の世界のわしは、満州国の大陸科学院で研究中じゃった。とりあえず、急いで上海に戻り、麗奈さんのご様子を伺わねばな……」とつぶやく。

「間久部緑郎と正人の兄弟は、前の十六回目の世界でともに命を落とし、火の鳥の記憶を失った。鳳凰機関メンバーの東條英機、洲桐太もじゃ。この十七回目の世界で火の鳥のことを覚えているのは、おそらくわしと麗奈さんと……」

とつぶやきながら、眠そうに欠伸をする。

そのとき、ガタタン！　車両が揺れた。

線路がゆったりカーブし、窓の外に、雄大な大地いっぱいの巨大な夕日が現れた。地平線に半分隠れ、炎の玉のように燃え盛っている。それをみつめる猿田博士の目にも揺れる火が映った。眠そうだった博士の目が、次第に見開かれていく。夕日をみつめ「いや……？」とつぶやく。

「ちがうぞ……。この世のどこかに、火の鳥のことを知っており、未知のエネルギーを使って歴史を改変し続けようとする者たちが、存在しておる気がする。何者かの気配と意志を感じる。誰じゃ。それは誰じゃ？　む、むむ……」

と、博士は戸惑って車内を見回した。周りの兵士や商人は、賭博《とばく》をしたり居眠りしたりと思い思いに過ごしている。

博士は首を振り、

「大変じゃが、わしはもう一回、タクラマカン砂漠に旅をせねばならん。そんな気がしてきたぞ……。火の鳥の首を持ち帰り、今度こそ安全な場所に隠すのじゃ。この列車を降り、行き先を北西に変えよう……。麗奈さんに手紙を送らねばな。旅を終えたら上海に戻る、そのとき会おう、と」

猿田博士はそうつぶやくと、決意を込め、白髭を両手でぎゅっと握りしめた。

——支那事変（日中戦争）は続いた。

日本軍は上海、南京に続き、さらなる内陸へと戦場を広げ始めた。南京から揚子江を西へ遡り、武漢、そして重慶へ……。蔣介石の国民政府によって大陸の奥に奥にと誘いこまれていった。

イギリスやアメリカは、アジアで日本の影響力が増大することを警戒し、イギリス領ビルマを伝って国民政府に物資援助をした。日本軍は、いくら敵を叩きのめしても、援助によって息を吹き返されることの繰り返しとなった。

国内でも、次第に戦勝気分は消えうせ、重たい空気が漂いだした。そんな中、日本軍は、大陸を西へ西へと進軍し続け……。

タクラマカン砂漠の楼蘭王国。

婚礼の宴の準備で、王宮前の広場が騒がしい。色とりどりの布が張られ、巨大な松明が用意され、ご馳走を積む大皿も運ばれてくる。

城門をくぐり、満身創痍《まんしんそうい》の姿でラクダにまたがった猿田博士が入ってくる。「素晴らしい……。楼蘭王国はかくも絢爛豪華《けんらんごうか》な都市だったのじゃな。わしは廃墟になった姿しか知らなかった……」とラクダからよろよろ降りると、屈強な若い剣士が走ってきて、「貴様何者だ。旅人のようだが商人には見えんぞ」と猿田博士のおおきな鼻に剣先を当てた。

「お若いの。わしは猿田という。その、王女マリアに大事な話があってのう……」

と博士は額に浮かぶ汗を拭き、ウイグル語でつたなく答えた。剣士は不審そうにしつつも、マリアを連れて戻ってきた。「ワナント、わたしに会いにきた旅人ですって……？」と首をかしげ、近づいてくる。亜麻色の長い髪が砂漠の風にたなびき、青い目は優しく穏やか。ずっしりと豪華な装身具を首や腰につけている。

猿田博士は、マリアを見るなり、胸がいっぱいになり、涙ぐんだ。「砂漠の佳人《チアレン》よ……。またあんたに会えるとは！　あぁ、あんたはこのわしを庇い、間久部少佐に撃たれ……」「えっ、何の話です？」「マリアさん、これは長い話なのじゃ！　まぁ聞いてくれ。わしはあんたのことを知っておる。火の鳥を……」「ひ、火の鳥ですって！」「そうじゃ！　あんたは火の鳥の力を使い、自分の婚礼前日という永遠の一日を繰り返しておるのじゃろう？　なぜなら、明日がくれば、明の軍に滅ぼされてしまうと知っておるから……」という猿田博士の声に、マリアは「なぜそれを……？」と怯えて後ずさった。

二人は神殿の祭壇前に移動し、石の階段に腰掛け、話しだした。猿田博士は涙を拭き拭き、

「わしはな、じつは、あんたから火の鳥の首をもらいにきたのじゃ。これまで楼蘭にたどり着いた者はみな、あんたからむりに鳥の首を奪った。あんたを傷つけたり、殺したりして……。じゃが、わしは、そんなことはとてもできん。どうか話を聞いておくれ。砂漠の佳人よ……。まずは、

一八九〇年の春。三田村要造という名の青年がいた。ここよりずっと東の海に浮かぶ日本という島国でのことじゃ。要造はのちに妻となる夕顔と出会った、そう、すべてはあの夜始まったのじゃ……」と切々と語った。

灼熱の昼が、夕刻になり、寒々とした夜になる。広場で松明がつけられ、赤々と燃え始める。

「……というわけで、この十七回目の世界で、わしは砂漠を越えてやってきたのじゃ。すべてを終わらせるために。それは十五回目の世界のマリア、つまりあんたの遺志でもあったのじゃよ」

と語り終わると、マリアは呆然と猿田博士をみつめ、

「つまり、わたしが火の鳥の力を使い、永遠の一日にい続けるせいで、外の世界は何度も歴史を変えられてしまったと？　わたしは悪者に殺されて火の鳥の首を奪われ、そのことを忘れている？」

「うむ、そうじゃ……」

「なんということでしょう！」

と、マリアは体を震わせた。そこに「姉さん、ここにいたのか」と弟のウルスが通りかかった。マリアはウルスに優しく微笑みかけた。ウルスも笑顔で通り過ぎていく……。

「なぁマリアさん、火の鳥の首がここにあれば、また悪者がやってきて奪うかもしれん。しかし、隠すために鳥の首を王国の外に出せば、魔法のような力も王国から消え、砂になって消えてしまうのじゃ」

「ええ……」

「わしと一緒に、外に逃げんか！　マリアさん！　あんたは十五回目の世界で、外の言語や武術を覚え、敵と果敢に闘った。また外に……」

「いいえ。博士、わたしはあなたに火の鳥の首を託します。そして王国とともに消えます。わたしは何百年も前の世界の人間なのです。それに……」

とマリアは首を振って、「三回目の世界で産み、育てた七人の子供たちのことを、わたしは覚えていない。父親のほうも忘れている……。もし子供たちの魂が生まれ変わり、どこかにいるなら、わたしも生まれ変わり、会えるかもしれません。それに、弟のウルスや、この王国の民たちとも……。猿田博士、わたしはあなたとは別の次元へ旅立ちます」ときっぱり言った。博士は「そうか……」とがっくり肩を落とした。

祭壇から、マリアが火の鳥の首を持ちあげ、博士に託した。それから水や食糧をラクダにたっぷり積ませ、王国から送りだす。

ラクダにまたがり、城門をくぐりながら、猿田博士は名残り惜しそうに振りむき、

「わしは、わしは、マリアさん。かつてのあんたに、もう一回会いたくて、こんな遠くまで旅をしたのかもしれん。あんたは眩《まばゆ》い。強く、勇敢で、少し怖い。瞳は、朝の美しい湖面のように輝いていた。わしは、あんたのことが……」

びゅっと風が吹いた。

猿田博士の目前で、楼蘭王国が砂になり、飛ばされて消えていった。すぐそばに立つマリアも、すーっと姿が乾き、木像のような、木乃伊《ミイラ》のような姿になり、砂の風とともに背後になぎ倒され

ていく。やがて風が止んだときには、

「砂漠の佳人《チアレン》よ、さらばじゃーっ……」

そこには、砂に埋もれた楼蘭王国の廃墟だけが残されていた……。


「やぁ、遅かったか。南無三！」

翌々日。廃墟と化した楼蘭王国の前で、川島芳子が叫んでいた。

ラクダの背から降り、数歩進み、「もう砂とガラクタしかないじゃないか……」と呻く。過酷な旅で傷を負ったらしく、顔と腕に包帯をぐるぐる巻いている。廃墟近くのオアシスで座りこみ、ラクダに水を飲ませ、自分も頭をざぶりと水につける。やがて水からザバッと頭を出すと、

「誰が火の鳥の首を盗んだんだ！　覚えていろ。きっと百発百中のヨシコちゃんの弾をお見舞いするぞ。……さて、この十七回目の世界で、火の鳥の首のことを知ってるのは誰だ？　前の世界でおいらから首を盗み、時を巻き戻したのは、ご令嬢の麗奈サンだぞ。ということは……？」

首をぶるぶる振り、水滴を飛ばし、胡座《あぐら》をかいて考えこむ。それから立ちあがると、「麗奈サンの手の者の仕業か？　それとも……？　どこの誰かはわからんが、ここにきてからそう時間は経っていまい。すぐ追うとしよう。火の鳥の力をこの手にっ！」と叫び、ラクダに飛び乗り、元きた道を急いで戻りだした。

黄色い砂漠が、うねりながら川島芳子の姿を呑みこんでいく……。

……タクラマカンの砂の海が、黄色く揺れながらどこまでも続く。灼熱の太陽がすべてをじりじりと焦がしていく。

猿田博士は、ラクダの手綱を引き、息も絶え絶えに歩きながら、

「い、急がねば、ならん……」

と、呻いていた。

「わしは、急がねばならん……火の鳥の力を使おうとする者が、どこかにおる。だから……」

砂山の向こうから、橙色の夕日が射し始めた。

「奴らに、あの魔法を使わせないために……」

やがて、気温がぐんぐん下がり、空が藍色に変わっていった。夜の星も瞬きだした。

「まだ、間に合うはず……」

猿田博士は、ふと苦しげに足を止めた。ガクリと膝をつき、天を見上げ、吠える。

「逃げろっ、世界！」


——支那事変（日中戦争）は長期化した。日本国内の空気は重苦しくなる一方だった。次第に「ビルマなどの南方に進出するべき」との意見が高まった。「国民政府を倒せないのは、ビルマを

通じてイギリスやアメリカが援助物資を送るせいだから」と。それに、オランダ領東インド（インドネシア）には潤沢な石油資源もある。南へ、そう、南へ！

一九三九年五月、ソビエト連邦との間でノモンハン事件も起き、北の大国を前に關東軍が敗退。すると国内で「北進はやめ、南進だ」「ビルマや東インドへ！」という声がますます高まった。

同年九月、ファシズム国家ナチスドイツが隣国ポーランドに侵攻。欧州を主な戦場にし、第二次世界大戦が勃発した。

ドイツと同盟国イタリアは欧州各国を占領。ドイツは自国を中心とした〝ヨーロッパ新秩序〟を作ると宣言した。長らくの〝パクス・ブリタニカ（大英帝国中心の平和）〟の時代はとうに終わったのだ、と。

日本国内では「ドイツと同盟を結ぶべき」と考えられ始めた。英米と敵対する日本にとって、ドイツは頼れる味方であり、目指すべきモデルだった。「日本もアジアに自国を中心とした〝大東亜新秩序〟を作ろう」「長らくの〝中国中心の平和〟の時代はとうに終わった」と。

一九四〇年九月、日本は日独伊三国同盟を結んだ。英米との対立が決定的となる……。

上海の虹口《ホンキュウ》に構える三田村家。一階の広々とした食堂に一族が食事会のために集まり、大皿料理に舌鼓を打っている。三田村要造を真ん中に、右に長男の硝子と妻、まだ小さなその娘と息子、左に次女の麗奈と緑郎の夫婦が並び、「お祖父《じい》ちゃま、エビ取ってぇ！」「いいとも。さぁ、しっかり食べなさい」とわいわい談笑している。

要造は、財閥総帥らしい威厳はあるものの、怪人じみた不気味な雰囲気は消え失せ、孫に向ける微笑も穏やかなものだ。緑郎のほうも、一つ前の世界のような恐ろしげな面持ちはなく、立場相応の野心はちらちら見せつつも落ち着いている。

と、中庭に面する窓に、泥や砂塵で真っ黒に汚れた大きな顔が、とつぜんヌッと現れた。硝子の小さな息子が「ヒッ……」と箸を取り落とす。大人たちは気づかず会話を続けている。

麗奈だけが、窓を振りむき、ふと考え、「飲み過ぎちゃった。外の空気を吸ってくるわ」と立ちあがった。庭に出て、そっと見回す。すると木の陰から「わしじゃよ……麗奈さん」と猿田博士が姿を現した。疲労困憊《こんぱい》した様子で木にもたれている。

麗奈は「猿田博士！」と駆け寄り、大喜びで、

「どんなにお会いしたかったかわかる？　このあたししか、火の鳥のことや、前の世界のことを覚えてないなんて、辛いわ。博士をずっと待ってたの。これからはずっと上海に？　そうでしょ……？」

その声に、猿田博士は首を振った。泥で汚れた顔に暗く奇怪な表情が浮かんでいた。戸惑う麗奈に、博士は懐からボロボロの布の包みを出し、渡した。「あら、なぁに……？」と開けると、ゴロリと、鳥の首のミイラが出てきた。あちこち欠け、傷み、今にも崩れそうだ。

「これは、火の鳥の……？」

「そうじゃ！　麗奈さん、頼む。あんたがこれを持っていてくださらんか。麗奈さん……」

「やだ、あたしにはむりよ。汐風姉さんならともかく……」

「砂漠は、乾いて、砂しかなく、じつに純粋な場所じゃった。タクラマカン砂漠を旅しているときのわしも、純粋な思いでいっぱいじゃった。じゃが、じゃが……大都会に戻ってきたら、わしは……」

「一体どうなさったの」

「わしは、鳥の首を持ち、鋼鉄鳥人形の設計も知っておる。力があれば、使いたくなる。麗奈さん、わしを、わしを見てくれ！　わしはっ……」

麗奈は、猿田博士をじっとみつめ、それからハッと息を呑んだ。猿田博士の目には、父親の三田村要造の目にかつて浮かんでいた影と同じものが宿っていた。これが麗奈を幼いころから怯えさせたのだ……。そして、前の世界で夫の緑郎が見せ始めた、どこか尋常ではない不吉な興奮も漂う……。

麗奈は、鳥の首を抱きしめ、一歩、二歩後ずさる。猿田博士がニヤーッと笑い、両手の指を鉤爪のようにして麗奈を追いかけようとし、「いや、だめじゃっ」と自分で自分を止め、

「麗奈さん、わしを助けてくれ……。またあんたに頼ることになるとは……。火の鳥の首を持ち、どこぞに旅立ってほしいのじゃ！　わしは、きっとあんたを探すじゃろう。火の鳥の力に焦がれるあまり、誘惑に負け、いつの日か死に物狂いであんたを探し始めるじゃろう。わしにみつからんでくれ！　そしてあんたもわしを探さんでくれ。二人が再び会えば、どちらかが、火の鳥の力を使ってしまうかも……」

「そんな。そんなことできないわ。あたし、いやよ！」

と麗奈が鳥の首を抱きしめたまま、小さな子供のように泣き始めた。「一人でこわかったわ。誰も火の鳥のことを知らなくて、あたしが夫を殺したことも知らなくて、こわかったわ。やっと博士に会えたのに！　ひどい、ひどいわ」博士はまた鉤爪のように両手の指を曲げ、ニヤニヤして麗奈に近づき、そんな自分を止めようとして「うぅーっ！」とのたうち回る。そうしながら
「しかし……人は、一人になって初めて、本当の自分と会うかも知れん……。麗奈さん、あんたも、弱い自分や、汐風さんの妹の自分や、財閥令嬢の自分とはちがう、本当の、むきだしの麗奈さんと……」「何をおっしゃってるの。……きゃあ！」猿田博士が飛びかかってくるのを、麗奈は危うくかわした。鳥の首を守るように抱きしめて家に飛びこむ。

涙を拭き、うつむいて食堂に戻り、席に着く。家族は楽しそうに食事を続けている。隣席の緑郎が「それはなんだね？」とボロボロの包みを不審そうに見る。窓の外から覗く博士の二つの目が、ぎらっと光る。麗奈は怯えきった様子で、

「あたし、その、えっと……。あなた、あたし」

「どうした？」

「あのね、あたしね、しばらく上海を離れたいわ。こっそり……」

緑郎はあきれたように「派手な夜遊びで青幇の阿片ルートでも踏んだか？」と妻を睨みつけた。麗奈は「あぁ、あなた本当に何も覚えてないのね？」と絶望した声色でつぶやき、うつむいた。

緑郎は、尋常ではなくガタガタ震えている妻の様子に気づき、ふと怪訝そうになる……。

そのころ。中庭に取り残された猿田博士のほうは……だらだら流れる汗を拭き、ベンチに腰掛けて「ハァ、ハァ……」と両手で顔を押さえていた。

「もはや、麗奈さんが頼りじゃ……。わしはここまでじゃ。火の鳥の伝説に関われるのは、ここまでじゃ！　ハァ」

ふらふら立ちあがり、庭を出る。虹口の通りを右に左に揺れてゆっくり歩きだしながら、

「一人になって、本当の自分に会える、か……。そのとおりじゃ。一人きりで砂漠を旅した間、わしは、マリアさんに一目会いたいと強く願ったものじゃ。うむ……」

と、ぶるっと震える。

「しかし、しかしじゃ。〝火の鳥〟とはじつに恐ろしいものじゃな……。鳥の首を持つうちに、みんな、心の奥に隠れていた本当の欲望にとらわれてしまうのじゃから……。最初はマリアさんじゃ！　心優しい王女は、鳥を騙《だま》し、王国で過ごす永遠の一日を手に入れた。三田村要造も、時を戻し、友人の妻となったはずの夕顔を己の伴侶にした。そのお父上も、金儲けを続けるため、息子の友人の田辺保を日本刀で斬り殺した。何より、要造と帝国軍人たちによる鳳凰機関は、戦争の行方を幾度も幾度も変えた！」

そう小声でつぶやき続ける。

「そして、間久部緑郎……。奴は権力と富を手に入れて怪物化した。弟の正人くんは、あるとき発作的に火の鳥の力を使った……。正人くんも、隠れ家で火の鳥の首を隠し持つうち、《トグラアデム》ではない見知らぬ自分と出会ったのじゃろうか……。そして今のわしもそうじゃ……」

足を止め、曇り空を見上げ、

「火の鳥の力を手にしたとき、人間はみな、真に一人きりになり、まさかと驚くような、己の真実の望み、本当の姿を見てしまうのじゃ。まるで火の鳥が魔界の鏡になったように……」

とつぶやき、またぶるっと震えた。それから肩を縮めどこへともなく去っていった……。


大日本帝国は、独伊との同盟に力を得て、一九四一年の夏、石油を求め南方に進出した。アメリカはこれに怒り、日本への石油輸出を禁止。国内資源に乏しい日本は大打撃を受けた。

開戦か、譲歩か。政府内で意見が割れ、十月、内閣は総辞職。日米開戦を主張していた東條英機陸軍大臣が新首相となり、東條内閣が誕生。アメリカから、厳しい条件をまとめた〝ハル・ノート〟が提示されたが、日本は拒否。日米開戦に舵を切った。

そして、十二月八日――。

「我奇襲《トラトラトラ》に成功せり！」

山本五十六司令官率いる日本海軍が、太平洋沖のアメリカ領ハワイ州オアフ島の真珠湾《パールハーバー》にあるアメリカ軍基地を奇襲攻撃！　アメリカとイギリスはこれを受け、日本との開戦を宣言。大東亜（太平洋）戦争が始まった……。

「上海にも！　満州国にも！　いない、いない！　麗奈サンはどこに行ったんだ？」

満州国の首都新京の街を、男に変装した川島芳子がせかせか歩いている。

「上海でも、あんなに遊び回ってた夜の街に、一年以上も姿を見せないという。三田村家の召使は、満州国にいると極秘情報をくれたが、きてみたら、半年前や三ヶ月前の目撃情報はあるものの、一向にみつからない。ホテルを回り、満映に勤める姉の汐風夫婦の家も張ったのに……」

足を止め、悔しげにつぶやく。

「火の鳥の首の行方を探すにも、麗奈サンしか心当たりがない。あのご令嬢をみつけだし、そして……絶対に清王朝の復興を……」

灰色に曇る空を見上げ、

「それにしても、ルイくんもまだ上海に戻らないようだし。困ったな、お手上げだ。おーい、麗奈サン。キミは今どこにいるんだい？」

と問う心細そうな声が、空にゆっくりと吸いこまれていった。


同じころ。満州国の北のハルビンで、猿田博士が険しい顔をし、凍りつく河をじっと眺めている。「やはり……わしは麗奈さんを探し始めた……。火の鳥の力に囚われてな……」と呻く。

「それにしても、彼女はどこに行ったんじゃ！　三田村財閥の力を使ったじゃろうと、支社や関連施設のある街を回ったものの、数日の遅れで取り逃し続けた。あれだけ目立つ女性なのに、ここ一ヶ月は、満州国で麗奈さんの姿を見た者が一人もいない。探し続け、ついに北の辺境にまできたが……」

　とつぶやく。

「逃げてくれ、麗奈さん……。いや、わしに鳥の首を返せ！　だめだ、逃げるんじゃ……。首を返せぇ！　ちがうっ逃げっ……うぅっ」

　つめたい雪が舞い始めた。猿田博士はのたうち回って苦しみ、目をカッと見開くと、「そうじゃ、逃げろっ、麗奈さん。どこまでも……。逃げろ、世界！」と呻いた。


　大日本帝国軍は、戦争の初めの半年、凄まじい快進撃を見せた。二月、イギリス海軍を倒して重要拠点たるマレー半島のシンガポールを手に入れると、海を挟んですぐのところにあるオランダ領東インド（インドネシア）を占領。念願の油田を手に入れた。

　ここから日本まで石油を運ぶルートには、アメリカ領フィリピンがあった。そこで四月、アメリカの陸海軍を降伏させてフィリピンを占領。石油輸送ルートも手に入れた。

　中国の国民政府にイギリス軍が援助物資を送るルートであるイギリス領ビルマにも進攻し、五月には完全占領した。そして香港やインド洋のセイロン島などイギリス領の重要拠点もつぎつぎ陥落させる。わずか半年弱で、長らく欧米諸国の植民地だった東南アジア各国が日本の領土になっていった。

だが、破竹の勢いだった最初の半年が過ぎると、軍事力や資金が枯渇しだした。そこで、中等学校以上の生徒を学徒動員で、未婚女性を女子挺身隊《ていしんたい》として工場に送りこみ、朝鮮や中国から強制連行した男性を鉱山などで働かせた。

陸軍と海軍の足並みも揃わなくなっていった。海軍は南太平洋、米軍基地のあるハワイやオーストラリアなど太平洋の島々で領土を広げようとし、失敗を繰り返すようになった。

六月、海軍の山本五十六司令官は、ハワイと日本の間にあるミッドウェー島米軍基地の攻撃を司令。連合艦隊の空母四隻から航空機が次々飛び立った。だが暗号が敵に解読されており、太平洋艦隊が待ち構えていた。海軍は空母四隻、重巡一隻、飛行機三百二十二機、兵士三千五百人を失う大敗を喫する。

八月、海軍は太平洋艦隊を攻撃するため、オーストラリア北東のソロモン諸島ガダルカナル島に飛行場を建設した。だがこれも情報が漏れており、アメリカ軍が上陸してきて、基地を奪われた。日本兵はジャングルの奥に逃げこむしかなく、飢餓とマラリアで二万人以上が戦死した。

どちらも日本軍の大敗であったが、大本営は国民に嘘の発表をして戦意を鼓舞した。

国内では言論統制が敷かれ、金属資源不足を補うため、寺の鐘、門柱、鍋などの金属製品が政府に押収され始めた。

翌一九四三年二月、ソロモン諸島で連合艦隊と太平洋艦隊の戦闘が続き、日本の惨敗が続く。四月、山本五十六司令官の乗る航空機が、ソロモン諸島ラバウル島から飛び立つ。この情報も暗号解読されており、航空機は撃墜され、山本五十六は戦死する。

二ヶ月後、日比谷公園で国葬に付され、東條英機首相も参列した。葬儀の模様はラジオで全国に流された。

上海の虹口《ホンキュウ》に構える三田村家――。

朝から、喪服姿の日本人がひっきりなしに出入りしている。中二階の応接間で、道頓堀鬼瓦が「あぁ、内地からぁ、船に乗りぃ、魔都に暮らして、四十年……」と震えて歌う浪花節《なにわぶし》が聞こえてくる。

急ブレーキの音とともに、車が停まり、長女の汐風と凍夫婦が降りてくる。硝子の妻に案内され、一階奥の和室へ。「間に合わなかったわ！　急だったのね。お父さま……」「ええ、お義姉《ねえ》さん。いつものようにお酒を召してお休みになり、夜中に大いびきを。それでそのまま……」と話しながら和室に入る。

奥に布団が敷かれ、三田村要造がまるで眠っているような穏やかな横顔を見せている。その枕元に硝子が意気消沈して座っていた。

「あぁ、汐風姉さんか」

「硝子、ただいま。お父さま、ただいま……」

と枕元に並んで正座し、汐風は急にワッと泣いた。その肩を硝子が抱く。応接間から、道頓堀鬼瓦の浪花節の声が「かわいい娘がぁ、帰ってきたぁ！」とますます大きく響き渡る。汐風が泣きながら「あなた、お義父さんの歌、止《と》めてよ……」と夫に頼むが、凍が応接間に上がり、何か言った後、鬼瓦の歌声は「内地からぁ！　船に乗りぃ！　魔都に暮らして！　四十年っ……」ともっと大きくなった。

「ねぇ、麗奈は？」

と涙を拭きながら聞くと、硝子が「船が出ず、戻れないらしい」と辺りをはばかる小声で言った。汐風が「そう……」とそっとうなずく。

午後。東京から、要造の古い友人で、緑郎の父である田辺保が電話をかけてきた。「寂しくなる。その万感の一言だ」と言葉少なだった。夕方、岐阜に住む、やはり古い友人の森漣太郎から長い長い弔電が届いた。「……ヨーちゃんたちと銀座で過ごした学生時代を、いまも昨日のことのように思いだせる。ぼくもそう長くない。また檸檬茶館で会おう。日本の未来について熱く議論をしようじゃないか。あの若い日のようにな……」と。

夜になり、家族で集まって、租界の日本料理店が用意した仕出し弁当をつまみながら、「今後のことだが」と硝子が話しだした。

「長男であるぼくが総師の座を継ぐ。しかしぼく一人では心もとない。汐風姉さん、凍義兄さん、上海に戻ってきて一緒に働いてくれないか」

「硝子……。そう言ってくれるのはうれしいけど、わたしも夫も、満洲映画協会の仕事で多忙で、当分はむりそうだわ。満映は李香蘭主演の映画を作り続け、社員は寝る間もない」

「そうか……」

「ねぇ、緑郎さんはなんと言ってるの？　野心のありそうな人だもの。彼は、もちろん三田村財閥の経営に……」

「うむ。緑郎くんは今は軍人として赴任先におり、戻ってこられなかったがね。将来的には経営陣に加わってもらうことになるとぼくも思ってる。父さんは生前、こう言っていた。ぼくと緑郎くんは正反対の性質だから、一つの車の両輪になれるだろうと。父さんは、そう、父さんは……」

と、硝子は拳を握って繰り返した。その隣で、汐風は白酒《パイチュウ》を飲んでほろ酔いになり、「お父さん、お父さんって……。硝子、あんたは昔からお父さんっ子だったものね……。今だって、ぜんぶあの人の希望通りにしてあげたいんでしょ」としみじみつぶやいた。

お通夜の夜はこうして更けていき、翌日の葬儀の準備も進んだ。

年老いた弔問客の一人が、応接間に入り、道頓堀鬼瓦に「要造さんとは日本人会でよく会ったよ。あぁ、酒を飲んじゃ、いろんな話をしたもんだ。あのころが懐かしいよ」と話しかけた。

「しかし、こう言っちゃなんだが、要造さんはいいときに旅立たれたな。日本が連合国に負け、アメリカの植民地にされるところを見ずにすむわけだ……」

鬼瓦が驚いて、歌うのをやめ、「あんた、そんなことを言うと憲兵に捕まっちまう。日本が負けるなんて。しーっ、しーっ……」と人差し指を唇に当てた。

この年の五月。アメリカ大陸とユーラシア大陸を北極側で繋ぐ横長いアリューシャン列島アッツ島にある日本軍基地に、アメリカ軍が押し寄せた。だが日本には、増援部隊を運んだり、兵士を撤退させる船を出すための燃料がなく、大本営はやむなく玉砕命令を出した。「敵の捕虜になるより潔く死を選べ」と。約二千六百人の兵士は敵軍に突撃し、ほぼ全員戦死した。

ヨーロッパ戦線も様相を変えており、ドイツやイタリア軍は連合国軍を前に苦戦。同年九月、イタリアが降伏した。

十月、日本では学徒出陣が始まった。

翌一九四四年三月。日本軍は、長引く支那事変（日中戦争）を終わらせるため、イギリスが国民政府に物資援助する新ルートたるインド北東部のインパールに兵を出した。だが三週間で食糧が尽き、約三万人の日本兵が栄養失調などで衰弱死した。

日本軍は、太平洋、南太平洋で、連日連敗を繰り返し……。

「〝鳳凰機関〟だと？　千里眼？」

焦燥感に満ちる日本軍部で、過去の亡霊のように、ある噂が広がりだした。陸軍の一部に始まり、海軍にも……。「なんでも、上海租界に有名な千里眼の日本人がいて」「そう！　日露戦争の日本海海戦でも、満州事変でも、支那事変（日中戦争）でも、我が国を有利に導いたらしい」「大声では言えないが、じつはこの件には三田村財閥前総帥が関わっていた。前総帥の奥方は広島の千里眼の家系の出でな」「しかし、前総帥も奥方ももう亡くなっているぞ?」とささやかれるうち、「満州国や上海で、娘の麗奈を探す謎の勢力がいる。当の麗奈は雲隠れしている」との情報が大陸から寄せられた。軍部は關東軍に〝千里眼探し〟を命じた。おそらく彼女が千里眼の秘密を知っている、と。

満州国の關東軍司令部に、間久部緑郎少佐が召喚された。「間久部です。入ります!」と司令官室に入ってきた緑郎に、司令官たちが「貴様の奥方はどこだ?」と詰問した。

緑郎は不審げに「知りません。なにしろ、あの女とはソリが合わず。まったく、自分は世界一ソリの合わん相手と結婚したわけです」と強調した。「なっ、そこまでか?」「これでも言いたりんほどです!」「そうか……。じつはな、貴様の奥方には伝説の〝鳳凰機関〟と何らかの関わりがあるとの疑いがある。有名な千里眼の家系の娘だろう?」と聞かれると、緑郎は、そこにはいない妻を小馬鹿にするようにせせら嗤い、「鳳凰機関の噂なら、軍部で持ちきりですし、自分も聞きましたよ。だが、そんな荒唐無稽なものが存在するわけがない! しかもですよ。麗奈のやつは、七年前の一九三七年のこと。千里眼の家を継いだ伯母に『六年後、あなたたち夫婦はどちらかがどちらかを殺す』と予言され、怖がって自分を避けるようになったんです。一緒に暮らすのもいやがるほどに。だが、いま何年です? 一九四四年。ハッ! ぼくも麗奈を、麗奈もぼくを殺してないぞ。千里眼なんてくだらん! 妻はそんなマヤカシに騙される程度の、何にも知らん女です」と一気にまくし立てた。司令官たちは顔を見合わせ、「そうか……。ともかく居場所がわかったらすぐに報告したまえ」と命じた。緑郎は「ハッ、もちろんであります」と敬礼し、肩をそびやかし出ていく。

廊下に出て、一人になると、額に浮かぶ汗をそっと拭い、「饒舌《じょうぜつ》すぎたか……？　人間は、嘘をつく時つい喋《しゃべ》りすぎるものだ。ぼくもまだまだだな……」と嘯く。それから肩をそびやかし、大股で歩いていった。

日本軍は〝千里眼探し〟の情報を暗号で大陸中に送った。だがこの暗号も連合国側に解読されており、アメリカとソ連の諜報員《ちょうほういん》も間久部麗奈の捜索を始めた。満州国、上海、そして香港……。各国の諜報部員がくまなく探したが、広い大地のどこにも麗奈はいない。満洲映画協会社員である姉の道頓堀汐風、三田村財閥新総帥である兄の三田村硝子も、口が堅く、「妹は三年前に家出し、連絡もない」と繰り返した。

間久部麗奈は、この世のどこに消えたのか。麗奈は……？

大阪。天満の路地裏にある間久部家の庭で、カツッ、シューッと小気味いい音が響く。遠くから午後の柔らかな日差しが射しこんでくる。庭にしゃがんでいるのは白髪頭でステテコ姿の老人で、バケツに入っているウナギをつかんでは頭に釘《くぎ》を打っている。お腹から開き、笊《ざる》に載せ、また次のウナギをつかむ。

「こんなご時世で、家業の〈まむし間久部〉もいつまで続けられるか……。頼りの息子も戦争に取られ、ばあさんも死に、じじい一人になったところで……」

と、顔を上げ、縁側越しに室内をじっと見る。奥の真っ暗な個室から、若い女が「火の鳥……。ねぇ、火の鳥……」とブツブツ唱える声が聞こえてくる。

老人は吐息をつき、

「賛美歌姉さんの長男、緑郎の妻を引き取ることになったが。なんでも、上海で阿片《アヘン》がらみの間違いがあり、身を隠さないと危ないと聞いたが。東京の日本橋界隈じゃすぐみつかるから関西のほうがよいと、緑郎がうちに送ってきたが……」

「お父さま……。あたし……ねぇ、これからどうしたらいいの……？　誰も教えてくれないのよ……」

「何かまた独り言を言っているな。追っ手に怯え、まったく外に出てこない。不憫なことだ」

そこに、チリンチリンと鈴を鳴らし、自転車で配達員がやってきた。玄関にぐるりと回ろうとするのを、老人が「こっちだよ」と手招きする。配達員が真剣な顔で封筒を渡し、慣れた様子で敬礼した。老人がすっと顔色を変える。

配達員が出て行くと、老人は縁側から室内に入り、「あんた、ちょ、ちょっときてくれ」と奥の暗い部屋に声をかけた。

すると、黒髪をセットもせずに垂らし、黒っぽいワンピースを着た麗奈が、「なぁに……？」とのっそり出てきた。うつむきがちで顔色もよくない。

「赤紙がきた！　正人にな……」

麗奈が「召集令状が！」とおどろき、手に取り、よく見る。

「正人は、大陸に渡ってもう十年か……。あちらに連絡せんとな」

と顔を見合わせる二人に向かって、垣根の外からそっと覗いていた近所の少年が、ビシリと敬礼して「大日本帝国、万歳ッ！」と叫んだ。その大声に麗奈はびくっとしてまた奥の部屋に逃げこんでいった。


数週間後。上海――。

租界の隅の小さな路地。

爆撃で半壊した建物の隣にある茶色い老房子《ラオファンズ》。どこからか胡弓《こきゅう》の音色が聞こえる中、藤棚の垂れこめるバルコニーに正人がぽつんと腰掛けている。

手には、内地からの手紙が握られている。

料理と糞尿と動物の臭いが入り混じって辺りに漂っている。正人の横顔には静かな表情が浮かんでいる。路地を通りがかった知人らしき童顔の痩せた男が「同士《ドンズ》正人、何かあったか？」と聞く。

「いや……。その。ルイがなかなか上海に帰ってこないと思ってね。京劇の仕事でしばらく留守にすると言って出たきりなんだ」

「チェッ。言いたかないが、あいつは中国共産党員として俺たちと行動をともにしつつ、裏で上海マフィアと繋がってるという噂があるぜ。長い間出かけてるのも、黄金栄《ワンジンヨン》の任務じゃないかと」

「ちがう！　ルイはそんな子じゃない！」

正人は激しく首を振った。男は「だといいがねぇ」とつぶやき、歩き去っていった。

「ルイのやつ、夜になると、ここでよく歌ってたものだな」

と正人はつぶやき、物思いに耽《ふけ》った。それから便箋を持ちだし、手紙を書き始めた。「ルイへ。ぼくは帰国せねばならなくなった。赤紙がきてね。出頭せねば罰せられ、親族は職を奪われる。ぼくは大日本帝国の一兵卒として……」と書きかけ、手を止め、長い間、絶句する。

それから「最後に君の顔を一目見たかったが、叶わない。そうだ、君に伝えておくことがある。愛新覚羅顯玗《あいしんかくらけんし》……川島芳子を知ってるね。清王朝の皇族なのに關東軍のスパイもするという怪しい女だ。彼女が幾度も訪ねてきた。君を探していてね。なんでも昔、君に世話になったそうだね？　懐かしそうに『ルイくんは元気かい』と聞かれたよ。またくるそうだ。いつか会えるだろう」と書き、筆をおく。

封をし、部屋の隅の机に置く。名残り惜しそうに見回し、鞄を手にし、ゆっくり部屋を出る。

「さよなら、ルイ……いつの日かまた会おう！」

数日後――。

朝陽《あさひ》がゆったり射しこむ路地を、疲れ切って痩せた姿のルイが歩いてくる。老房子の扉を開け、暗い階段を上がり、「ただいま。ずいぶん遅くなって……。正人？」と部屋に入る。手紙をみつけ、荷物を全部床に落とし、飛びつく。「赤紙！　帰国……？　そんなぁ。正人、正人いないの？」と動揺して歩き回り、バルコニーに弱々しく腰掛ける。「あと……えーっ、愛新覚羅顯玗様がボクを訪ねてきた？　懐かしそうにしてたって？　おや、一体なぜかな？」と首をかしげる。

そんなルイの横顔を、朝陽が黄色く照らしている。あちこちの窓から、鶏《とり》の鳴き声、楽器の音、話し声が遠く聞こえてくる……。


同一九四四年六月。

日本とオーストラリアの間にあるマリアナ諸島のサイパン島沖に太平洋艦隊が出現した。この島から日本までは戦闘機が飛べる距離であり、敵に取られると本格的な本土空襲の危険がある。日本軍は死闘を繰り広げたが、ほぼ全滅し、民間人もほとんど全員が崖から身を投げて亡くなった。同月、東條英機内閣は総辞職。

同年十月、太平洋艦隊はフィリピンに向かう。駐屯する日本海軍には戦力が残されておらず、神風特別攻撃隊を編成した。特攻隊員たちは戦闘機に行きのガソリンだけを積み、敵の空母に体当たりした。フィリピンでの神風作戦は翌一九四五年一月まで続けられ、約八百人の特攻隊員が出撃、命を落とした。

岐阜県の山村。昔ながらの藁葺《わらぶ》き屋根の、立派な庄屋の家。

山々の向こうから、古いトラックがエンジンを唸らせ近づいてくる。家の庭に入り、停まると、白髭をたくわえた田辺保が「よっこいせ」と降りてくる。

割烹着《かっぽうぎ》姿の女たちが出てきて、荷台に積まれた荷物を降ろし始める。「森くんの生家には初めてきたが、おおきいなぁ。この辺りの山林や畑の地主なんだな」と驚いて見回す。「旦那さん、東京は最近どうです」と聞かれ、「いやぁ、配給の食糧も足りんし、そろそろ危ないと、子供を疎開させる家が多い。私もこうして、古い友の気遣いで、生まれ育った日本橋を離れて逃げてきたわけでね」と首を振る。

玄関に向かいながら「それで、森くん……いや、漣太郎さんと奥さまはお元気かね。ご挨拶《あいさつ》をしよう」と言うと、女たちが顔を見合わせた。一人が代表して、

「奥の間でお待ちです。旦那さんの到着を楽しみに待っておられました。ただ……」

「どうしたね？」

「それが、ついさっき、郵便が……。フィリピンで、その……」

田辺保が、足を止めた。「特攻かね。お孫さんか」「はい！　見事戦死！　敵の空母に当たり一矢《いっし》報いたと」「そうか……」と保は絶句した。「……そのお孫さんの姉君にあたる、女のお孫さんは、昔は帝都におられてね。私も森くんに頼まれ、親しくしていた。彼女の夫君は陸軍将校で、二・二六事件のとき処刑された。そんな彼女の弟君が、神風特攻隊として南太平洋の海に散った

か。森くん……」と奥の間に行こうとして、「いや、今は遠慮するべきか……」と足を止めた。

「しばらく、庭であの山の景色を見ているよ。ねぇ、君？　ここにはまるで過ぎ去っていく時間などなく、何百年も何一つ変わっていないようだね……？」


同じころ。南洋のとある島で。

間久部緑郎が「うぉぉぉぉぉぉーっ！」と悪鬼の如き形相で叫んでいる。「突撃！　突撃だぁぁ！」と部下たちを鼓舞し、葉の大きな南国の木々が鬱蒼と茂る道無き道を進む。パンパンパンッ……と乾いた銃声が絶え間なく響く。爆発音とともに煙と土埃が立ちのぼり、新しい血の臭いがたちまち熱を帯びてもわーっと漂う。

「しょ、少佐……。弟さんが第六師団に……この島に配属されていると……」

「正人か？　今は関係ない！　弟といえど一兵卒！　さぁ進め！　我々の領土を米軍に明け渡すものか。ぼ、ぼくは強い。大日本帝国も強い。けっして負けん。強い者がすべてを手に入れ、世界に君臨するのだっ……！　進め、進めぇぇぇーっ！」

激しい戦闘が一昼夜続き、日本兵は数を半分に減らした。翌朝、日の出とともに再開。日本軍は島の奥に追い詰められていき、どの兵団もさらに数を減らした。

同日昼過ぎ、「進め、進めぇぇ！」と叫ぶ間久部緑郎のすぐそばに砲弾が落ち、大きな欠片《かけら》が右腕を付け根から吹き飛ばした。右脇腹と右脚も深く切り、流血。緑郎はどさりと地面に叩きつけられ、気を失った。部下があわてて「少佐！」と助け起こすと、目を開け「置いていけ」「しかし」「ここからは貴様が指揮を取れ……」「は、はいっ」「ぼくはもうだめだ……」「そんなっ」と震える部下に、緑郎は寒気がするのかガタガタ震えながらも、ニヤリと不敵な笑みを見せ、「ぼくは強かったが、負傷し、弱くなった。負傷兵ってのは置いていかれるものだぜ」「しかしっ……」

「弱い者には価値がない。負けて、踏まれて、泣くだけさ」

と強がる。それから小声で「……お母さーん、お母さーん、ってな」と付け加え、「もう行け！」と命じるとぐっと目を閉じた。部下は震えて立ちあがり、「き、貴様ら、何をぼーっとしてる！　す、す、進めぇ、進めぇぇぇ！」と緑郎そっくりの声色で叫び、鬱蒼としたジャングルを走り去っていった。

南国の太陽がじりじりと緑郎に降り落ちる。吹っ飛んだ右腕が遠くに転がっている。右腕だけが、まだ戦っているかのように銃を握りしめたままだ。

味方の気配が消える。やがて遠くから足音と英語らしき声が聞こえてくる。アメリカ兵の二人組だ。倒れている緑郎をみつけ、近づいてくる。ブーツを履いた足で緑郎をつつき、「うぅ」という声に、まだ生きてるぞとつぶやく。

一人が銃剣を握り、緑郎の腹めがけて、突き刺す……。緑郎はこれで最期と、目をグッと見開き、相手の顔を睨みつけ……。

と、そこに、大きな葉の陰から軽い足音がし、「兄さん、ここか！　負傷したと聞き……」と正人が姿を現した。正人も傷だらけで、銃を杖《つえ》代わりに足を引きずっている。敵兵たちの姿と、一人が振りあげる銃剣を見るなり、正人は「兄さん！」と地面を蹴って飛び、緑郎の上に覆いかぶさった。

「正人か……？　な、な……」

「だから言ったろ」

「な、なにを……」

「兄さんには、ぼくがいるから、大丈夫だって！」

ズサッ！

鈍い音を立て、正人の背中に剣が突き刺さった。正人はぶるっと一度だけ震え、すぐ動かなくなった。「ま、まさっ……」と声にならない悲鳴を上げ、緑郎はまた気を失って……。

日本。大阪の上空にB－29爆撃機がつぎつぎ現れ、爆弾を落としていく。人々は悲鳴を上げ逃げ惑い、夏の朝の強い日差しがその姿をじりじりと照らす。

人波の中に裸足《はだし》の麗奈が交じっている。火の鳥の首を包んだ丸い布を大事そうに抱えている。人にぶつかったり、突き飛ばされて転び、「きゃあ！」「なによ、もう！」と叫びながら防空壕に飛びこむ。

膝を抱え、鳥の首の包みに顔を近づけ、

「もうっ、どうしたらいいの。あたし……。火の鳥、教えてよっ……。お父さま、助けて……」

　としゃくりあげる。

　夕刻になり、防空壕を出て、空襲が収まった町をとぼとぼ歩く。家々が燃え、崩れ、ぷすぷすとくすぶっている。ようやく、間久部家のある路地に着き、「よかったわ、家は燃えてない……」と安堵する。だが、家の前に見慣れない四輪駆動車が停まっているのに気づき、ふと足を止める。

　裏木戸に隠れて覗く。耳も澄ます。男たちが玄関先に立ち、アメリカ訛りの日本語で老人に聞いている。「この女を探してる。レイナ・マクベ。旧姓はミタムラ。シャンハイから……」「さぁ。わしは年寄りで何も知らん……。この女も見たことがない」と老人が首を振る。男たちがジープに乗り、去っていくと、麗奈は裏木戸からこっそり家に戻った。老人が「妙な奴らが探しにきたぞ。日系人だった。家から出んほうがいい……」と言葉少なに言う。麗奈はうなずき、奥の間に入って、「今の男たちは米軍の関係者なの？　わからない。どうしたらいいの……」と鳥の首の包みをぎゅっと抱いた。

　空襲はその後も続いた。日差しは日々強くなり、蟬がうるさく鳴いていた。

　八月五日、麗奈は夜になり人気がなくなってから、庭に出て井戸の水を汲《く》み、髪を洗い始めた。そこに……「麗奈さん、麗奈さんっ……」と聞き覚えのある男の声がした。

　はっと顔を上げる。伸ばしっぱなしの麗奈の黒髪が水しぶきをきらきら散らす。塀の外から、月明かりに青く照らされる猿田博士の顔が……日焼けしてシワの増えた皮膚と落ち窪《くぼ》んだ二つの目がぼうっと浮かびあがっていた。

「きゃっ！」

麗奈は逃げようとし、でも「まあ、博士……」と懐かしそうに近づこうともし、混乱して立ち尽くした。髪からしずくがぽたぽたと地面に垂れる。

「麗奈さん！　やはりここか。逃げなされ！　あんたはいまや、特高警察にも、米軍にも、ソ連の諜報員にも追われておる！　重大な秘密を握る人物だと思われて……。大陸にはいないとばれ、捜索の手は内地に移った。東京の三田村家を徹底的に探されたが、いなかった。次はここじゃ……。わしも、この辺りに隠れているとの噂を聞き、警告しにきたのじゃ」

「特高警察ですって……」

麗奈は怯えたように繰り返した。膝を震わせて座りこみ、「そんな、こわいわ。あたし……」

「鳥の首を渡してはいかん！　特高警察にも、アメリカにも、ソ連にも……誰にも……。その火の鳥の首にはどんなエネルギーが隠れているか、誰も知らない。たとえ設計図がなくとも、田辺保工学博士のような天才が現れれば、何か発見してしまうかもしれん。たとえば、新兵器……。それに……わしには考えがおよびもつかん何かを！」「そんな難しい話、あたし、わかんないわ。あたしは弱い女だし、世の中のことだって何一つ知らないもの」「いいや、あんたが弱いとはわしも思わんぞ。前の世界で、あの間久部緑郎の裏をかき、見事殺したではないか」「それは言われた通りにしたからよ！　わからないの、猿田博士？　あなたと正人くんに教えられた通りにしただけよ。今だって、博士に逃げろと言われて、逃げて、夫に大阪に隠れろと言われて、ここに隠れてるの。もっとも、夫は阿片がらみのトラブルか何かと思いこみ、助けてくれたのだけど」

「麗奈さん……」「あたしにはなんにもわからないの。鳥カゴの中の鳥なのよ。それでいいの。むりよ。博士、鳥の首を、あなたに、返すわ……」「わしは、わしは、いかん……頭の中から設計図の記憶を消すことがどうしてもできん。いつか、いつか、わしは、誘惑に負けてしまう……」と猿田博士は首を振り、「いまこの十七回目の世界の歴史は、一九三八年以降、誰も国家の歴史を変えなかった十五回目の世界とほぼ同じ戦況を辿っておる。つまり誰も歴史を改変しようとしなければならなかったはずだった道を進んでおるのじゃ。もう誰も歴史を変えてはならん……だがそれなのにっ、わしはっ……」と麗奈のほうに右手を伸ばし、目を剝いて歯ぎしりし、その右手を左手が押さえ、庭に倒れて七転八倒し始めた。

「あたし、なんにもわかんないわ！　ほんとよ」

「あんたは、大人じゃ……。無知は意志じゃ！　麗奈さん、あんたは意志の力で、自ら無知でいようと決めた人なんじゃ。財閥一家で平穏に暮らすために。家父長制の中をなんとか生き延びるために」

「博士……」

「でも、あんたは、特高警察や外国のスパイの目をかいくぐり、ここまで見事逃げ延びた。わしならとっくに捕まっておる……。頼む、火の鳥の首を持ち、どこまでも逃げてくれ。もしくは、恐ろしい火の鳥の首を、この世から完全に、消し去り……」

猿田博士はものすごい勢いで起きあがると、麗奈に襲いかかろうと、両手の指を鉤爪のようにして構えた。目は狼のようにギラギラ光り始める。「猿田博士……っ？」「火の鳥の首を、よこせっ」「えっ」「逃げてくれーっ、麗奈さんっ。わしはっ」「いやぁ。やめてーっ」「わしは、わしはっ、火の鳥の首で最終兵器を開発する！　科学者としての見果てぬ夢じゃっ」「何をおっしゃってるの」「いいや、時を巻き戻す。歴史を書き換え、かつて叶わなかったすべての夢を叶えてやるのじゃ！　暗黒の夢をなっ」「やめっ」「逃げてくれっ……待てぇ、麗奈！　ぐぬっ」と猿田博士が急にうつ伏せに倒れる。麗奈が腰を抜かし、見上げると、漬物石を両手で持った痩せた老人が立っていた。石で猿田博士を殴ったらしい。

そこに、キキーッと外の路地に車が停まるブレーキ音がした。老人が塀ごしに見て「なんだ？　特高警察だ……」と驚く。

麗奈は、立ちあがり、転び、また立ちあがり、もつれる足で縁側に上がり、立てなくなって、床を這って奥の間に辿りつく。濡れた黒髪からぽたぽたと水滴が落ち続ける。奥の間で、火の鳥の首の包みに手を伸ばし、ぎゅっと抱きしめ、

「最終兵器を開発するですって……？　歴史を書き換えるですって？　なんて怖いことを考えるの。……あたし、に、に、逃げなきゃっ。これを持ち、あたしはこの世の果てまで逃げなきゃいけないわ。そう、この世の果て。たとえば……」

とつぶやき、うつむいた。

それからはっとし、

「自分で決めたわ。いま、あたし、自分で……」

特高警察が玄関に立ち、大声で何か言っている。「間久部麗奈を探しておる……」。旧姓、三田

村……」と声がする。老人が「知らんな」とピシャリと返事をし、続いて殴られたらしき音と、倒れる音がする。

麗奈は「いいえ、捕まるもんですか」とうなずくと、鳥の首の包みを抱えて立ちあがり、奥の間の窓から飛び降り、裏塀を乗り越え、裏の家の庭を走り始めた。

「あたし、もう実家の三田村家も、夫の庇護下である間久部家も、火の鳥について知る猿田博士も、誰も頼れなくなっちゃった。なんてことでしょう！　あたし、ほんとに一人ぼっちになっちゃった。だけど、かつて上海で猿田博士は言ったわ。『一人になって初めて、人は本当の自分に会う』って。三田村要造の娘でも、汐風の妹でも、間久部緑郎の妻でもない、剝きだしのあたし自身に……。でも、あたしは誰？　あたし……」

裏の家の庭を抜け、反対側の路地に飛びだす。裸足のまま、濡れた髪からしぶきを散らし、逃げる。

不安に歪む顔にふと微笑が浮かび……。

「鳥従籠《ニオーツオンロン》 子里飛出来《ズリフイーツオーレー》（鳥は鳥カゴから出る）！　鳥従籠子里飛出来！　鳥従籠子里飛出来！　あぁ！　あぁ、あぁ！」

大阪の町を、特高警察の車が走り回り、アメリカの手の者と思われる日系人の男たちもまた現れ、正体不明の黒塗りの車からロシア語の会話が響く。町中に間久部麗奈を探す勢力が溢れ、その様子を猿田博士が呆然とみつめている。

車に轢《ひ》かれかけ、あやうく飛びのき、「これでは麗奈さんは到底逃げられん！　あのお嬢さんにはむりじゃ！」と叫ぶ。「誰かに火の鳥の力を奪われてしまう！　それならいっそわしが……」と頭を抱えて呻き、猿田博士も「麗奈さん！　麗奈さん！」と町を走って探し始める。

人気のない駅で、若い駅員に「その女性なら列車に乗ったのを見た」と教えられ、「つ、つぎの列車は？　わしも追って……」と言いかけ、はっとする。

恐ろしい形相でゆっくり振りむき、

「列車の行き先は？　きょ、今日は八月何日だ？　おい答えろ。答えてくれぃっ」

と駅員にすがりつく。「は、八月五日ですが」と答えを聞くと、「まさか……」と後ずさる。

次の列車に乗るかと聞かれ、力なく首を振り、

「追うに、追えん……」

線路にふらふらと降り、麗奈が乗った列車の進んだ方向に歩いて数メートル追う。「このわしは、自分の心に負け、火の鳥をうまく隠すことも、葬ることも、何もできなかった。王女マリアは志半ばで倒れ、正人くんは誘惑に負け、間久部緑郎は力を悪用して暗黒の夢を叶え……。あぁ、英雄は、英雄は誰だ？　《トグラアデム》とは誰だ？　あぁ、わししか知らん。このことは、この世でただ一人、わししか知らん……。覚えていよう。わしは覚えていよう。三田村要造はかつてこう言った。『人間とは記憶だ』と。せめて、わしは覚えていよう……。勇敢な人のことも、勇敢にはなれなかった人のことも。火の鳥の力を巡って起こった、すべてのことを」と呻き、立ち止ま

り、目をこする。それから顔を上げる。

　二つの目に再び、邪悪で不気味な光が宿り始め……。

「いいや、火の鳥よ！　わしは、わしはやはり、そなたの力がほしい！　戻ってきてくれ。そして、光り輝く伝説の鳥のまばゆい姿を見せてくれ。わしは、わしは、この世ならぬものに触れたいんじゃ。生涯に一度、ただ一度でいいから、真理を……奇跡を……神を、神の姿を……見たいんじゃああーっ！」

　プォーッ、と汽笛が鳴り、背後から貨物列車が走ってきた。危ういところで、駅員が「危ないっ！」と猿田博士に飛びかかり、二人でゴロゴロと転がる。轟音とともに目の前を漆黒の車輪が走りすぎていく。貨物列車の先頭の運転席に、黄金色に光る何かが座っていたように見え、博士は「待て、待ってくれぇ……。ひ、火の鳥よ、わしも、わしも連れていってくれぇぇ」と腕を伸ばしながら、肩を震わせ、泣き始めた。


　大阪の駅を出た夜行列車は空いている。ボックス席の窓際に麗奈が腰掛け、火の鳥の包みをぎゅっと抱いている。

　そっと包みを開け、乾いて落ち窪んだ二つの眼窩《がんか》に優しく話しかける。

「さぁ、火の鳥よ。このあたしの手に、いま世界の命運がかかってる。わかるでしょ？」

　窓の外を見て、

「あのね。二つ前の十五回目の世界では、あたしは八月六日、つまり明日、広島で死んだそうよ……。でも、運命のいたずらで時が巻き戻り、いままたここにいる。そして、一九三八年以降誰も未来についての知識を元に戦況を左右しなかった十五回目の世界と、この十七回目の世界は、ほとんど同じ歴史を辿っているようなの。だから、つまり……この列車の行き先は……」

暗い窓に麗奈の顔が写っている。

「あたし、世界を救うんだわ。お父さま、姉さん、夫の緑郎……いろんな人の顔色にビクビクしてたけど、自分自身の顔だけ見えてなかった。いまは、フェイス・トゥ・フェイスよ、自分の顔が見えるわ……」

窓の外で夜が明けていく。「やるわよ。火の鳥よ、ありがとう。もうすぐこの列車は広島に着くわ……」と麗奈はつぶやく。

膝に置かれた火の鳥の首をじっと見て、「さぁ、火の鳥よ！　あたしと……」と壮絶に微笑み、

「――跳舞吧《テオーウバ》！」

八月六日、広島に原子爆弾が落とされ、約十四万人が亡くなった。アメリカは日本に対し、「降伏せねば他の都市にも投下する」と警告した。八日、ソビエト連邦が日本に宣戦布告し、九日、満州国に進攻。満州国に駐屯していた日本兵六十万人以上が捕虜となり、後にシベリア抑留されることとなった。

同日、長崎にも原子爆弾が投下され、約七万人の市民が亡くなった。

深夜、皇居の防空壕で御前会議が開かれ、ついに降伏が決まった。

八月十五日――。

「耐え難きを耐え、忍び難きを忍び……」

ラジオから、大元帥たる天皇陛下の肉声が響く。玉音放送……。国民は大日本帝国の敗戦を知った。


八月六日――爆風と巨大な雲が生じた。すべてを焼き尽くす炎の中心から、小さな金の何かがゆっくりと現れ、上へ、上へと上っていった。光り輝くかたまりとも、小鳥とも見える何かは、巨大な丸い雲の周りを祈るように旋回し、キラリと光り、世界のどこへともなく飛び去った。

あれは火の鳥だろうか？　炎に焼かれ、蘇ったか。それとも……。火の鳥なら、世界のどこに飛んでいき、いまは誰の姿を見ているのだろう？

それは誰も知らない。火の鳥は永遠にどこかに存在し続ける、ただそれだけが確かなことなのだ。


「ちくしょう、こんちくしょう……もう少しだ、もう少し……」

翌一九四六年夏――。

道頓堀汐風が、豊かな山に囲まれた朝鮮半島の道なき道を、二人の子供の手を引いてフラフラ歩いている。華やかな財閥令嬢の面影はなく、顔も腕も汚れて真っ黒だ。周りにも同じような日本人がおり、歩き続けている。

一年前の敗戦直前の日、満州国に駐在する關東軍や政府職員の家族が、首都新京から一斉に移動しだした。数日遅れ、民間人も急いで出発。石炭の降り注ぐ貨車に乗り、平壌《ピョンヤン》まで移動。日本に帰るため、朝鮮半島を南下しだした。半島は南北に分断され、日本人引揚者は途中から徒歩で百キロ近くを歩き、多くの挫折者を道々に残しながらも三十八度線を越えようとした。

十八歳から四十歳までの健康な日本人男性は、その途上で貨車に乗せられ、家族を残して消えた。夫の道頓堀凍もその中の一人だ。シベリアに連行されたという噂だった。汐風は一人で子供を二人連れ、道なき山を越え、川を横断していく。「ちくしょう……もう少しだ、もう少し……っ」と呻く声がどんどん低くなる。周りの日本人は「私はせめて故郷の地を踏んで死にたい」「あぁ、日本へ、日本へ……」と泣くが、汐風は上海生まれで、日本に行ったことがない。汐風は「振り返っても、上海に日本の租界はもうなく、満州に満州国もない。後にも先にも故郷がないのに、どこに向かうのか。どこに帰るのか」と低い声で唸りながら歩き続ける。

民家の前に立つ朝鮮族の女に握り飯を渡され、「このご恩はけっして忘れません」と頭を下げ、食べ、また歩く。あぁ、もう永遠に歩いていると思うころ、いつのまにか分断線を越えて南に着いていた。

米軍の用意したテントに収容される。高粱粥《コーリヤンがゆ》を啜り、呆然と列車を待ち、やがて貨車に乗せられて南下。釜山《プサン》港に着くと、汐風は真っ青な夏の海を前に、子供たちを両腕で抱いて泣いた。港に博多行きの船が接岸している。「そうね。わたしも日本に帰りたい。これで帰れる。ようやく、ようやく……」ととめどなく涙を流す汐風の頬に、汐混じりの生ぬるい風が強く吹きつける……。


「姉さん、汐風姉さん！　おぅい、おぅい！」

復員兵に引揚者、闇米を背負うもんぺ姿の女たちでごったがえす東京駅。汽笛が鳴り響き、石炭の煙がもうもうと立ちこめる。ホームで、人に押され、右に左に心もとなく揺れながら、三田村硝子が「おぅい、おぅい」と手を振っている。視線の先に、ボロボロの服を着て真っ黒に汚れた顔をした道頓堀汐風と二人の子供がつっ立っていた。弟の顔を見た途端、汐風が緊張の糸が切れたようにしゃがみこむ。硝子は痩せてすっかり軽くなった姉を背負い、子供たちの手を引き、駅を出る。

車に三人を乗せ、日本橋の三田村家へ。

「姉さん、よくぞご無事で！　どんなにか大変だっただろう！　凍義兄さんは……？」

「あの人、ほかの男たちと貨車に乗せられて。シベリアに連れてかれたらしいの。きっと寒くて凍えてるわ……。いつ日本に帰ってこれるのか……」

と汐風が震え声で言う。「みんなはどうしてる？　硝子、あんたの家族は？　それに麗奈はどこ……？」と聞くと、「うちの家族は上海からの帰国が早かったから無事だ。だが麗奈は……」と硝子が首を振った。

窓の外に人が溢れている。傷痍軍人、靴磨きのおじいさん、浮浪児集団、ＧＨＱの米兵、彼らのあとを追う派手な服装の若い女……。貧しいが活気あふれる姿を、汐風は驚いたように目を見開いてみつめている。「ずっと消息がわからない。緑郎くんも必死で探しているが……。大阪でも空襲が多かったから。おそらく……」「まぁ、なんてこと……！」と姉弟は沈黙した。

車が三田村家に着く。関東大震災後、同じ土地に建て替えた一軒家で、東京大空襲でも焼け残った建物だ。庭で硝子の子供たちが遊んでおり、縁側には雪崩がちょこんと座って足をぶらぶらさせ、茶を飲んでいた。縁側に面した和室に仏壇があり、三田村要造、その父、妻の夕顔、娘の麗奈の遺影が並んでいる。

雪崩が「まぁ、あんたたち！」と大声を上げ、その声に硝子の妻もあわてて出てきた。風呂を沸かして入れ、お粥を出し、布団を敷いて汐風たちを休ませる。

夜になった。蚊取り線香の煙が細く上がる縁側に硝子がぼんやり腰掛けていると、「硝子、まだ起きてたの……」と汐風が出てきた。顔は青白く、足元もふらついている。硝子は姉の体を支えて座らせ、麦茶をついできて飲ませた。そして「ねぇ、この国も様変わりだよ、汐風姉さん。大日本帝国はもうないし……。アメリカの監督下で民主国家に変わるところだ」とささやく。

「この一年、ＧＨＱはいろんなことをしてきた。新しい憲法が作られているし、政治の面でも、婦人参政権ができ、選挙権を持つ市民も増えた。教育も、軍事教育が終わり、男女共学にもなり。

経済面も、我々のような政府と繋がりの深い財閥は解体され、幾つもの会社に分けられてね。三井、住友、三田村、安田、鮎川などの財閥一族六十名が政府から指名され、経営から排除された。贅沢な生活も禁じられた……」

「それって……」

「そう、三田村一族の雪崩ばあちゃん、汐風姉さん、ぼく、それに緑郎くんも。ぼくらの名前が新聞に載ったよ。取ってある。見るかい？」

汐風は「わたしもなの」とおどろく。硝子は新聞の束を取ってきて汐風に見せながら、

「姉さん、ぼくはいまのこの気持ちを誰にも話してないのだけど」

「おや、なによ」

「汐風姉さんは、勇敢にも実家を飛びだし、自分の人生を切り開いた人だ。一方ぼくは、父が築いた財閥、いわば三田村帝国を受け継ぐ道を選んだ。以来、継承する者の義務こそがぼくの誇りとなった。さて義務とは何か……？」

「財産を減らしたり、規模を縮小させたりしないことかしら」

「そう！　継承者は帝国の領土を減らさず、できうる限り拡張し、次世代に渡さねばならぬ。その重圧はまるで体の芯《しん》で燃える炎のようだったよ。財閥の跡取りもまた進撃する軍神だったのだ。でも、いま、帝国は解体され……ぼくの心は、硝子のように砕けた！」

とつぶやいたきり、硝子は沈黙した。汐風はそんな弟の横顔をなんとも言えない顔つきでじっと見ていたが、やがてそっと背中をさすって、

「そう……。しばらくゆっくりするといいわ。父さんだってきっと『硝子よくやった、もう自由になれ』と言ってくれるはずよ。わたしのことはあの世でまだ怒ってるでしょうけどねぇ」

と言うと、小声で「地獄で、ね……」とつぶやき、薄く笑った。

それから、新聞紙の束をめくったり、記事を読んだりしていたが、天皇陛下とマッカーサー元帥が並ぶ記念写真をみつけると、じーっと見入った。硝子も横から覗きこみ、

「これがGHQのマッカーサーさ」

「へぇ。ずいぶん大柄な人ねぇ」

と汐風は首をかしげ、

「この日、天皇陛下は果たして何をお考えだったのかしら？　陛下も帝国の継承者であられたわ……」

硝子は薄く微笑み、

「これは昨夏の敗戦後の記録写真だ。この後、大元帥であり、皇国の現人神《あらひとがみ》であられた陛下が〝人間宣言〟を行われた。日本軍も武装解除された。そして軍部、政財界から、戦争犯罪人が巣鴨プリズンに移送されて……」

〝日本の侵略戦争を計画、または指導したり、防止しなかった者〟が戦争犯罪人となり、巣鴨プリズンに約千八百名移送され、うち二十八名がA級戦犯となった。

東條英機は、敗戦後の一九四五年九月十一日、ＭＰの乗ったジープが世田谷の邸宅前に着くと、銃で胸を撃って自決を図った。だが今度は弾が急所を逸れて一命をとりとめ、治療ののち改めて収監された。

一九四六年五月、東京裁判が開廷。アメリカ、イギリス、中国など、十一の戦勝国の代表を国際検事団として進められた。

二年半後の一九四八年十一月、東條英機に死刑判決が下り、この年の十二月二十三日、絞首刑となった。ほか死刑判決が下った者は六名だった。

官僚の洲桐太は、準A級戦犯として収監されたが、のち釈放。

石原莞爾は健康を害しており、一九四九年に病死した。

敗戦後の一九四五年十月。北京郊外で、川島芳子こと愛新覚羅顯玗が、關東軍に協力した女スパイとして逮捕された。一九四七年の秋から裁判が始まると、野次馬が集まって開廷できないほどだった。芳子は「中国を愛し、清王朝に忠誠を誓っている」と主張。また公判や獄中で受けるインタビューで、自分と関わった日本人のことを「知らない」と、蒙古族の元夫についても「結婚したことない」と庇うなどした。

二週間後、川島芳子に死刑判決が降りた。

翌一九四八年三月。早朝、監獄の死刑場に、川島芳子がひかれていく。小声で「有家不得帰《ユーチアプートーコイ》、

有涙無処 垂《ユーレイウーチユーチヨイ》……」とぶつぶつ唱え、痩せ細った体を揺らし、落ちくぼんだ目を刃のようにぎらりと光らせる。係官が、再審要求が却下されたことを告げ、「あ、あ、愛新覚羅……顯玗だな……」と名前を確認し、「ひっ、跪《ひざまず》けっ」と命じる。

芳子が、やけに震える相手の声に、不審げに目線を上げた。係官の顔を見るなり、

「やぁ、キミか！　ルイくん！」

「えっ、なぜボクの名を……」

と、ルイが帽子に半ば隠れた小さな整った顔を真っ青にした。肩を震わせ、「跪けっ……命令だぞ！」と呻く。そんな芳子とルイの姿を、数メートル離れた場所から銃を下げる刑務官たちが見守っている。

「上海の租界でキミを探したが、とうとう会えずじまいだったよ」

「あぁ、そうだ。皇女さまがボクを訪ねてきたと、正人から聞いた……。だが一体なぜだ？」

「遠い話だ。おいらは懐かしいよ！　キミと二人で列車から燃える大地をみつめ、ともに泣いた日もある。いまのキミは知らなくていいことさ。さぁ、早く撃て！　早くしたまえ！　じゃないとルイくんもきつく罰せられてしまうじゃないか」

ルイはうなずくが、震えて、撃てない。「何を言ってるかわかんないけど……でも満州族のボクにとってこの人は皇族。清王朝がもはや存在しないとはいえ……」とおじけづく。そんなルイを見守る刑務官たちの視線に不審がるような光が芽生え始める。ルイは焦って、芳子を跪かせ、後頭部に銃口を当て、ぎゅっと目を瞑る。

腕に力を込めるが、撃てず……。

刑務官たちが顔を見合わせ、銃を構え、大股で近づいてくる。

芳子は後頭部に押しつけられる銃口を感じながら、

「ルイくん、かつてキミはこう言ったね。『幾度も裏切られ、それでも人を愛さずにはおられず、やがて裏切りが愛だと覚えるに至った』と。ルイくん、それは違うぜ。じゃあ愛とは何か？　答えはいろいろさ」

「なぜそのことを知ってる？　それはボクの秘密なのに！」

「砂漠の楼蘭王国で、ちょいと立ち聞きしたのさ。ずいぶん昔の話だがね」

と、芳子はふっと笑う。

「キミを愛し、キミの命を助けるために行動した人間がいた。そのことだけ、覚えててくれないか。すべては時の狭間に消えていったが、人と人の愛は残る。けして消えやしない。おいらはキミが大好きさ。さよなら、富察《フーツアル》逯伊《イ》。なんて楽しい時間だったろう」

刑務官たちが二人を取り囲む。芳子はすばやく振りむくと「生きろ。キミは未来へ。そしてキミもまたいつか誰かを愛し、その人の命を助けるだろう」とささやいた。ルイが持つ銃の銃身を左手で握って己の額に押しつけると、右手を引き金に向かって、伸ばし……。

「――ほら、百発百中のヨシコちゃんさ！」

パァーン！

軽い銃声が響いた。

どさり、と川島芳子の体が、地面に倒れた。

「ねぇ、どうして右腕がないんだい？　風にハタハタ袖がなびいちまってるじゃないか。お兄さん」

大阪、道頓堀。

広い空き地に闇市が広がり、露天商たちが、茶碗に鍋に下駄に服、軍払い下げのアルミの食器などを並べて売り口上を叫んでいる。「民主的自由市場」「outside free market」と書かれた看板や、トタンの海鼠板《なまこいた》の屋根が、太陽の光をギラギラと反射する。客もひっきりなしで灰色の人波が蠢《うごめ》き続けている。

その一角で、塀によりかかり、闇市の様子を眺めている男がいた。黒目がちのぱっちりした目に、通った鼻筋をした美男子だ。右腕がなく、服の袖が風にたなびいている。

すぐそばに、黒く汚れた顔の浮浪児がいて、「傷痍軍人かい？　バクダンでやられたのかい」と興味しんしんで聞く。

「あぁ、そんなとこだ」

浮浪児が「へぇー」と立ち去ろうとすると、男は「おい、待て」と左腕を伸ばし、浮浪児の首根っこを摑んでぐいっと持ちあげた。

「なにすんだい！」

「ぼくから盗んだ財布を置いていけ」

「……ちぇっ」

と、浮浪児が舌打ちし、懐から財布を出して返す。男は、米兵を乗せた四輪駆動車が近くを通り過ぎ、子供たちが「ギブミーチョコレート！」と叫んで追いかける姿を目で追うと、浮浪児に「おい、おまえも行ってこい」と急に命じた。

浮浪児は「えぇーっ？」と嫌がりながらも、言われた通り四輪駆動車を追いかけ、米兵から「グッドボーイ」と頭を撫でられ、板チョコをもらって戻ってきた。男は板チョコを半分に割らせ、片方を受け取った。

銀紙を剝いてチョコをむしゃむしゃ食べ始める。

「……ちぇっ、大人のくせになんだい」

「大人だってチョコは好きさ。だがあいつら、大人にはくれない」

「へぇ……」

と、浮浪児は自分も銀紙を剝いて食べだした。

「なぁ、お兄さん。片腕なんて惨めだろう？　もう死んじまったほうがよかないかい？」

「な、なんてこと聞くんだよ！　このガキは。……弱いなら弱いなりの生き方があるのさ。弟が身をもって教えてくれたことだ。いや……あいつが何を考えて生きていたのか、兄のぼくにもわからない。だから一生かけて考え続けてみせるさ。その間はずっと弟と一緒にいられる。そう思えば、生者と死者ってのは悪くない関係さ……」

浮浪児が首をかしげ、男の横顔を見上げる。「お兄さん、泣いてんのかい……」と聞きかけたとき、いかにもガラの悪そうな男たちが「親分、ここにいたのか!」「間久部親分、あっちに別の組の奴らが、因縁をつけに……」と近づいてきた。

「そうか。すぐ行く」

と男が左手で目をこすり、右足を軽く引きずりながら歩きだす。その背後で浮浪児が「何、親分? この闇市を仕切るテキ屋は、間久部組と聞いたがな……」と首をひねる。

男は手下たちに「麗奈はみつかったか」と小声で聞いている。「いや、奥さんはまだ……」「そうか……」「名前と人相書きで探し続けてるんですが」と聞こえてくる。

浮浪児が「じゃ、あいつがテキ屋の親分なのかな。ずいぶん若いし、それに役者みてぇにいい男だ」と見送っていると、男がふと振りむき、左手で板チョコをかじりながら、

「坊主。おまえ素早いし、見どころがありそうだ。これも何かの縁だ。弟分になるかい?」

「なっ! おいら女だ、坊主じゃないやい」

その声に、男はびっくりしたように大きな目をぱちぱちさせた。

それから「そっか」と背を向け、また歩きだす。

浮浪児はしばし見送っていたが、「オーイ、待ってくれよう。なってやるよ。あんたについてったほうがいい飯が食えそうだ」と走って追いかけだした。

男の隣に並ぶと、横顔を見上げ、「なぁ、あんたがこの闇市を仕切ってんのかい」「ああ。一から商売をすることにしてね。ある人が昔、軍人もいいが商人にもむいてると言ってくれたんでね

ぇ」「へぇ？　で、兄さんの名前はなんていうんだい？」と聞く。

するると男はふと足を止めた。

風が吹き、右袖がたなびく。「ぼくか？　ぼくの名はな……」と男は大きな目を見開き、不敵な、それでいてどこか寂しげでもある謎めいた微笑を浮かべて、

「——間久部緑郎だよ！　お嬢ちゃん」

エピローグ　楼蘭

一九八〇年五月

熱い砂の風が吹いている。

楼蘭王国の廃墟に、中国の発掘隊やカメラクルーが集まり、中国語や日本語がせわしなく飛び交っている。いかにも学者然とした白髭の小柄な老人が、隊員に囲まれて何か話している。「楼蘭王国が発掘されると聞き、いてもたってもいられず、わしも日本から飛んできましてな……」「猿田博士、ご高齢のお体には差し障らないかと一同心配しております」「うむ。まったく年寄りのわがままでね、すまないねぇ……」と猿田博士が頭を下げる。

「報道で、〝楼蘭の美女〟と呼ばれる女性の木乃伊《ミイラ》が出土したと知り、その、まさかとは思うが、わしは、一目だけでもと……」

とつぶやく。若い中国人隊員が「例の木乃伊のことですね。髪や睫毛《まつげ》もきれいに残り、生前の顔貌《かおかたち》がわかる姿で出土し、世界中で報道された」とうなずき、「是了《ズーラ》……」と微笑んだ。

猿田博士ははっとし、

「君、いま是了《ズーラ》と言ったかね。それは上海語だ。君は上海出身なのか」

「そうです。よくご存知ですね。ときどき自然と上海訛りになります」

と隊員が微笑む。それから、廃墟の奥へと博士を案内していく。

簡易テントがいくつも張られ、外では発掘が続いている。「ここです」とテントの一つに博士が招き入れられる。奥に、若い女性のものと見られる一体の木乃伊が安置されていた。

長い睫毛、高い鼻梁《びりょう》、波打つ亜麻色の髪は少し褪《あ》せているが……。

「王女マリア！　あぁ、あぁ……！　これは、間違いない」

と猿田博士は小声で叫んだ。木乃伊の傍に跪き、すっかり老いてしわしわになった頬と首にははらはらと熱い涙を流し、

「まさか再び会えるとは！　マリアさん……。なぁ、かつてのあんたの願い通り、火の鳥の首はこの世から消え、もう、時を巻き戻して歴史を変える者はどこにもいなくなりましたぞ。いや、それはわしではない、べつの、ある年若い勇敢な女性が成し遂げたことじゃが……。その話も、いつかわしも死んだとき、あの世で聞いてくだされ。きっとそう遠くない未来じゃろう……。なぁマリアさん、あぁ。火の鳥の力のことを、幾度も繰り返された世界のことを、まだ記憶しておるのは、この世でもうわし一人きりとなった！　なぁ、マリアさん。あんたの冒険のことや、時の狭間に消えた七人の子供たちのことや、わしらの長い旅のことを、わしはせめてずっと覚えておこうと思い、ここまで生きてきたのじゃ。この命が消える日まで、とな。かつて三田村要造は言った。人間とは記憶だ、と。それなら、わしが覚えている限り、それぞれに戦い、苦しみ、愛

した、あの時間もけっしてどこにも消えはしないだろう。マリアさん。強く、勇敢で、優しく、戦い抗いながら精一杯に己の運命を生きぬいた……」

と、猿田博士はあふれる涙を拭い、

「砂漠の佳人《チアレン》よ。——そして、すべての人よ！」


（完）

謝辞

執筆にあたり、多くの方からのご助言、ご指導を賜りました。

手塚眞さんからは的確なアドバイスをいただきました。イラストレーターの黒田征太郎さんには、連載時、豊かなイマジネーションから生まれる唯一無二の素晴らしい挿絵を描いていただきました。

中国大陸の鉄道事情などについて、一橋大学大学院社会学研究科の大野絢也さんにご指導いただきました。上海語の翻訳、監修は戴毅臨さんに、ウイグル語の翻訳、監修はムカイダイスさんにお願いいたしました。

連載時は朝日新聞文化くらし報道部の瀧澤文那さんにご担当いただき、連載開始時には吉村千彰さんにデスクとしてお世話になりました。また、組み版の杉山幸夫さんには細かな校閲で助けていただき、国際報道部の村上太輝夫さんからは歴史や地理に関するご助言をいただきました。

単行本化に際して、ビジュアルの方向性、登場人物紹介のイラストなど、手塚プロさまに多大なるご尽力をいただきました。装画については、漫画家のつのがいさんが、手塚先生の作られたスターたちの姿を生き生きと美しく描いてくださいました。単行本の編集は、朝日新聞出版の山田京子さんにご担当いただきました。

　他にも、歴史や地理や様々な事象について、たくさんの方々の教えを乞い、大変助けていただきました。ここで改めて、御礼申し上げます。本当にお世話になりました。ありがとうございました。

　そして、『火の鳥』の壮大な物語世界を創造された天才、手塚治虫先生に、敬意と愛と感謝を捧げます。

　執筆に際し、細心の注意を払いはいたしましたが、もしも作中に間違いがありましたらすべてわたしの筆の責任です。

桜庭一樹

序幕　タクラマカン沙漠の一角。果てしない荒野。
　さまよう猿田博士。

第一幕
昭和十三年（一九三八年）一月。
日中戦争の勝利に湧く上海。
西安路にある超一流クラブ。
日本軍幹部将校、財閥、各国総領事夫妻などの大夜会。ダンス。スイング・ジャズが流れる。
　中に将校達にまじって将来を保証されているいる関東軍司令部づき副官、　間久部緑郎少佐、　スキのない美男子、　殊に三田村財閥の会長三田村要造の愛嬢麗奈と一年前結ばれてからは異例の出世。　だが早くも我儘で緑郎を見下そうとする麗奈と、　ある謎の女性に心が魅かれている緑郎との間には深い溝が出来ている。

　さんざめく夜会の中に、　かつて大学の恩

師で今は大東亜共栄圏資源開発庁の研究センターに籍をおいている猿田博士が間久部と密談。

猿田博士は中国の遥かな西域、タクラマカン沙漠の中に"さまよう湖"があり、そこに火の鳥と呼ばれる伝説の鳥が実在し、その鳥の血液には驚くべき未知のホルモンが含有されていてその湖周辺の動植物と、住民に強い影響――長寿、活力など――を与えつづけていることが調査で判明したと

打明けた　皇軍の士気昂揚に是非必要と云う。

大本営付犬山元帥、　向内大将が現われ、極秘裡に現地へ調査隊――火の鳥の捕獲――のための隊長に間久部緑郎が任命されることを告げる。

感動する間久部。　これが成功すれば彼は一躍世紀の英雄になれるのだ。

一行の帰ったあと、　憲兵隊司令官西宮少佐が、　八路軍の便衣隊数名を捕えたが中に日本人でどうも間久部少佐の血縁続きの者がいるよ

コクヨ　ケ－60　20×20

うだと耳打ちする。 クラブの裏口で、その
男に会う間久郎、果して、男は間久郎の実
弟の間久郎正人である。 緑郎はこの男はた
しかに自分の弟で、間違って捕えられたの
だと説明する。 正人は放免される。

参考文献

『火の鳥』朝日新聞出版、角川文庫
『ロック冒険記』小学館クリエイティブ、講談社手塚治虫文庫全集
『バンパイヤ』講談社手塚治虫文庫全集、秋田書店
『華麗なるロック・ホーム』河出文庫
『ブッキラによろしく』講談社手塚治虫文庫全集
『アドルフに告ぐ』講談社手塚治虫文庫全集、国書刊行会
『火の鳥公式ガイドブック』ナツメ社
『手塚治虫キャラクター図鑑』朝日新聞出版
『ぜんぶ手塚治虫！』朝日文庫
『太平洋戦争』西東社
『日本の軍装』中西立太　大日本絵画
『日本海軍最強戦闘機大図鑑』ＤＩＡコレクション　ダイアプレス
『上海海軍特別陸戦隊写真集』吉川和篤　大日本絵画
『はじめて学ぶ日本近代史』上下　大日方純夫　大月書店
『帝国と立憲』坂野潤治　筑摩書房
『日中戦争全史』上下　笠原十九司　高文研
『日中戦争』小林英夫　講談社現代新書
『満州事変から日中戦争へ』加藤陽子　岩波新書
『日本軍兵士』吉田裕　中公新書
『昭和陸軍全史2』川田稔　講談社現代新書
『日本の戦争　歴史認識と戦争責任』山田朗　新日本出版社
『アジアの思想史脈』山室信一　人文書院
『キメラ』山室信一　中公新書
『複合戦争と総力戦の断層』山室信一　人文書院
『日露戦争の世紀』山室信一　岩波新書
『昭和史』半藤一利　平凡社ライブラリー
『世界史のなかの昭和史』半藤一利　平凡社
『賊軍の昭和史』半藤一利・保阪正康　東洋経済
『仮説の昭和史』上下　保阪正康　毎日新聞出版
『あの戦争は何だったのか』保阪正康　新潮新書
『あの戦争になぜ負けたのか』半藤一利・他　文春新書
『世界史劇場　日清・日露戦争はこうして起こった』神野正史　ベレ出版
『日清・日露戦争と帝国日本』飯塚一幸　吉川弘文館
『日清・日露戦争をどう見るか』原朗　ＮＨＫ出版新書
『地図で知る日露戦争』地図で知る日露戦争編集委員会編　ぶよお堂
『日露戦争ＰＨＯＴＯクロニクル』文生書院
『満州事変』緒方貞子　岩波現代文庫
『アジア主義』中島岳志　潮文庫
『図解　明治維新』外川淳監修　柑出版社
『真説幕末明治維新史』ダイアプレス
『連合艦隊vsバルチック艦隊』ロバート・フォーチェック　大日本絵画
『記念艦「三笠」』交易財団法人　三笠保存会　ゴマブックス
『連合艦隊の使い方』横須賀歴史研究室　笠倉出版社

参考文献

『日本の戦艦』畑野勇　幻冬舎
『零戦のしくみ』矢吹明紀・他　新星出版社
『関東軍』島田俊彦　講談社学術文庫
『図説「満洲」都市物語』西澤泰彦　河出書房新社
『図説　満州帝国』太平洋戦争研究会　河出書房新社
『満州帝国ビジュアル大全』辻田真佐憲監修　洋泉社
『物語　財閥の歴史』中野明　祥伝社新書
『帝国日本と財閥商社』春日豊　名古屋大学出版会
『日本文壇史21「新しき女」の群』瀬沼茂樹　講談社文芸文庫
『山本五十六　戦後70年の真実』渡邊裕鴻・他　ＮＨＫ出版新書
『山本五十六と山口多聞』星亮一　ＰＨＰ文庫
『石原莞爾の世界戦略構想』川田稔　祥伝社新書
『石原莞爾　マッカーサーが一番恐れた日本人』早瀬利之　双葉社
『最終戦争論』石原莞爾　中公文庫
『石原莞爾と二・二六事件』早瀬利之　潮書房光人社
『東條英機と天皇の時代』保阪正康　ちくま文庫
『岸信介』原彬久　岩波新書
『満州と岸信介』太田尚樹　KADOKAWA
『満州裏史　甘粕正彦と岸信介が背負ったもの』太田尚樹　講談社文庫
『大杉栄自叙伝』土曜社
『大杉栄伝　永遠のアナキズム』栗原康　夜光社
『村に火をつけ、白痴になれ　伊藤野枝伝』栗原康　岩波現代文庫
『日本改造法案大綱』北一輝　中公文庫
『児玉誉士夫　巨魁の昭和史』有馬哲夫　文春新書
『昭和天皇独白録』文春文庫
『昭和天皇と戦争の世紀』加藤陽子・他　講談社学術文庫
『近代天皇像の形成』安丸良夫　岩波現代文庫
『昭和天皇の戦争』山田朗　岩波書店
『「天皇機関説」事件』山崎雅弘　集英社新書
『評伝　川島芳子』寺尾紗穂　文春新書
『男装の麗人　川島芳子伝』上坂冬子　文春文庫
『川島芳子　動乱の蔭に』日本図書センター
『馬賊の「満洲」』澁谷由里　講談社学術文庫
『関東大震災』吉村昭　文春文庫
『九月、東京の路上で』加藤直樹　ころから
『関東大震災の社会史』北原糸子　朝日新聞出版
『二・二六事件』高橋正衛　中公新書
『二・二六事件と青年将校』筒井清忠　吉川弘文館
『上海歴史ガイドマップ』木之内誠　大修館書店
『上海に生きた日本人』陳祖恩・他　大修館書店
『上海石庫門』上海人民美術出版社
『OLD SHANHAI』上海人民美術出版社
『上海の日本人街・虹口』横山宏章　彩流社
『上海時間旅行』佐野眞一・他　山川出版社
『TEA HORSE ROAD』RIVER BOOKS
『丁家の人びと』丁如霞・著　和多田進・聞き書き　バジリコ
『魯迅と紹興酒』藤井省三　東方選書

『さまよえる湖』『シルクロード』スヴェン・ヘディン　中公文庫
『遺跡の旅・シルクロード』井上靖　新潮文庫
『秘境タクラマカン砂漠を行く』坂東招造　青山ライフ出版
『シルクロードの古代都市』加藤九祚　岩波新書
『失われた楼蘭』森本哲郎　文春文庫
『ゾロアスター教』青木健　講談社選書メチエ
『流れる星は生きている』藤原てい　中公文庫
『絵で見る明治の東京』穂積和夫　草思社文庫
『外国人が見た幕末・明治の日本』森田健司　彩図社
『明治大正史　世相編』柳田國男　講談社学術文庫
『明治クロニクル』御厨貴　世界文化社
『日本紀行「開戦前夜」』フェレイラ・デ・カストロ　彩流社
『大大阪《だいおおさか》モダニズム遊覧』橋爪紳也　芸術新聞社
『学習まんが　日本の歴史』14〜18巻　集英社
『世界史の教科書』山崎圭一　ＳＢクリエイティブ
『届かなかった手紙』大平一枝　KADOKAWA
『私は世界の破壊者となった』ジョナサン・フェッター・ヴォーム　イースト・プレス
『「幇」と「墨子思想」のすべて』志波秀宇　ヒカルランド
「新疆を訪れた日本人」大林洋五　『愛知大学国際問題研究所紀要』54号
『ある技術屋のロマン』加賀山学・加賀山朝雄（非売品）
『新青年』創刊号　博文館
『戦旗』創刊号　全日本無産者芸術連盟
「女馬賊と呼ばれて」稲築七郎『日本及日本人』１６１０号
『LANDSCAPES OF SOUTHEAST CHINA』BIAN ZHIWU（CHINA INTERCONTINENTAL PRESS）
『CULTURES OF THE OLD SHANGHAI』上海人民美術出版社
『上海石庫門』阮儀三・他　上海人民美術出版社
『南京民国建筑地図』刘屹立　徐振欧　江苏凤凰科学技术出版社
『上海陸戦隊』（東宝ＤＶＤ名作セレクション）監督　熊谷久虎

本作品には、一部実在の人物や団体が登場しますが、内容はすべてフィクションです。

また、この物語の背景となる戦争時、中国に対して侮蔑的な感情が伴う「支那」という呼称を使っていました。当時の時代背景に忠実にこれらの名称を用いていますが、現在では使用されるべきではない表現です。

初出　「朝日新聞」be　二〇一九年四月六日から二〇二〇年九月二十六日に連載、
単行本化にあたって加筆修正しました。

装画　つのがい
登場人物紹介作画　手塚プロダクション
装幀　大島依提亜
地図制作　報図企

桜庭一樹（さくらば・かずき）

一九七一年島根県生まれ。九九年「夜空に、満天の星」で第一回ファミ通エンタテインメント大賞小説部門佳作を受賞しデビュー。二〇〇七年『赤朽葉家の伝説』で第六〇回日本推理作家協会賞、二〇〇八年『私の男』で第一三八回直木賞を受賞。作品に『砂糖菓子の弾丸は撃ちぬけない』『荒野』『ファミリーポートレイト』『伏　贋作・里見八犬伝』『無花果とムーン』『ほんとうの花を見せにきた』『じごくゆきっ』『GOSICK』シリーズほか多数。

小説 火の鳥 大地編 下

二〇二一年三月三十日　第一刷発行

著者　桜庭一樹
原案　手塚治虫
協力　手塚プロダクション
発行者　三宮博信
発行所　朝日新聞出版
〒一〇四-八〇一一　東京都中央区築地五-三-二
電話　〇三-五五四一-八八三二（編集）
〇三-五五四〇-七七九三（販売）

印刷製本　図書印刷株式会社

Published in Japan by Asahi Shimbun Publications Inc.
ISBN978-4-02-251744-9

定価はカバーに表示してあります。
落丁・乱丁の場合は弊社業務部（電話〇三-五五四〇-七八〇〇）へご連絡ください。
送料弊社負担にてお取り替えいたします。